〔唐〕周昉《簪花仕女圖》(局部)

周昉生活在安史之亂後大唐由盛而衰的轉折期，他與張萱的仕女圖都是唐代仕女畫的巔峰之作。《簪花仕女圖》描繪了貴族女子在高牆深院內奢華而索寞的生活，是中國古代現實主義風格的精品畫作，也是唯一認定的唐代仕女畫傳世孤本，異常珍貴。現藏於遼寧省博物館，鎮館之寶。

〔唐〕張萱《搗練圖》（宋徽宗趙佶摹）

張萱是活躍於唐玄宗時期的宮廷畫家，擅長描繪上層人物的日常生活。《搗練圖》描繪了貴族婦女搗練、熨練、縫製衣物的場景，人物形態各異，妙趣橫生，是我們瞭解唐朝社會的珍貴文物。現藏於美國波士頓美術館。

〔唐〕王維《江干雪霽圖卷》（局部）

王維畫作傳世的不多，作品恬淡、靜謐，富有禪意，與他的詩歌一脉相承，中國文人畫的集大成者，蘇軾深受其影響。《江干雪霽圖卷》現藏於日本。

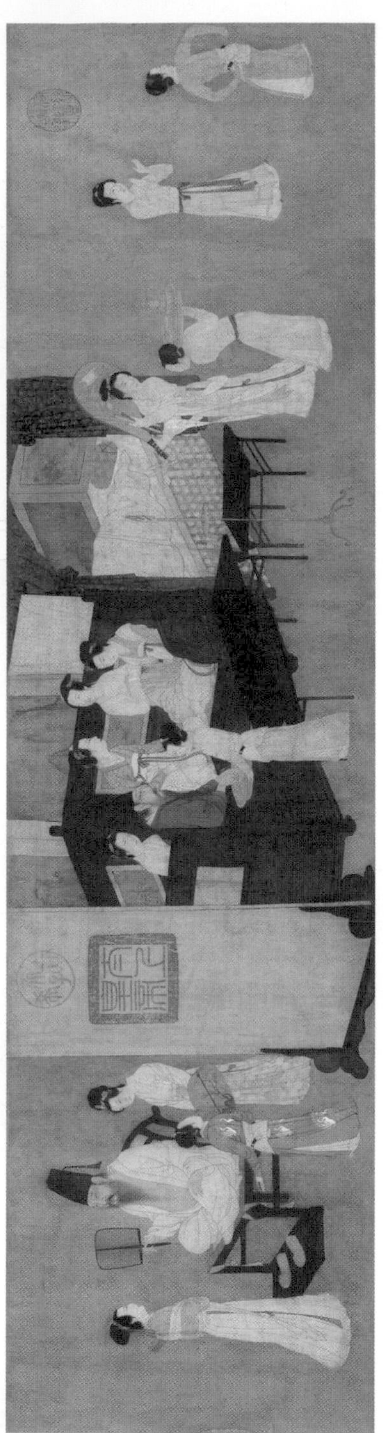

〔五代〕顧閎中《韓熙載夜宴圖》（宋摹本）

顧閎中為南唐李後主時期的宮廷畫家。這幅畫描繪了官員韓熙載夜宴賓客、載歌行樂的場面。依時間順序分為五段：賞樂、觀舞、歇息、清吹、散宴。主人公韓熙載在歡宴之中隱隱流露出鬱鬱不樂的神情，似乎昭示了南唐的衰敗頹勢。現藏於北京故宮博物院。

〔北宋〕蘇軾《洞庭春色賦》

吾聞橘中之樂，不減商山。豈霜餘之不食，而四老人者游戲於其間。悟此世之泡幻，藏千里於一班，舉棗葉之有餘，納芥子其何艱。宜賢王之達觀，寄逸想於人寰。裊裊兮春風，泛天宇兮清閒。吹洞庭之白浪，漲北渚之蒼灣。携佳人而往游，勤霧鬢與風鬟，命黃頭之千奴，卷震澤而與俱還。糅以二米之禾，藉以三脊之菅。忽雲蒸而冰解，旋珠零而涕潸。翠勺銀罌，紫絡青綸，隨屬車之鴟夷，款木門之銅鐶。分帝觴之餘瀝，幸公子之破慳。我洗盞而起嘗，散腰足之痹頑。盡三江於一吸，吞魚龍之神奸。醉夢紛紜，始如髦蠻，鼓巴山之桂楫，扣林屋之瓊關。臥松風之瑟縮，揭春溜之淙潺。追范蠡於渺茫，吊夫差之煢鰥。屬此觴於西子，洗亡國之愁顏。驚羅襪之塵飛，失舞袖之弓彎。覺而賦之，以授公子曰：烏乎噫嘻，吾言誇矣，公子其為我刪之。

〔北宋〕蘇軾《洞庭春色賦・中山松醪賦》

此行書卷中兩並後記，總計六百八十四字，為蘇軾傳世墨跡中字數最多者。為蘇軾晚年被貶往嶺南，在途中遇大雨留阻時的遣懷之作。明代張孝思有評云：「此二賦經營下筆，結構嚴整，郁屈瑰麗之氣，迴翔頓挫之姿，真如獅蹲虎踞。」明代王世貞云：「此不惟以古雅勝，且姿態百出，而結構謹密，無一筆失操縱，當是眉山最上乘。」現藏於吉林省博物院。

〔唐〕**韓幹《十六神駿圖》（局部）**

在唐朝，駿馬具有重要意義。從唐太宗的昭陵六駿，到唐玄宗的汗血寶馬，再到以馬為主題的詩、畫、音樂，以及馬球、馬術運動，無不體現出唐人對馬的喜愛和痴迷。

韓幹為玄宗時畫家，曾得到王維資助，專心學畫，擅長畫馬。蘇軾曾為此畫賦詩《韓幹馬十四匹》，詩中有云：「一馬任前雙舉後，一馬卻避長鳴嘶。老髯奚官騎且顧，前身作馬通馬語……韓生畫馬真是馬，蘇子作詩如見畫。世無伯樂亦無韓，此詩此畫誰當看！」對後世影響很大。

解衣怒馬少年時

唐宋詩章的盛世殘夢

貳

少年怒馬 著

瑞昇文化

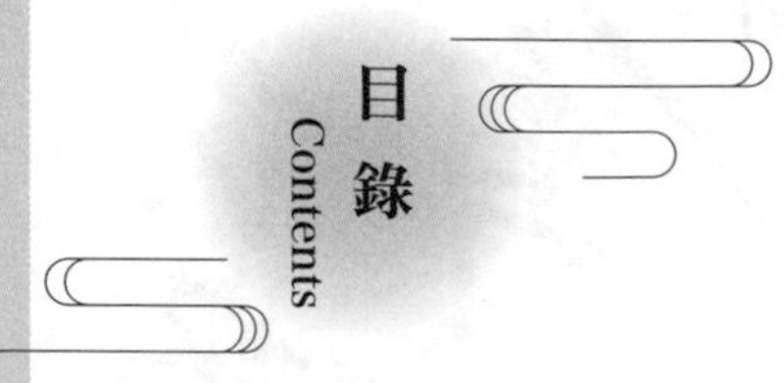

目錄 Contents

自序　詩歌，歷史的血肉

讀《水滸》，我一直不喜宋江，直到第三十九回潯陽樓題反詩，才對黑三郎有了一點好感。讀《紅樓》，不喜寶釵，直到她寫出「好風頻借力，送我上青雲」，才看到寶姐姐被壓抑的青春。

《三國演義》把曹操刻畫成一個奸詐的大壞蛋，但只要讀讀曹孟德的詩，很難不路轉粉。

原因不只是他們詩寫得好，而是詩歌令這些人物血肉豐滿。比如曹操，一個有血有肉的壞蛋，勝過一個面目模糊的好人。

讀歷史書就沒這麼幸運了。

歷代官方著史，大多是某年某地，某人某事，如同一條條新聞短訊，人物情感和細節嚴重缺失。那些可是影響歷史進程的人，他們身上一定有故事，有傳奇，有不得已，以及雞毛蒜皮的生活。可惜史書裡看不到。

大概從《詩經》開始，人們給詩歌定了調，叫「詩以言志」，詩歌就成了很個人化的表達。詩人們通常又沉淪下僚，於是，他們的詩歌，成了史書之外的東西。

由宋開始，直至明清，對唐詩的研究從未間斷，其中不乏時代大作。但這些書要麼是文學範疇，要麼是美學範疇，少有從歷史角度切入的。大概是認為，再大的詩人，在歷史進程面前也是小人物，況且詩歌又不夠嚴謹，全是主觀體驗。

讀唐史的時候，有段時間我鑽進府兵制、募兵制的學術海洋，差點淹死，腦中卻撈不出一個大唐普通士兵的形象。這也難怪，在時代大制度下，在王朝興衰的歷史浪潮中，誰會在史書上記錄一個普通士兵呢！

直到有一天，我讀到盧綸的《逢病軍人》，一個大唐普通士兵的形象立刻鮮活起來：

行多有病住無糧，萬里還鄉未到鄉。
蓬鬢哀吟古城下，不堪秋氣入金瘡。

與剛剛過去的盛唐詩相比，它不夠飄逸，也不雄渾。可正是這種娓娓道來，反而增加了真實性。順著詩人的目光，我們似乎來到大歷史裡那個微不足道的現場。

一個從戰場上歸來的士兵，拖著受傷的身體，衣衫襤褸，身無分文，來到一座城牆下。饑餓和傷病折磨著他，他蜷縮著身子，甚至躺在地上，哀號，呻吟。

但最艱難的時刻還不是現在，而是秋天過後即將到來的寒冬。詩人記錄的是一個片段，我們卻不難猜到後續的故事。這個士兵走到這裡，離家還很遙遠，他能活著走到家，幾乎不可能了，就算不病死、餓死，也會受凍而死。

如果是史書，我們就看不到這個「病軍人」，他只會化作冰冷的傷亡數字——某場戰役，死傷多少萬人。

這首詩給我的另一個驚喜，是對戰前詩歌的回應。李白的《戰城南》、杜甫的《兵車行》、「三吏三別」中的那些士兵，後來都怎麼樣了？

這首《逢病軍人》，是他們最有可能的結局。

於是我總在想，史書和詩歌，哪個才是真實的？從嚴謹的角度看，是前者；但從人的角度看，詩歌更能給我真實感。

《鮮衣怒馬少年時》壹&貳這兩冊書裡的大多數篇目嚴格尊重正史，極少的篇目則通篇虛構，這麼寫是想跳出「翻譯+注解」的條條框框，詩仍是主菜，史是配料，力求有趣。

本書一部分來自我的「少年怒馬」公眾號，修正校對後結集；一部分是首次發表，體例混雜，長短不一，隨性而寫。在一個長篇新作裡，我企圖用四萬多字說清安史之亂爆發的原因，並順便回答杜甫和李白誰更偉大。

希望這本書，能讓你對唐詩和詩人們產生新的理解。若你有那麼一刻能夢回大唐，在長安或洛陽的某個小酒館裡，我已等候多時。

撕開李白的錦袍，滿身都是傷痕

在現實裡，
他只是個路人甲，
被摁在地上狠狠摩擦，
撞在牆上頭破血流。

01

李白隱藏得太深。

我們熟悉的李白，是那個自帶神仙光芒的傢伙。高力士脫靴，美人呵筆，皇帝親手調羹，就這樣，還「天子呼來不上船，自稱臣是酒中仙」。

凡人做夢都不敢想的榮耀，在他眼裡一文不值。又跩又炫酷。

讀他的詩，總覺得我輩俗不可耐。

人家是「一生好入名山遊」，我頂多來兩把手遊；

人家是「五花馬，千金裘，呼兒將出換美酒」，我只能對著每月的房貸，擼一把露天烤串；

人家「斗酒詩百篇」，我是斗膽寫一篇，賺點廣告費還被粉絲嫌棄。

這差別，是星辰大海到泥淖水坑的距離。

如果唐詩是喜馬拉雅山，李白就站在了珠穆朗瑪。他白衣飄飄，詩歌和精神不染纖塵，後人只能匍匐在他的巨大陰影裡，默默仰望，流下一地口水。

「天意君須會，人間要好詩。」

他的飄逸，他的才華，他的驕傲他的狂，甚至他的自負，似乎都是天生的。以至於我們無法概括他，只能從賀知章的口中，給他一個固化的稱號 — 詩仙。

然而，這並不是完整的李白。

在他飄逸而華麗的錦袍下，撕開了看，分明傷痕累累。

02

傷痕從他出生就有了。

那是個等級社會，門第觀念如銅牆鐵壁，牢不可破。

小戶人家出身的武則天，甚至出臺禁婚令，太原王氏、滎陽鄭氏、河北崔氏等這些五姓七望之間不得通婚，開始了長達兩百年的貴族消亡計畫。過程之漫長，以至於到了晚唐，還「民間修婚姻，不計官品而尚閥閱」—— 子女嫁娶，不看官位看門第。

為啥官位不是第一位？很簡單，新貴不如老牌貴族，即old money（老牌貴族）對new money（新貴族）的鄙視鏈，由來已久。

唐文宗想求一位滎陽鄭氏的女兒做太子妃，提親之後，鄭氏家族

推推託托，極不情願。原因也一樣，我鄭家從周朝漢朝就是望族了，你李家才做了幾年貴族？

用陳寅恪《唐代政治史述論稿》中的話說就是，「貴為天子，終不能競勝山東舊族之九品衛佐」。這裡「山東」不是指現在的山東省，而是王維《九月九日憶山東兄弟》中的山東 —— 華山之東，貴族扎堆的地方，他們王家，就是太原王氏的一個分支。

這種門第觀念，我們今天看起來匪夷所思，但在當時確實如此。

平民也分等級，士農工商，士最高貴，商人是最末流。

哪怕一些當時的巨富，也得不到主流社會的認可，地位之低，子孫連參加科舉的資格都沒有。

不巧的是，李白就出生在商人家庭。

李家做什麼產業，至今成謎，只知道李白的兩個族兄弟，都在長江跑船，可能是搞運輸的。

如果他真的出生在西域，父親有可能還做點外貿生意，這也印證了為什麼李白還懂外語。

二十多歲，年輕的李白出蜀了。

他不差錢，襄陽、岳陽、揚州，「不逾一年，散金三十餘萬」；

也不缺才，那是盛唐，是唐詩的紅利期，他一出手就是「山隨平野盡，江入大荒流」、「天門中斷楚江開，碧水東流至此回」，可謂出道即巔峰；

志向呢？更不缺，「謀帝王之術 …… 使寰區大定，海縣清一」，不知高過多少個小目標。

唯獨缺的，是一個被時代接納的身份。

他姓李，但跟隴西、趙郡李氏都無關。明明一身詩才，血液裡卻流淌著銅臭的基因。

一種因出身而產生的自卑，在李白心裡野蠻滋生。年齡越大，碰壁越多，這種自卑就越強烈，蝕骨腐心，痛徹心扉。

可能有人會問，這說的是那個李白嗎？

不要懷疑，李白只有一個。

由於一千多年的隔閡，我們確實無法想像門第觀念的頑固，就像我們不能理解，僅僅一百年前的女人，為什麼要裹腳。

任何人都有時代的局限性，詩仙也一樣。

心理學有個理論，叫過度補償。一個人有某種生理或心理缺陷，必須用更多的補償，才能獲得滿足。

極度自卑就是一種缺陷，需要超乎常人的成就才能補償。沒才華的人，可笑可憐。而天賦異稟如李白者，會裹挾著自卑，走向另一個極端——極度自負。

一個完整的李白出現了。

他一生的痛苦和癲狂，在詩歌裡的目空一切，以及在現實中的落寞可憐，都是自卑和自負交織的結果。

這樣一來，李白所有不合情理的行為，都有了解釋。

03

先說婚姻。

李白有兩次正式婚姻，一次疑似婚姻。

兩次婚姻，都是前宰相的孫女，但都不是望族，頂多算個家道中落的官三代。

這是不是太巧了？

可能有人會說，李白一個風流才子，迷倒三五個小迷妹很正常。呵呵，那是元稹。

真相很可能是個俗套故事：迎娶，甚至入贅宰相門，是李白進入宰相社交圈，改變出身的手段，他太需要去掉身上的商人家庭標籤。

這就解釋了，為什麼女方家都是前宰相 —— 當朝宰相看不上他啊！

當時聯姻的永恆法則，是可以上交，可以平交，唯獨不可下交。窮書生和富家小姐的童話愛情，只在小說裡才有。

此外，李白還偽造過履歷，說自己是李廣之後。

一舉一動，都暴露了李詩仙的求生欲。儘管沒什麼用，但這是他能做到的消解自卑最好的辦法。

與自卑對應的，就是他目空一切的自負。

才子大多自負，但基本上都有個度，會掂量自己的斤兩。李白就完全不這樣，他的自負，是讓人一看就覺得不靠譜。

比如，在李璘的幕府裡，他自比東晉的謝安：

三川北虜亂如麻，四海南奔似永嘉。
但用東山謝安石，為君談笑靜胡沙。

安史叛軍大亂天下，民不聊生。只要起用我，談笑間，就能把胡人一掃而光。

謝安石是誰呢？姓謝名安，字安石，大政治家，江左名流，超級貴族。「舊時王謝堂前燕，飛入尋常百姓家」裡的男主。

如果謝安地下有知，估計會對李白翻個白眼：我謝謝你啊。

這就是李白的夢想。

他自己是書生，卻diss孔孟，藐視一眾儒生。

他欣賞張良，希望複製張良的成功，「朝為田舍郎，暮登天子堂」，今天擺個煎餅攤，明天就能敲鐘上市。

李白的自負，是脫離了實際的自負，只有在詩歌裡，他才是主角，才是救世主，才能談笑靜胡沙。

在現實裡，他只是個路人甲，被摁在地上狠狠摩擦，撞在牆上頭破血流。一次又一次的挫敗，不斷反噬著他僅有的自負，四十多歲從翰林待詔被放逐是如此，年近六十流放夜郎也是。

每一次看似接近成功，最終都化作泡沫。

如果這種痛苦，能找到釋放的出口也行，像王維一樣找個信仰，做個「歲月靜好」的美男子，也能有些許安慰。

可是李白又選錯了。

04

他選了道教。

在唐朝有三大信仰，儒、釋、道。

儒家源遠流長，體系成熟，積極用世，按那套標準來，不會出大錯，也更符合現實。杜甫是儒家信徒，一輩子都在踐行儒家理想，世道艱難，但總算務實。

佛教在當時也成熟，講究參禪開悟，超越生死，看清生命的真相後，就能獲得解脫。

王維拜了佛門。按世俗意義上的成功標準，王維並沒有比李白高多少，安史之亂中還被迫做了偽官，性質比李白參加李璘的叛軍好不到哪兒去，按說他的後半輩子更應該誠惶誠恐，至少也會羞愧難當。

但王維並沒有，是佛教給了他解脫。他放下了一切，連婚姻都不要。所以他的詩是一個「空」字，不是虛空，是走出塵世、剔除煩惱的空，「人閒桂花落，夜靜春山空」、「空山不見人，但聞人語響」、「深林人不知，明月來相照」。

唯獨道教，到了唐朝，估計是換了產品經理的原因，哲學賣點弱化，轉而主打長生藥研發。這是它最大的bug。

教徒們採仙草，煉仙丹，希望有一天能羽化成仙，長生不老。

這註定會讓信徒們失望，尤其李白這種已經拿了正式學位的明星學員。他在《長歌行》裡寫道：「富貴與神仙，蹉跎成兩失。」

現實的挫敗，信仰的無望，給李白更大的虛空。

杜甫落魄時，放得下名門子弟的身份，能「朝扣富兒門，暮隨肥馬塵」，能「賣藥都市，寄食友朋」。

李白就做不到。他把自己放得太高，下不來，架在幻想的泡沫上，還以為是青雲直上。

他狂笑著「仰天大笑出門去，我輩豈是蓬蒿人」，現實卻啪啪打臉。

事實上，他就是蓬蒿，隨風飄蕩，無處落腳。從二十多歲出蜀，到六十一歲客死他鄉，他沒有回過家，也很少提及家人。除了孤身月夜，吟兩句「舉頭望明月，低頭思故鄉」，這世上，再沒有一個溫暖的地方安置他的遊魂。

勉強可以讓他回避現實的，只有酒。

05

李白這個名字，是帶著酒味的。

他想要擺脫賤民身份，華麗轉身，走向帝王師座。

他自認他每個毛孔都能冒出才華，隨便一開口就是王霸大略。

他理想的人生，是轟轟烈烈幹一場，而後飄然入山，羽化成仙，「事了拂衣去，深藏身與名」。

他一直在做夢。

北島有語：「如今我們深夜飲酒，杯子碰到一起，都是夢破碎的聲音。」

這種聲音，李白早就聽過一萬遍了。

…………

世間行樂亦如此，古來萬事東流水。
別君去兮何時還？
且放白鹿青崖間，須行即騎訪名山。
安能摧眉折腰事權貴，使我不得開心顏！

——《夢遊天姥吟留別》

且樂生前一杯酒，何須身後千載名？

——《行路難》

求而不得，放手又不能，只能喝酒。

但他終究發現，酒精並不能消愁，連稀釋也做不到，酒醒之後，愁雲依舊萬里凝。

抽刀斷水水更流，舉杯消愁愁更愁。
人生在世不稱意，明朝散髮弄扁舟。
——《宣州謝朓樓餞別校書叔雲》

這些詩讀來，有一種頹廢的瀟灑，這是理智與情感糾纏的結果。

流放夜郎那年，李白都快六十歲了。按我們一般人的理解，早該知天命了吧，你不是要「散髮弄扁舟」嗎？貴州山高林密，弄個扁舟隊都沒人管你。

可是，李白更痛苦了，他像一個輸掉全部身家的賭徒，茫然四顧，落寞潸然。

流放途中，他給一個姓辛的判官留詩一首（《流夜郎贈辛判官》），至今讀來，讓人五味雜陳。李白的可悲可歎，可愛可憐，都在這首詩裡：

昔在長安醉花柳，五侯七貴同杯酒。
氣岸遙凌豪士前，風流肯落他人後？
夫子紅顏我少年，章台走馬著金鞭。
文章獻納麒麟殿，歌舞淹留玳瑁筵。
與君自謂長如此，寧知草動風塵起。
函谷忽驚胡馬來，秦宮桃李向明開。
我愁遠謫夜郎去，何日金雞[①]放赦回？

①金雞：朝廷頒發赦令時的儀仗用品。

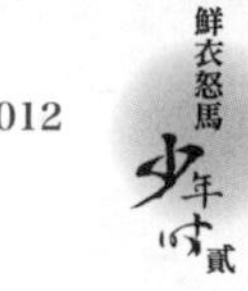

不是說「安能摧眉折腰事權貴」嗎？為什麼又懷念跟「五侯七貴」一起喝酒了？

不是「天子呼來不上船」嗎？怎麼又懷念麒麟殿和玳瑁筵了？

不是早看透了「古來萬事東流水」嗎？為什麼又期盼朝廷大赦了？

矛盾如此，絕望如此，痛苦如此。

這就是李白。

他不喜歡那些權貴，權貴們也未必稀罕他。

世人見我恒殊調，聞余大言皆冷笑。

——《上李邕》

或許這一句，才是李白的社交真相。他有才，他不俗，他目中無人，但在很多人眼裡，他不過是個整天做白日夢吹牛皮的狂生。

杜甫冷眼旁觀，在《贈李白》裡說他：

痛飲狂歌空度日，飛揚跋扈為誰雄。

子美看得準，下筆狠，情真意切，膠漆朋友。

這些，李白又何嘗不知道，他只是無法跟自己和解。

當然，對於李白，這是個悲劇，但對於唐詩，卻是最寶貴的收穫。

詩壇上最耀眼的篇章，最氣象縱橫的漢字組合，都被李白從山川裡，從長江裡，從酒杯裡，像道教煉丹一樣蒸騰而出。

06

唐詩一道，有人用學問寫，有人用技法寫，有人用慧根寫。

而李白，是用一股氣在寫。

他血液裡深藏的自卑和自負，現實中遇到的榮耀與挫敗，還有那唾棄世俗而又升仙無望的虛空感，都像強烈對立的極端。一正一負，一陰一陽，天雷地火，石破天驚。

所以在李白的詩裡，常有磅礴激烈的萬千氣象，以及上天入地、縱橫古今的想像力。

李白不善七律，那是杜甫的絕活。那些平平仄仄的框框，裝不下太白星的光芒。

他寫古體詩，寫樂府，即便寫過很多五言律，也全然不顧平仄對仗，想怎麼寫就怎麼寫，無拘無束，神鬼莫測。

後人寫詩，有學杜甫，有學王維，有學白居易，甚至無人能解的李商隱都有人學，唯獨沒人學李白，或者偷偷學了，不敢說出來。不一定是才力不及，而是氣場太弱。

崔顥用《黃鶴樓》KO李白的故事流傳了千年，但我們要知道，那只是廣袤的詩歌戰場上的一次小型遭遇戰。

崔顥確實如有神助，而李白呢，他自己就是神的化身。

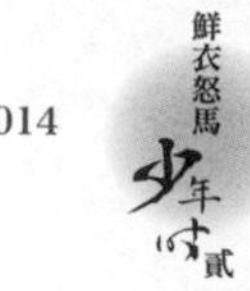

這話不是我說的，是南宋嚴羽在《滄浪詩話》裡說的：「詩之極致有一，曰入神。」詩歌的最高境界有且只有一個，就是「入神」，進入這個境界，「蔑以加矣」—— 無以復加，到頂了，不能再好了。

估計怕杜甫的棺材板按不住，嚴羽又加了一句，這個境界，「唯李杜得之，他人得之蓋寡矣」。

我們會看到，後世評價李白的詩，是「絕唱」，是「冠絕古今」，是「神作」、「神品」，是「千載獨步，唯公一人」…… 不惜違反廣告法。

但並不為過，李白擔得起。

唯一的造化弄人，是他明明寫的是悲劇，我們卻當成喜劇來讀。

作者悲痛欲絕，讀者酣暢淋漓。

王維的內心是一片湖，清澈，澄淨，不爭不搶，不起波瀾。

杜甫的內心是大江大河，月湧星垂，滌蕩泥沙，時而化作春雨，潤物無聲。

而李白的內心，懸掛著一條瀑布，從三千尺的高度飛流直下，轟轟烈烈，水花四濺。

我等芸芸眾生，只能站在一旁嘖嘖讚歎：好美，好壯觀！

全然不在意，那撞在岩石上，碎了一地的心。

若不是走上絕路，誰願意寫這絕句

青史留名的，
是澄江如練，
是星垂月湧，
卻看不見江面下的泥沙與暗流。

本文根據史料和詩料推演，
不代表史實，純開腦洞，請謹慎閱讀。

題　記

歷史總是抹去關鍵細節，留給我們荒誕的結論。對此我們無能為力，只能以更加荒誕，來對抗荒誕。

01

一切從那首千古絕句說起。

西元759年，唐肅宗乾元二年，煙花三月。

李白因陷入永王李璘謀反案，流放夜郎。走到白帝城下，朝廷大赦，他掉頭返回。客船順江而下，一天即到江陵。

李白詩興大發，寫出一首七絕：

朝辭白帝彩雲間，千里江陵一日還。
兩岸猿聲啼不住，輕舟已過萬重山。

詩如此簡單、上口、飄逸，就像詩仙在江風中飄揚的衣帶，每次讀來，如沐春風。

只是，《早發白帝城》盛名千年，我們往往忽略了它另外一個名字——《下江陵》。一個疑問在我腦中出現，剛剛差點被砍頭的詩仙同志，為什麼要去江陵？

要知道，彼時李白的妻兒、兄弟、族叔，所有親人都不在江陵。我實在想不通一個年近六十歲的老人，為何對江陵如此著迷。

除非，有必須一去的理由。

我開始著手研究。隨著史料與詩料增加，一個個匪夷所思的故事接連出現，當我把它們拼接在一起時，竟然指向一個驚天陰謀。

或許，我們從未讀懂過這首詩。

這個隱藏在歷史褶皺裡的故事，現在，是時候一層層剝開了。

《早發白帝城》寫於西元759年，是這個故事的最後一層。

要弄清它的來龍去脈，我們必須回到故事的第一層，西元756年夏天。

這一年夏天，安史之亂已爆發半年，叛軍接連攻下洛陽、長安，

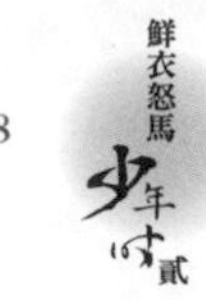

唐玄宗到成都避難，太子李亨在靈武繼位，廟號肅宗。

永王李璘率南方官兵順長江而下，途徑廬山，遇到在此隱居的李白，三次邀請，李白被其誠意打動，上船入夥。但是很快，李璘兵敗被殺，李白作為從犯，開始了長達兩年半的罪臣生涯。

若以此來看，這不過是一個懷有不臣之心的王爺，起用一個文人壯大智囊團的老套故事。可如果深思，便會發現這個故事迷霧重重。

一個有五年工作經驗的經理人都知道，規劃大方案要有充分的籌備。李璘雖然不具備帝王智慧，但絕非「腦殘」，既然有獨立上市的心，為什麼行事如此倉促草率？

最說不過去的是唐玄宗。

在他任命李璘為四道節度使、掌管大唐南方的時候，很多人是提出過異議的，比如高適，他們的觀點來自歷史經驗：皇子們分鎮各地，很容易重演「八王之亂」的悲劇，是給皇權埋雷。可唐玄宗依舊一意孤行，給了李璘僅次於唐肅宗的權力。

對於這個迷惑行為，歷史上通常的解釋是，唐玄宗年老昏聵，心中只有玉環的凝脂，沒有李唐的江山。

這頂帽子一扣，似乎他所有愚蠢的決策，都可以輕鬆解釋。

可事實真這麼簡單嗎？

唐玄宗可以懶政、可以判斷失誤、可以搞音樂舞蹈，但絕不會蠢。

他當年為爭奪皇位，斬韋后，殺姑姑，一通操作行雲流水。那種天生的帝王手段，不比李世民、武則天弱多少。

況且，遇到事關皇權、王朝存亡的重大時刻，再無能的帝王，都會警覺起來。難道唐玄宗就嗅不出一絲危機的氣息？

一定不是的。這其中，也必然有一個站得住的理由。

讓我們回到歷史現場，像貼身太監一樣站在玄宗身邊，或許就能找到答案。

03

可以想像，當狼狽不堪的唐玄宗，躲在成都某個臨時行宮裡，面前一定不是《霓裳羽衣曲》的曲譜，而是一幅大唐疆域圖。

那是一張令人恐懼的地圖。

北方三大藩鎮、二十萬安史叛軍（大唐兵力的三分之一），從北京出發一路南下，虎狼之師勢如破竹。只用半年，河北及河南北部全線失守，洛陽、長安相繼淪陷。正所謂「漁陽鼙鼓動地來，驚破霓裳羽衣曲」。

山河破碎，大唐飄搖。

對於一個已在位四十四年的老皇帝，他必須做最壞的打算，以及最穩妥的準備。

蒼老的玄宗久久注視著地圖，花白鬍鬚稀稀疏疏，缺了往日的威嚴。此刻，他更像一隻行將就木的頭狼，在為自己的錯誤，尋找彌補的機會。

他顫抖的雙手一次次撫平地圖，目光一點點下移，混濁的雙眼突

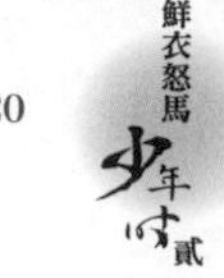

然有了光。

在地圖南部，他看到了長江。

這條貫穿中國南部的天險，在盛世時期，是帝國的經濟大動脈，而在此刻的玄宗眼裡，它更是一條「護國河」。

玄宗的目光逐漸聚焦，落在長江中部一個古老的城市上，它的名字叫荊州。

那一刻，身在成都的唐玄宗，或許會想起建都此處的劉玄德。

荊州的得失，直接事關魏、蜀、吳的興亡，戰略地位之重要無須多言。

蘇洵曾做過一次事後諸葛亮，但觀點很有見地，他說：

「諸葛孔明棄荊州而就西蜀，吾知其無能為也。」

失去荊州的蜀國，搞不了大事情。

這就是荊州的價值。對了，它另外一個名字，叫江陵。

以江陵為據點，西控川蜀，東連吳越。長江下游，便是千古帝王州南京。龍盤虎踞，王氣升騰。

於是，一個B計畫在玄宗腦中浮現。

假設大唐北部落入安史叛軍之手，那麼劃江而治，建立一個「南唐」，就是最穩妥的方案。

事關李唐王朝的延續，唐玄宗不可能假以他人之手。縱然朝臣之中有名將、有賢相，也絕不可能擔此要職。

唯一的執行人，必然是玄宗的第十六子——李璘。

這就能夠解釋，為什麼唐玄宗對高適等大臣的苦勸無動於衷。因為這本身無關對錯，李唐皇權能否延續才是關鍵。

當然，能嗅出這個計畫的，也並非玄宗一人。在當時的局勢下，身處權力中心的人，都會有敏銳的直覺。

比如，李璘的同父異母哥哥，唐肅宗。

04

眾所周知，打仗就是打錢。

當時朝廷有多依賴錢呢？看兩個故事。

《資治通鑑》記載，馬嵬坡事件發生第三天，唐玄宗的禁衛軍竟然陷入混亂：「士卒潛懷去就，往往流言不遜，陳玄禮不能制，上患之。會成都貢春彩十餘萬匹……可共分此彩，以備資糧。」官兵罵罵咧咧，準備分行李散夥，禁軍一把手陳玄禮都管不住。玄宗很害怕，將成都進貢的十餘萬匹絹布發下去，才平息眾怒。

也就是說，如果沒錢沒糧，皇帝的護衛隊也會罷工。

第二件事：為平息安史叛軍，唐肅宗向回紇借兵。開的價碼是，允許回紇士兵破城之後隨意搶掠，大唐市民的金銀珠寶，一車車搶走，女人一車車擄走。

這是一筆令人痛心的交易。如果不以最壞的惡意揣測，我們就可

以理解唐肅宗的動機 —— 朝廷實在太缺錢了。

死掉千萬百姓算什麼，搶走一車車金銀算什麼！皇帝寶座才是第一位。

李璘就不一樣了。

西元756年夏，安史之亂爆發一年後，唐玄宗任命李璘為四道節度使，統領山南東路、嶺南、黔中、江南西路，封疆數千里，首府恰恰設在江陵。

江淮嶺南，魚米之鄉，地廣民富，廣大長江流域的租賦，全部聚集在江陵。

李璘不差錢。

與李璘同時被任命的，還有唐玄宗的第二十一子李琦，他被任命為廣陵大都督，統轄江南東路、淮南、河南等路，轄地範圍約等於現在的江浙滬。

值得玩味的是，玄宗給了李琦任命，卻阻止他前去赴任，一直留在自己身邊。也就是說，李琦名片上閃閃發光的一串名號，只是一個個空職而已。

玄宗這麼做，看似沒有把整個長江以南給李璘，但實際上已經默許，只待最後時刻，李璘順利過渡，名正言順建立「南唐」。

這種可能性，用司馬光《資治通鑑》裡的話說就是：「宜據金陵，保有江表，如東晉故事。」

不得不說，相比哥哥唐肅宗的爛攤子，李璘拿到的是一個錢袋子。北方前線的軍費，全靠江南的租賦輸血。

難道我只能做哥哥的ATM機？

當李璘的大船在滾滾長江破浪前行，這個被父皇暗示過的計畫，也漸漸浮出水面。

一到江陵，他就招兵買馬，很快召集數萬大軍。然後馬不停蹄，順長江揮師東下。

至於出師之名，當然是奉玄宗之命，從揚州轉大運河北上，助唐肅宗剿匪。

於是，西元756年初冬的一天，當大軍行至廬山腳下，李白用一張舊船票，登上了李璘這艘破船。

一個雄心萬丈，一個萬丈雄心。

大唐詩壇最詭異的一幕即將上演。

05

在李璘幕府，不管李白官職幾品，以他的才華，必然是宣傳部第一桿筆。

他為這次出征寫過很多詩，最有名的叫《永王東巡歌》。這是一個系列的組詩，共十一首。

比如第二首，李白寫道：

三川北虜亂如麻，四海南奔似永嘉。
但用東山謝安石，為君談笑靜胡沙。

「三川」泛指洛陽一帶。

大意是說：中原大亂，人民像晉朝的永嘉之亂一樣，爭相南逃。我就像東山謝安石，談笑間，強虜灰飛煙滅。

一如既往的自信。

第五首寫道：

二帝巡遊俱未回，五陵松柏使人哀。
諸侯不救河南地，更喜賢王遠道來。

唐玄宗、唐肅宗都還沒回到長安，皇家陵寢讓人哀傷。

各地諸侯都是垃圾，連河南都救不了，還是讓我們永王來終結吧。

一如既往的拍馬屁。

在他驚天地泣鬼神的詩集裡，這些軟文詩原本不值一提，也無可厚非。

然而，當我們的目光停留在其中一首時，卻不得不將整個事件的性質重新考量。

那是第九首，也是四句：

祖龍浮海不成橋，漢武尋陽空射蛟。
我王樓艦輕秦漢，卻似文皇欲渡遼。

這首詩無須過度解讀，單從字面含義，已然暴露出李璘的真實動機。

祖龍是指秦始皇。這首詩大意是說：秦始皇想出海幹大事，沒成。漢武帝想在潯陽射蛟，也沒成。我家永王碾壓秦皇漢武，就跟當初唐太宗征遼一樣，平定天下。

今人讀來，似乎平淡無奇，但如果放在當時的文化和語境裡，後果就很嚴重。

太上皇還在呢！法定的新皇帝唐肅宗還在呢！輪到你李璘當老大？還自詡為唐太宗，你咋不上天呢？

不臣之心，不臣之心啊。

關於這首詩，也有人認為並非李白所寫，而是他人偽作，比如郭沫若就持這一觀點。

他說，李白的其他組詩，一般都是整數「十」，《詩經》裡的《大雅》《小雅》也是以「十」為一組，而《永王東巡歌》是十一首，不協調，所以「偽作，是毫無疑問的」。

我研究不精，總覺得論據過於單薄。《古詩十九首》以及《詩三首》《詩五首》…… 詩歌史上以單數為一組的情況並不少見。再者，以李白的風格，很難想像會為了湊整而寫詩。

那麼，咱不妨大膽假設、小心求證，把真偽問題一分為二。

若確是李白所寫，永王謀逆、李白從犯的事實就可以定案 —— 至少表面上如此。

若是偽作，就是有人嫁禍，欲置李璘、李白於死地，這將意味著

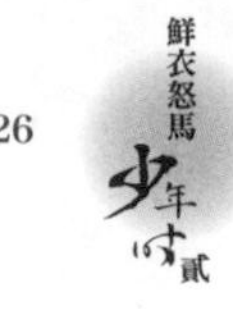

更大的陰謀。此話不表，且說當前。

李白尚未收筆，李璘劍已出鞘。

大軍行至揚州，吳郡太守李希言攔住去路，質問李璘：

告訴我，你的夢想是什麼？

《資治通鑑》原話是：「詰其擅引兵東下之意。」

問我的夢想，你也配？李璘不囉唆，帶兵殺將過去，謀逆行為完全坐實。

一個心懷陰謀的弟弟，一個謹慎猜忌的哥哥，多麼熟悉的兄弟博弈故事。

事情的結果沒有懸念 —— 李璘畢竟太嫩，短短兩個月就兵敗被殺。

兵敗的原因也很荒誕，李璘麾下兩員大將，直到此時才發現他的真實意圖，不願成為逆臣，臨陣倒戈。

這也側面印證了B計畫的機密度之高。

或許，在唐玄宗和李璘最初的計畫裡，公開真實目的的時機還遠遠未到。只是未曾料到唐肅宗早就未雨綢繆，一招打草驚蛇，逼李璘提前現出原形。

李璘領了盒飯，按說後續的劇情再與他無關。他就像滾滾長江裡的一朵浪花，倏忽一閃，淹沒於洪流。

看到這裡或許有人要問，主角不是李白嗎？為什麼李璘這麼多戲份？

很簡單，在定罪的角度上，朝廷對李璘的態度，直接關係著李白的命運。

想必此時的詩仙同志，應該會拔劍四顧，再把一壺酒灌進喉嚨。

李璘暫時退場了，李白的故事才剛剛進入高潮。

06

回到本文最初的疑惑：他為什麼要下江陵？要回答這個問題，以上證據還不夠。

我們還必須知道，兵敗之後，李白到底經歷了什麼。

我繼續挖掘資料，直到發現一系列「意外」和「巧合」，關於李白的更多真相，也隨之一一浮現。

西元757年十月，距離李璘之死已八個多月，身在安徽宿松山的李白，給宰相張鎬寫了一封求救信——《贈張相鎬二首》。

這兩首詩更像一份公函，無非一些官場客套話，平淡無奇。可是，有兩個細節令人生疑。

第一個，在第一首標題下方，李白用小字寫下這樣一句話：

「時逃難病在宿松山作。」

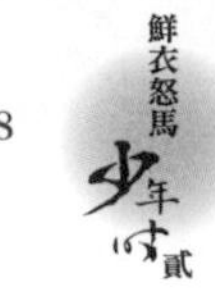

請注意「逃難」二字，按詹鍈在《李白詩文系年》中的說法：「此詩既在太白出獄之後，則逃難云云，不知何指。」

此時李白已經出獄，是一個刑滿釋放之人，為什麼還要逃難呢？

難道杜甫說他「世人皆欲殺」並非言過其實？

如果真有人要殺李白，那麼是誰要殺他？為什麼要殺？

第二個疑點，是第二首詩的開篇，李白上來就說：

「本家隴西人，先為漢邊將。」

隴西指現在的甘肅省。他自稱是甘肅人，先祖是漢朝的邊將，李廣的後人。

眾所周知，李白的籍貫是個謎，有四川江油說、山東說、碎葉城（今吉爾吉斯斯坦）說，但這些說法，全都在他下獄之前。

在什麼情況下，一個六十歲的老人，會給自己安排一個新籍貫？

他在隱瞞什麼？或者說，在糾正什麼？一切都非常可疑。

然而，更可疑的是他的經歷。

從西元756年冬入夥李璘，到西元759年春「千里江陵一日還」，如果把李白這兩年半中的經歷逐一羅列，看看會發現什麼：

入夥 —— 下獄 —— 出獄 —— 遭追殺 —— 流放 —— 赦免。

首先，那可是謀逆罪，可能「出獄」和「大赦」嗎？要知道，再仁慈的帝王，對謀逆罪都是零容忍。

翻開《資治通鑑》，唐朝的帝王們動不動就搞大赦天下，其實能赦的都是一般罪犯，涉及謀逆篡權，不株連家族已經算是仁慈。

明英宗曾給功臣發過丹書鐵券，俗稱「免死金牌」，上面有這樣一句：「除謀逆不宥外，其餘若犯死罪，免爾本身一次。」宥是饒恕。殺人放火都會你給續一條命，但如果謀逆，絕不饒恕。

蘇軾憤青多少年都沒事兒，最危機的時刻是哪次呢？

是口嗨了一句「根到九泉無曲處，世間惟有蟄龍知」。政敵給他扣的帽子，就是不臣之心。世間只有一條龍，姓趙，蟄龍是啥？你家養的嗎？

如果不是宋神宗，如果不是不殺士大夫的祖訓，蘇軾可能就真到九泉了。

謀逆罪，哪會輕易赦免！

再說了，弟弟李璘都必須死，憑什麼李白活著？

其中的原因，正好暗合了第二個疑點。

細思李白這兩年半的遭遇，明顯有兩股力量博弈的痕跡。一方「欲殺」，一方「憐才」；一方繼續追殺，一方奮力保護，最終挺李派獲勝。

中間到底發生了什麼？

當我重新梳理各方關係時，忽然想起另外一個著名故事：十幾年前，李白就已做過翰林待詔，玄宗「降輦步迎⋯⋯以七寶床賜食，御手調羹以飯之」。

沒錯，在唐肅宗、李璘、李白的關係網中心的，恰恰是唐玄宗。

讓我們大膽推演一下吧：手心手背都是肉，哥哥弟弟都姓李。

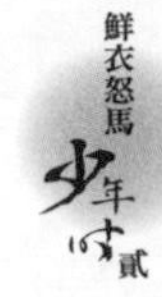

當那個理智到殘酷的B計畫在唐玄宗內心閃現時，他一定會想方設法兼顧兩個兒子。

對於哥哥唐肅宗，這個剛剛建立的小朝廷（在靈武繼位時，滿朝文武不足三十人），玄宗從成都派去了房琯、韋見素、高適等人，成立新政府的領導班子。

不過，後面的事十分詭異，這些玄宗系權臣煊赫一時，隨後被一一罷免，無一例外。

而對於李璘，他能給的實在有限。身邊的老臣重臣，總不能派到一個王爺身邊吧，那豈不是此地無銀三百兩？

於是，他想起了李白。

這個大唐第一才子忠心耿耿，熱血未涼，還曾與他關係密切。雖然治國能力不行，但作為動亂時期的筆桿子，無疑是不二人選。

李璘與李白兩個八竿子打不著的人，為什麼會走到一起？李白為什麼敢寫那些送命詩？至此有了答案。

李白所謂的「王命三征」，也只是個面試流程，在此之前，玄宗一定給過他授意。甚至還給他吃過定心丸 —— 如果事敗，我自會保你。

「帝王師」的心在顫抖，「御手調羹」的淚在流，單純的太白兄認真了。

只是他和玄宗都未曾料到，唐肅宗的行動會如此之快。

至此，我們可以得出一個結論：

李白之所以「謀逆而不殺」，就是玄宗與肅宗博弈的結果。

這個問題解決了，但下一個問題隨之而來。

唐肅宗雖然算不上一代雄主，但也算勵精圖治，在皇帝合格線之上，也並不是一個出爾反爾的人。再說君無戲言，在天下大亂、朝政不穩的關鍵時期，唐肅宗不會無所顧忌。

如此一來，他為什麼對李白先公開釋放，後又秘密追殺呢？

這中間，也應該有不為人知的理由。

抱著這個疑問，我繼續翻閱史料，直到發現另外一些巧合。

07

就在李白給張鎬寫求救信前不久，唐玄宗已經返回長安。

唐肅宗以天下第一孝子的形象，把老爹安排在興慶宮，吃穿用度，照顧至微。

然而，這更多是做給世人看的。肅宗的孝道，何嘗不是權術之道？

以前，興慶宮是玄宗的歡樂場，此刻，更像是這位老皇帝的冷宮。陪在他身邊的，只有陳玄禮、高力士，以及曾引薦過王維、李白的玉真公主，再無其他重臣。

即便這樣，唐肅宗似乎還不放心。很快陳玄禮被退休，高力士以

勾結逆黨罪流放南荒，玉真公主遁世出家。

《太平廣記》說：「此皆輔國之矯詔也。」—— 這一切都是唐肅宗的心腹太監李輔國假傳聖旨。

呵呵。一個沒有兵權的金吾衛、一個大勢已去的高力士，值得動嗎？沒有肅宗授意，李輔國敢擅自做主？他們可都是太上皇的人。

關鍵是動了還沒事，多麼神奇。

是李輔國太傻，還是唐肅宗太精？

據記載，身陷禁地的唐玄宗，總是拖著垂垂老矣的身軀，吟誦一首詩：

刻木牽絲作老翁，雞皮鶴髮與真同。
須臾弄罷寂無事，還似人生一夢中。

沒錯，詩名叫《傀儡吟》。此時的唐玄宗，不過是被唐肅宗「刻木牽絲」的老翁，一個用來打造孝子人設的傀儡。幾個月後，玄宗無聲死去，真是人生如夢。

《明皇雜錄》甚至說這首詩乃李白所作，如果屬實，就更加印證了李白與玄宗的親密程度。

故事講到這裡，我們可以得出一個粗略結論：

李白謀逆罪表面成立（從唐肅宗角度看確實如此），依法打入死牢。但礙於父皇的舊臣勢力和輿論因素，加之需要一場寬厚仁孝的表演，唐肅宗又將他無罪釋放。

玄宗死後，唐肅宗再也無所顧忌，又決定殺掉李白，考慮到君無戲言，於是決定暗殺。

之所以說是粗略的結論，是因為它只是一種可能性，殺李白的動機還不夠強烈。

我們知道，大唐雖不像宋朝那樣，祖宗家法明文規定不殺士大夫，但對於「汙點文人」，還是有一定包容度的。比如，白居易、韓愈抨擊朝廷，絲毫不顧皇家顏面，也並沒有被殺頭，反而最後都仕途通達。

為什麼就容不下誤入歧途的李白？

除非，還有其他理由。

08

李白果然是個有故事的男人。

政治線索的挖掘陷入困境，我決定換個思路，將目光轉向詩仙的私生活。

峰迴路轉，一個更合理的解釋隨即出現。

要揭開這個謎底，我們必須先從兩個人說起。

巧了，還是兩個李家人。一個是李林甫，一個是李泌。

李林甫拜相之後，深得玄宗信任，把持朝政，大權獨攬。在歷史

上，這樣的權相弄臣，通常都會干涉立儲。畢竟，這直接關係著他們的政治生涯，能否在下一朝延續。

李林甫也不例外。當初玄宗立太子，傾向於李亨，而李林甫與李亨向來不和，數次上書，建議立壽王李瑁為太子。

一番激烈的儲君之爭，以李亨最終獲勝畫上句號，就是前文說的唐肅宗。

直到多年後的安史之亂（李林甫有很大責任），當時李林甫早已去世，但唐肅宗對他的徹骨之恨卻絲毫未減。

收復長安後，他準備對李林甫掘墳鞭屍，挫骨揚灰。這個意氣之舉，被李泌及時勸阻了。

李泌說如今玄宗尚在，局勢動盪，朝政未穩，李林甫是太上皇的寵臣，你剛上位就對他鞭屍，這不是打你老爹的臉嗎？

言下之意，你的孝子人設還要嗎？

一語點醒憤怒人，唐肅宗當即採納李泌的建議，強壓心頭恨意。稍可解恨的是，李林甫的幾個兒子和女婿，早已全部罷官流放，以罪臣之名度過餘生。

以上故事很多人都知道，但鮮為人知的是，李林甫還有個女兒，因出家為道躲過一劫。

其真名已無從考證，歷史只記錄了她的法名，叫李騰空。

李騰空隱居廬山，修仙悟道，經常有道友慕名來訪。

西元758年春天，也就是李白逃難的日子裡，一個女人登上廬山，來到李騰空身邊。這個女人姓宗，正是李白的妻子。

在出發前，李白留詩兩首《送內尋廬山女道士李騰空》，其一寫道：

君尋騰空子，應到碧山家。
水舂雲母碓，風掃石楠花。
若愛幽居好，相邀弄紫霞。
…………

詩寫得很隱晦，並無實質資訊，但仍然可以看出，李白之前就知道李騰空的蹤跡，此次妻子前去，正是他促使的。

關於李夫人與李騰空這次會面，歷史上沒有隻言片語。是玄宗的牽線？其他朝臣的撮合？還是單純的道友交往？

這永遠是個謎了。

但這不重要，重要的是，唐肅宗會怎麼看。

我們有理由相信，作為一個有前科的罪臣，李白的一切行動，肅宗都瞭若指掌。

這個原本他就「欲殺」的大筆桿子，一再挑戰他的底線，現在居然又跟李林甫之女有瓜葛！

時局動盪，政治敏感（此時玄宗尚未去世），容不得一絲大意。威脅到皇權，哪怕是對父子兄弟也絕不手軟，何況一介書生。

李白必須死。

若不是玄宗和其他朝臣出手相救，說不定，我們的詩仙同志，也會像王昌齡一樣，在不明不白中悄然死去。

幸好，太白星的光芒，還能再照耀詩壇好幾年。

寫到這裡，李白為什麼被釋放後又遭追殺？我們終於有了一個合理解釋。

現在，讓我們來剝最後一層洋蔥，劫後餘生的李白為什麼要下江陵？

09

還記得李白前面那兩首求救詩嗎？

沒錯。收信人是那個叫張鎬的宰相。

這個人我們可能不太熟悉，沒關係，只要記住他的兩個身份就行了。

第一個身份：他是唐玄宗落難時最信任的朝臣之一。

馬嵬坡前，曾經的九五至尊，連一個心愛的女人都保護不了，帝國命運更是前途未卜，玄宗心情沮喪到極點。

向成都逃竄的隊伍也零零散散，在泥濘中如喪家之犬。即便這樣，依然有一些朝臣誓死追隨，令玄宗感動萬分。

這其中，就有張鎬。

第二個身份：他是詩人保護神。

在肅宗的新朝廷裡，張鎬曾救過一個小諫官，使他免受牢獄之災，這個幸運兒叫杜甫。

後來，張鎬擔任河南節度使，率四路大軍去解睢陽之圍。在他麾下，有個淮南節度使，名叫高適。

戰鬥中，一個叫閭丘曉的刺史貪生怕死，拒不出兵，還殺了王昌齡。張鎬怒髮衝冠，將閭丘曉就地正法，為王昌齡報了仇。

有這兩層身份，對李白來說，張鎬就是「自己人」。這也就解釋了，亡命天涯的李白，為什麼向張鎬透露被追殺的消息，並向他求救。

是信任，無條件的信任。

然而，老皇帝的信任，往往意味著新皇帝的懷疑。

當兩京收復，河南、河東重回李唐手中，飛鳥盡，良弓藏，唐肅宗寧願相信一個宦官，也不願相信這個戰功赫赫的老臣。一道聖旨，把張鎬貶到江陵。

沒錯，是江陵。

「朝辭白帝彩雲間，千里江陵一日還。」

重獲新生的李白，幾杯酒下肚，再次點燃建功立業的熱血。

他要下江陵，找張鎬謀求機會，然後登岸北上，「願將腰下劍，直為斬樓蘭」。

10

唐肅宗駕崩後，兒子唐代宗即位，即刻給李璘平反。

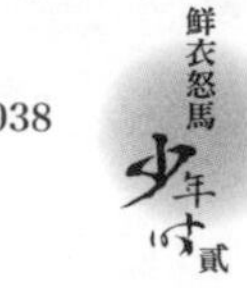

一個皇帝，在什麼情況下會給「謀逆」的叔叔平反？

唯一的解釋，就是這位叔叔並不是真謀反。唐代宗知道，甚至大家都心照不宣，所謂謀逆，不過是老皇帝唐玄宗的兩手準備而已。

都是李家血脈，一方勝出了，沒必要讓另一方萬劫不復。

一個特殊時期的皇權計畫，一場迫不得已而策劃的陰謀，恩仇宿怨就此消失，湮沒於歷史的塵埃中。

李白沒能做帝王師，沒能做遊俠兒，卻玩了一把無間道。他終究也未能實現「寰宇大定，海縣清一」的夢想，幾年後在酒醉中去世。

大江東去，浪奔浪流。青史留名的，是澄江如練，是星垂月湧，卻看不見江面下的泥沙與暗流。在《資治通鑑》上，司馬光沒給李白留下半個字。

但誰能說他們不曾存在過呢？

如是這般，我們也不必為李白惋惜，說不定這就是他苦苦追尋的「深藏身與名」呢。

白帝城乃西漢末年公孫述建造，他自稱白帝，所以此城叫白帝城，但他的王朝並未千秋萬代，短短十幾年就消散於長江一隅。

劉皇叔野心勃勃，一心要光復大漢，最後落個白帝城托孤。辜負了老臣心，流盡了英雄淚。

帝王將相今何在？是非成敗轉頭空。

只有絕路上誕生的這首絕句，依舊千年傳唱，如同白帝城下的滾滾長江。

那個二十年沒見的朋友，忽然上門了

一天比一天潦倒的杜甫，
一定會在某個春天的雨夜，
想起這頓春韭黃粱飯。

01

華山腳下，春雨斜織，道路泥濘。

杜甫一身舊青袍，右手拄著一根樹枝，弓著腰，正在爬一個斜坡。

坡很長，一直伸向遠方，盡頭只有昏暗的天色。

杜甫推一推斗笠，向天空瞄了一眼，比剛才更暗了。這裡人煙稀少，他心裡有些打鼓。

他記憶中的開元盛世，是「九州道路無豺虎，遠行不勞吉日出」，人們生活富足，出門不用擔心攔路搶劫。

當下就難說了。

安祿山的叛軍已經逼近洛陽城，天下大亂，安享近一百四十年太平的大唐子民，哪見過這世道，無不倉皇逃難，餓殍遍野。想到這裡，杜甫花白的鬍子微微抖動。

越是亂世，友情越是珍貴。

他決心繼續往前走，因為一個老朋友，就住在這條小路的盡頭。

二十年前他曾來過一次，今天走在這路上，兩邊景色並無太大變化，這種熟悉的感覺，讓他心裡有了一絲暖意。

杜甫唯一擔心的是這位老朋友，他會不會搬了家？過得是不是像他一樣落魄？甚至，還在不在世……

他必須去看看。

關於這位元老朋友，歷史上沒有任何記載，我們只能從杜甫的詩裡，得知他姓衛，在家族中排行老八。

衛八年輕時也曾三更燈火五更雞，立志幹一番大事。奈何世道沉淪，就做了一名處士，隱居山林，讀書耕田。

此時的杜甫不會料到，千百年後，在他「光焰萬丈長」的一千四百多首詩的詩集裡，今天為朋友寫的這首質樸的小詩，格外感人。

衛八處士也不會料到，他本該寂寂無聞的一生，將因為杜甫的到來而傳唱千年。

讓我們記住這次會面的時間，安史之亂爆發四年後的西元759年，一個春日的黃昏。

這首詩，就叫《贈衛八處士》。

02

現代社會，即便通信發達到朋友圈的人多到想刪人，想退群，交通一日可達萬里，我們仍然有一二朋友，想見卻一直沒機會。

可想而知，在古代，尤其是戰亂時期，親友的一次分別，可能就是永別。

為什麼送別詩一大堆呢？因為在一起的日子太珍貴了。就像杜甫說的：「烽火連三月，家書抵萬金。」

可是今天，我們的老杜，竟然在黃昏時刻見到了老朋友，於是他上來就是一陣感歎：

人生不相見，動如參與商。
今夕復何夕，共此燈燭光。

「參」指參星，而現在的獵戶座，方位在西；「商」是商星，現在叫天蠍座，方位在東。兩個星座一個升起另一個落下，一個在白天，一個在黑夜，永世不能相見。

杜甫是說，人生就像參商二星，見一面太難了。今天到底是個什麼日子啊！咱倆竟然見著了。

就像是浩瀚而冰冷的夜空，兩顆遙遠而孤獨的星，突然化身流星，衝向地球，掠過華山之巔，在這間茅舍裡相遇。

一切平息下來，化作搖曳的燭光。

世界溫暖了。

然後，詩聖跟我們普通人一樣，見到多年未謀面的老朋友，先驚訝於對方的外貌變化，也一定會提起共同的老友。

杜甫繼續寫道：

少壯能幾時？鬢髮各已蒼。
訪舊半為鬼，驚呼熱中腸。
焉知二十載，重上君子堂。
昔別君未婚，兒女忽成行。

杜甫是非常重情義的人，見衛八之前，他已經拜訪過一些老朋友，可惜一半都已去世，他很悲傷，心如火焚。

慶幸的是衛八還健在，所以老杜既興奮又感慨，誰能想到，二十年後我居然又到了你家。

二十年會改變什麼呢？

當年的單身狗小衛，已經變成老衛，孩子好幾個。二十年前，杜甫二十八歲，「會當凌絕頂，一覽眾山小」，熱血還在年輕的身體裡翻騰。

可以想像，當時的開元盛世，兩個年輕人是何等雄心，何等快意，他們堅信自己是後浪，也立過乘風破浪的flag。

焉知二十年後，卻被拍在沙灘上，匍匐，無聲，最後化作泡沫。

當然這是後話。此時，年近半百的杜甫是愉悅的，衛八一家也很高興，對這個到訪的故人格外熱情：

怡然敬父執，問我來何方。
問答乃未已，驅兒羅酒漿。

父執指父親的好友。衛八的孩子們，很尊敬這個落魄的叔叔，問杜甫的近況。話音未落，衛八又招呼兒子們趕緊拿酒去。

請注意，杜甫的語言非常精練。孩子們問他來自何方，杜甫一定是說了，但他沒有寫進詩裡，直接跨過去了，「問答乃未已，驅兒羅酒漿」。

二十年啊，杜甫經歷了多少事情，但他隻字不提。

這是友情的詩，君子之交的詩，專門為衛八這位老朋友寫的詩。這個相遇的雨夜，杜甫一如既往，心裡沒有自己，只有朋友。

同樣的場景，我們可以拿白居易做個對比。

白居易一生仰慕杜甫，拼命學杜甫，繼承老杜衣缽，開創大名鼎鼎的「新樂府」，但杜詩的精練他沒學到家。

比如剛剛說的這四句，是個對話場景，白居易在《琵琶行》裡也遇到過：

《琵琶行》前面一大段，寫琵琶女的音樂多麼動人，遭遇多麼不幸，以「同是天涯淪落人，相逢何必曾相識」收尾。

如果後半部分，從「今夜聞君琵琶語，如聽仙樂耳暫明」開始直接跟上，全詩會乾淨利索，緊湊精練。

可老白偏不。他非要在中間給自己加一段戲：「我從去年辭帝京，謫居臥病潯陽城……」吧啦吧啦，絮絮叨叨。

感興趣的可以去看，這段很多餘，至少是可以壓縮的。

老杜就不這麼寫，他是錘煉文字的大宗師，從不多寫一個字。也可以說，在這首詩裡，他自己的經歷不重要，跟老朋友相聚才重要。

他接著寫道：

夜雨剪春韭，新炊間[1]黃粱。

主稱會面難，一舉累十觴。

屋內準備酒，屋外準備吃的。這時天已經黑了，雨還在下，衛八家人剪了韭菜，蒸了黃粱飯——這是摻雜了黃米的雜糧飯。

飯菜如此簡單，可見衛八家很清貧。然而，這或許是他們能拿得出的最好的食物。

他們一邊喝酒一邊聊天，聊這二十年裡的經歷，杜甫的齊魯之旅，科舉落榜，與李白、高適的友誼，在長安做「京漂」時的「殘杯與冷炙，到處潛悲辛」，自己小兒子的餓死……

當然，還可能會聊到楊貴妃兄妹們的熊掌鹿唇、駱駝肉和水晶盤，只是吃這些的權貴們，都隨著馬嵬驛之變一起埋入黃土了。

①間（ㄐㄧㄢˋ）：摻雜。

這些不忍卒讀的人生際遇和世道澆漓，令衛八感慨萬分。他不知該怎樣安慰這個遠道而來的落魄故人，只能一杯接一杯勸酒，連碰十杯。

可是他們都很清醒：

十觴亦不醉，感子故意長。
明日隔山嶽，世事兩茫茫。

「故意」指故交的情意。杜甫情深意長，幾乎每首寫朋友的詩，都不忘表達情感，永遠記得對方的好，哪怕這個好只是一餐黃粱幾杯濁酒。

快樂是短暫的。詩的結尾，杜甫回過神，明天分別後又要遠隔山嶽，世事難料，不知道我們這輩子還能不能再見一面。

03

杜甫的情感世界，博愛、深情這些詞都不能盡道，甚至梁啟超說的「情聖」，我覺得都無法描述。我一直想找一個合適的詞來形容，但一直沒有找到。

只能打個比方吧，或許不太恰當：

杜甫對世界、對親朋、對陌生人的情感，就像賈寶玉對女孩們的呵護、憐憫和包容。那種情感力是常人無法理解的，所以大家說他們呆傻、迂腐。

這樣的情感力，能捕捉到很細微的人生世事的變化，像通靈一般，如有預感。

你看杜甫安史之亂前的很多詩，「朱門酒肉臭，路有凍死骨」，完全是大廈將傾的前奏。敏感而多情，下筆如有神助。

「明日隔山嶽，世事兩茫茫」也是同樣的讖語和預言。

這頓飯後，二人分開。當年冬天，杜甫為避難去往成都，一直到十年後客死他鄉，他與衛八終究未能再見上一面。

發現沒有，杜甫是「晚節漸於詩律細」，四十八歲時，詩藝早已爐火純青。但在這首詩裡，沒有技法，沒有煽情，不炫文采，也沒有大事件，通篇文字就像那頓韭菜黃粱飯一樣簡樸。

當然，少年人無感是正常的，讀杜甫的詩，需要年齡打底。

明朝一個叫鍾惺的大咖，評論這首詩，是「如道家常，欲歌欲哭」，又說「樸素而天下莫能與之爭美」。

這就是杜甫。無招勝有招，情感到了，一碗白開水也能把你喝哭。

千載之下，不知道杜甫和衛八後來會怎麼想起對方，衛八的孩子們老了以後，會怎麼給下一代講述這次會面。

但我一直覺得，遠在成都的杜甫，一天比一天潦倒的杜甫，一定會在某個春天的雨夜，想起這頓春韭黃粱飯。

他可能還給衛八寫過信，訴說自己在巴蜀的境遇，並相約戰亂結束後回到洛陽，再次「重上君子堂」。

如果真有這封信，我覺得李商隱已經替他寫了，那就是《夜雨寄北》：

君問歸期未有期，巴山夜雨漲秋池。
何當共剪西窗燭，卻話巴山夜雨時。

師兄，還記得師父的教誨嗎？

江湖險惡，
有才華的人註定命運坎坷。
沒有我的日子裡，
你若經過汨羅江，
只能跟屈原聊天了。

01

西元698年，這一年的大唐，武則天剛剛當上一把手，政壇險惡，雲譎波詭。

在洛陽，一場離別宴會正在舉行。陳子昂灌下一杯酒，語調悲壯：「哥，你我都是不羈之才，世無知音啊！」

原文是：「秉不羈之操，物莫同塵；含絕唱之音，人皆寡和。」

對面一個老者面色悲壯，也一飲而盡，然後「挾琴起舞，抗首高歌」：「哀皓首而未遇，恐青春之蹉跎。」老了，老了，那幫孫子不懂我們啊！

一曲唱罷，老者又斟滿一杯：「來，喝酒！喝酒！」

陳子昂也舉起杯：「乾，乾。」

酒還沒咽下去，官差們已經大聲催呵：「老杜！再喝就趕不上二路汽車了。」

…………

這個即將離開洛陽的老者，叫杜審言，他剛被貶謫到江西吉州。好友陳子昂為他送行的文章，叫《送吉州杜司戶審言序》。

在唐朝無數個送別的場景裡，這原本是個微不足道的時刻。

人們都未曾想到，多年以後，這場送別會，將是唐朝詩壇的聖火交接儀式。

只是接棒的人，當時還未出生。

02

杜審言遭貶謫後，陳子昂的厄運也來了。

沒過兩年，他因得罪武則天的侄子武攸宜，辭官歸田，回到四川射洪縣老家。但武氏一族並未放過他，在武攸宜、武三思的授意下，一個叫段簡的射洪縣令，以莫須有的罪名將他逮捕，陳子昂死在獄中，時年四十一歲。

他最著名的一首詩，是《登幽州臺歌》，有必要再讀一遍：

> 前不見古人，後不見來者。
> 念天地之悠悠，獨愴然而涕下。

這是大唐最強音，也是一顆孤獨的靈魂在吶喊。

一遍不夠，他一直喊。

在塞北的荒原上喊：「雨雪容顏改，縱橫才位孤。」

在荊門的水邊喊：「今日狂歌客，誰知入楚來。」

喝醉了喊：「孤憤遐吟，誰知我心？」

臥病在床還是喊：「縱橫策已棄，寂寞道為家。」

這些詩句，都是幽州臺上的餘音，用一句話概括就是：這世界上，沒有一個人懂我啊！

真沒有人懂他嗎？

不是的。

就在陳子昂去世那年，一個男孩剛過完周歲生日，幾年後他跟隨父親回到江油縣，這裡與陳子昂的射洪老家很近，一條涪江相連。

這個四川小老鄉，名叫李白。

又幾年後，杜審言也已去世。西元712年，老杜家添了一個健康的小孫子，名叫杜甫。

03

涪江奔流，物換星移。

杜審言、陳子昂的時代正在遠去，李白、杜甫的時代已經到來。

這一年是天寶三載，西元744年。在東都洛陽，三十二歲的杜甫與四十三歲的李白相遇了。

彼時的杜甫雄心萬丈，一心想寫好詩，幹大事。而李白，剛被唐玄宗賜金放還，知道大事不好幹。

不過沒關係，在杜甫眼裡，李白是爬上過巔峰的人。這是一場粉絲和偶像的見面。

某個不打烊的酒館裡，杜甫開啟了崇拜模式：「哥，寫詩有什麼絕招嗎？」

三杯兩盞下肚，李白一掃落寞之氣，恢復詩仙本色，對著眼前這個小迷弟大手一揮，「詩嘛，隨便寫寫。」

「寫不出來咋辦？」

「喝酒。」

「我不喝了。」

「我是說，寫不出來就喝酒。」

杜甫望向窗外，手指人潮滾滾的大街。「哥，看到街上的酒店沒，我每一家都欠著酒債。這頓，也記我賬上。」

「滋溜」一聲，李白又一杯下肚，從袖子裡掏出一本書。「喏，這個給你，多讀讀。」

杜甫雙手捧過，只見封面上兩行大字：復古即創新 —— 詩歌創作一本通。作者是一個熟悉的名字 —— 陳子昂。

杜甫酒醒了大半，一頭栽進書裡。

門外車水馬龍，李白一杯接一杯，杜甫卻好像瞬間踏入詩歌講堂，那個與爺爺論詩喝酒的陳子昂，似乎正對著他授課。

唐詩的終極奧秘，都記在這裡。

他先是看到兩個遒勁大字：復古。陳子昂開宗明義：「漢魏風骨，晉宋莫傳 …… 齊梁間詩，彩麗競繁，而興寄都絕 ……」

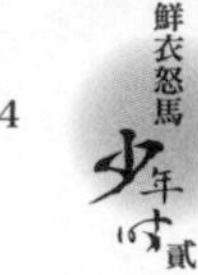

翻譯過來就是：漢魏的詩文才是爺們兒寫的，南北朝都是繡花枕頭。我們要講真話，要返璞歸真，要復古。

具體怎麼做呢？

仔細看看，前面還有八個大字：「光英朗練，有金石聲。」

杜甫心頭一震，這不就是太白兄的雄奇飄逸嘛！硬氣，明朗，剛得很。

仔細看，前面還有八個字：「骨氣端翔，音情頓挫。」

杜甫只感到一股真氣在體內聚集，整個世界明朗了。多年以後，不管後人如何評價杜詩，總離不開四個字：「沉鬱頓挫。」

當然，此時的杜甫還想不到後世，他還沉浸在極度興奮當中，「太白兄……哦不，師兄，我知道怎麼寫詩了。你有你的浪漫主義，我杜甫，要走我的現實主義。」

李白打了個響指，瀟灑起身。出發！

04

盛唐最有才華的兩個男人，就這樣結識了。

由李師兄帶領，他們遊開封，玩泗水，來到好客山東，一起縱馬打獵，一起喝酒擼串。

他們「醉眠秋共被，攜手日同行」。

他們「醉舞梁園夜，行歌泗水春」。

他們「放蕩齊趙間，裘馬頗清狂」。

這段激情燃燒的歲月，是杜甫一生最快意的時光。此後無數個漂泊的夜裡，杜甫總是一遍又一遍，追憶與李白有關的日子。

可是漸漸地，杜甫覺得哪裡不對。

李白從少年時期就是資深道教徒，離開朝廷後，對道教更加癡迷，什麼「青春臥空林，白日猶不起」，什麼「安得不死藥，高飛向蓬瀛」，什麼「提攜訪神仙，從此煉金藥」啥的，整天五迷三道。

甚至，有時候還說出夢遊一樣的話，比如他自稱「十歲與天通」、「青天騎白龍」等等。

除了拜訪道友、偶遇神仙，就是喝大酒、吹大牛，搞得杜甫實在看不下去了。

師兄啊，不是說好要「致君堯舜上」的嗎？不是說好一起幹大事的嗎？為啥你整天喝酒、服藥？

還記得師父的教誨嗎？！

這些質問，都寫在《贈李白》的這首詩裡：

秋來相顧尚飄蓬，未就丹砂愧葛洪。

痛飲狂歌空度日，飛揚跋扈為誰雄？

葛洪是東晉的一位道教前輩，也是一位著名藥劑師。

杜甫是說：秋天見到你還在到處浪，也沒見你煉丹呀，還號稱修道，對得起葛洪嗎？你整天爛醉度日，誰勸也不聽，看你有多厲害！

這樣的話，只有好朋友之間才會說。

只是，當時的李白聽不進去。

這不怪李白。

人生最痛苦的不是沒有夢想，而是當你苦苦追求的夢想出現在你面前，卻發現那不是你想要的。

這種體會，李白經歷過，杜甫還沒有。

他一次次掏心掏肺，李白一次次「飛揚跋扈」：師弟啊，你沒經歷過，你不懂，以後你……

這段痛並快樂著的生活，很快結束。

西元745年秋天，李白將要南下江東，「五嶽尋仙不辭遠」，杜甫則要西去長安，尋找他「再使風俗淳」的夢想。

他們在山東兗州分手，這個本來並不出名的小城，也因這場告別而載入詩史。

看著眼前這個小師弟，李白端起酒杯，賦詩一首：

醉別復幾日，登臨遍池臺。
何時石門路，重有金樽開。

秋波落泗水，海色明徂徠[①]。
飛蓬各自遠，且盡手中杯。

---

①徂徠（ㄘㄨˊ ㄌㄞˊ）：山名，在山東泰安東南。

兄弟啊，這樣登臺喝酒的日子沒幾天了。下次石門山重逢一起喝酒，不知道要到什麼時候。泗水秋波很美，徂徠山海一色。可你我都像蓬草一樣，鬼知道會飄向哪裡。

來吧，感情深，一口悶。

在這首《魯郡東石門送杜二甫》裡，李師兄只是喝酒，只是惜別，對於初出茅廬的杜甫，似乎並沒有太多話想說。

這是詩歌史上最耀眼的時刻。用聞一多的話說，李杜相遇，是「青天裡太陽和月亮走碰了頭」。

這也是詩歌史上最遺憾的時刻，因為他們碰頭之後，兩位唐詩大神，終其一生再未重逢。

李白當時的內心戲，我們只能猜測 —— 兄弟，我為什麼痛飲狂歌？以後你就懂了。

李白想得沒錯。

分手後的杜甫來到長安，在這個當時世界上最偉大的都城裡，他將會越來越懂李白。

05

西元746年，大約在冬季，三十四歲的杜甫穿過長安高大的城門。

他信心滿滿，老子已經掌握了所有詩歌奧秘，長安，一定有我的一席之地。

他說對了，長安給他的，真的只有一席之地，多一張都放不下。

來長安第二年，唐玄宗搞了一場公務員大招聘，要選拔優秀詩文人才。

這是一條綠色通道，出發點是好的。可惜，這項工作的負責人是李林甫，考試結果，所有考生無一通過。

杜甫落榜了。

電影《這個殺手不太冷》裡有幾句臺詞，小蘿莉問萊昂，人生總是那麼痛苦，還是只有小時候是這樣？萊昂說，總是這樣。

杜甫如果聽到這句臺詞，應該會雙手點讚。

為了生計，杜甫到處寫信求助、求推薦，沒人搭理他。只能到豪門貴族的府上，陪酒陪笑陪寫詩，用尊嚴換口飯吃。

他還開展了一個副業，叫「賣藥都市，寄食友朋」，上山去採藥，安利給認識的朋友。

最窮的時候，他甚至賣掉被子，就為了換口米吃。老婆孩子在長安也生活不下去，不得不送到陝西鄉下。

個中辛酸，一如杜甫所寫：

朝扣富兒門，暮隨肥馬塵。

殘杯與冷炙，到處潛悲辛。

——《奉贈韋左丞丈二十二韻》

而朝廷和豪門階層呢？越來越腐敗。常年征戰，高稅賦，使得蒼生水深火熱。

杜甫的積憤越來越多，一首首為蒼生說話的詩，化作最有力的一句：「朱門酒肉臭，路有凍死骨。」

絕望的氣息也越來越濃重，他喊出了「天地終無情」。

不知哪一個瞬間，杜甫突然發現，他「致君堯舜上」的理想，似乎終將破滅，他開始懷疑人生：「紈袴不餓死，儒冠多誤身。」

讀這麼多書有毛用啊！他終於理解太白兄了。

杜甫的長安十年，就是思念李白的十年，在一次又一次絕望後，杜甫越來越讀懂了李白。

冬天，他思念李白：

寂寞書齋裡，終朝獨爾思。

——《冬日有懷李白》

在書齋一整天，想你一整天。

春天，他思念李白：

白也詩無敵，飄然思不群。

清新庾開府，俊逸鮑參軍。

——《春日憶李白》

太白兄啊，你的詩像庾信一樣清新，像鮑照一樣俊逸。

想到自己「儒冠多誤身」，更羨慕李白的瀟脫：

李白一斗詩百篇，長安市上酒家眠，

天子呼來不上船，自稱臣是酒中仙。

——《飲中八仙歌》

此時的李白呢？很遺憾，杳無音信。

是沒有收到杜甫的信，還是寫了詩卻未能保存下來？這將永遠是個謎了。

06

十年彈指間，安史之亂爆發，大唐國運直轉急下，戰火紛飛。

李白因「王命三征」，上了永王李璘的賊船，被朝廷清算，流放夜郎。

杜甫也東奔西跑，四處避難。知交零落，親友星散。

又是一個秋天，遠在秦州（甘肅天水）的杜甫，聽到李白流放的消息，悲痛不已。

他腦補了李白流放途中的種種艱難，思念更加深切：

涼風起天末，君子意如何。
鴻雁幾時到，江湖秋水多。
文章憎命達，魑魅喜人過。
應共冤魂語，投詩贈汨羅。

天末，是天邊的意思。這首《天末懷李白》是說：咱倆遠隔天涯，還收不到你的信。江湖險惡，有才華的人註定命運坎坷。沒有我的日子裡，你若經過汨羅江，只能跟屈原聊天了。

更多時候，他擔心李白死在路上，總是夢到李白：

故人入我夢，明我長相憶。
…………
君今在羅網，何以有羽翼？

太白兄，你懂我的心嗎？

三夜頻夢君，情親見君意。
告歸常侷促，苦道來不易。

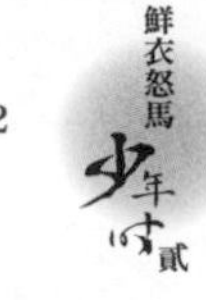

那年分手，你苦苦告誡我世道艱難，我現在懂了。

冠蓋滿京華，斯人獨憔悴。

…………

千秋萬歲名，寂寞身後事。

你才華蓋世，可惜沒人懂你。你若死了，必然名垂千古，只是你已經不知道了！

只有走一遍李白走過的路，才能抵達他的內心。

杜甫做到了。

在他經歷「三吏三別」之後，在他小兒子餓死之後，在他對朝廷絕望之後。

…………

時間來到西元761年。

這一年的杜甫，已經來到成都。在浣花溪畔，他有了一套純手工打造的生態茅屋。雖然經常漏雨，還動不動被熊孩子偷走茅草，但總算安頓了下來。

李白就比較慘。

因為有政治汙點，他處處被排擠，受盡冷眼。最要命的是，朝廷裡關於李白該不該殺頭的討論，一直沒有停過。

想必很多人都知道這意味著什麼。對一個「逆臣」喊打喊殺，向來政治正確。

又是杜甫站了出來。

浩浩長空，亂雲飛度，吹盡繁紅無數。
正當年紫金空鑄，萬里黃沙無覓處。
沉江望極，狂濤乍起，驚飛一灘鷗鷺。
鮮衣怒馬少年時，能堪那金賊南渡？
——宋・岳飛《鵲橋仙・岳雲》
鮮衣怒馬少年時 貳
瑞昇文化

於是，我們讀到了能把人看哭的友誼，題目叫《不見》：

不見李生久，佯狂真可哀。
世人皆欲殺，吾意獨憐才。
敏捷詩千首，飄零酒一杯。
匡山讀書處，頭白好歸來。

題目下方，杜甫還寫了六個字：「近無李白消息。」—— 這些年來，他一直在追尋李白的消息。

老白啊，原來你「痛飲狂歌」都是裝的。原來你目空一切的眼角，還藏著哀傷。

來吧，回四川老家吧。這裡有匡山，你少年讀書的地方。

這裡有酒。

還有我。

千年後的我們讀這首詩，多希望李白能夠看到，知道這個小師弟、小粉絲一生都在挺他。

可惜，現實是殘酷的。

這一年的李白，即將走向人生終點。

他跌跌撞撞，從江西趕往安徽當塗縣，把詩集和身後事託付給一個本家叔叔，第二年去世。

大唐再無詩仙。

07

看李白和杜甫的交往，我們總會冒出一個問題，如果兩人真有那麼一次重逢，白頭對蒼顏，他們會說些什麼，會做些什麼？

可能還要從詩裡找答案。

讓我們再回到十幾年前，李杜在魯郡分別的那一刻。

杜甫走後，李白又回到兗州（當時叫沙丘城）。秋風蕭瑟，城牆橫亙，一切都沒有變，只是少了杜甫。

李白頓感茫然無措，來到曾經與杜甫喝酒的地方，寫下一首《沙丘城下寄杜甫》。

後世很多人解讀李杜友誼，都喜歡用數量來衡量，之前我也這麼認為，現在知道這是不對的。

李白對杜甫的感情，哪怕只有這一首就足夠。來，它值得我們細讀一遍：

我來竟何事？高臥沙丘城。
城邊有古樹，日夕連秋聲。
魯酒不可醉，齊歌空復情。
思君若汶水，浩蕩寄南征。

請注意第一句，只有特別在乎一個人，才會失魂落魄，鬼使神差一樣來到舊地。

只有特別思念一個人，才會讓「三百六十日，日日醉如泥」的李白，都覺得魯酒不好喝，齊歌沒意思。

看見了嗎杜兄弟，我對你的思念洶湧澎湃，猶如滔滔汶水，奔流在你南下的路上。

杜甫怎麼回應呢？

我覺得，是《春日憶李白》的後四句：

渭北春天樹，江東日暮雲。
何時一樽酒，重與細論文。

我眼前春天的樹，掛著你眼前的片片暮雲。什麼時候能夠重逢，我們一起舉杯，再論詩文？

成語「春樹暮雲」，就是打這兒來的。

詩壇不缺送別句。如果真有這麼一次重逢，歷經離亂長夜的一仙一聖，將會寫出怎樣的詩歌？不敢想像，也無從想像。

如果選一個重逢地點，我希望是在射洪縣的陳子昂故里，讓李白的「獨映陳公出」，杜甫的「公生揚馬後，名與日月懸」，都被恩師聽見，再不「獨愴然而涕下」。

若是如此，前輩定會詩魂猶在。

涪江上空，太陽和月亮再次光輝相接，杜審言和陳子昂碰杯叮噹，傳來隱隱笑聲。

乾杯，乾杯！

中唐詩壇：三大門派恩仇錄

還記得那個叫牛僧孺的年輕人嗎？
該他出場了。
影響中晚唐所有詩人命運的
『牛李黨爭』即將開始。

01

西元805年春天，長安。

一個叫牛僧孺的年輕人，來到一個大宅門前。門口停滿了寶馬香車，人來人往，牛僧孺整整身上那件掉色長袍，遞上名片：「你好，我預約了劉大人，前來拜訪。」

保安一看名片是個白身。「喏，門口接待室等著吧。」

牛同學從上午等到下午，長安城暮鼓敲響，還沒看見劉大人的影子。他摸摸背包裡的詩文，一氣之下摔門而去。

等劉大人忙完，才想起今天還約了這個小夥子，再去尋找，早已沒了人影。劉大人哈哈一笑，並沒有當回事。

這個劉大人，是當時的監察御史，名叫劉禹錫。

02

當時的劉禹錫才三十三歲，為什麼有這麼大的影響力？有必要交代一下。

在古代，監察御史是個特殊的崗位，級別不高，只有八品，卻具有督察百官的權力。

劉禹錫擔任監察御史的時代背景更為特殊。當時，宦官權力膨脹，藩鎮各懷鬼胎，這是一個積弊已久的局面。而唐德宗李適已經病入膏肓，政治空氣敏感，變數巨大。官員們的仕途，取決於他們所站的隊伍。

最有可能成為政壇新星的，就是太子侍讀王叔文，我們可以稱他為太子黨領袖。

為了做強做大，敲鐘上市，王叔文到處吸納人才，其中就有劉禹錫。我們的「詩豪」同學，很快成了王叔文集團的核心成員。

太子李誦很快繼位，即後來的唐順宗，太子黨成員一夜之間華麗轉身，成為政治新寵。這時距離劉禹錫在渭南縣做主簿，只有三四年而已。

從他後半生長達二十三年的貶謫生涯看，他一生的好運，全用在這幾年了。

在他的團隊裡，還有個叫柳宗元的好兄弟，他們春風得意，風頭無兩。中唐詩壇第一個門派閃亮登場，江湖人稱「劉柳」。

此時的劉柳一定不會想到，他們現在對牛僧孺的愛搭不理，日後將變成高攀不起。

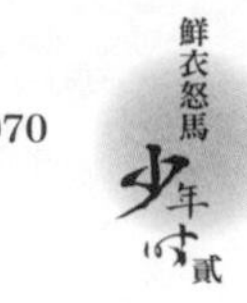

「小牛同學，我看好你！」

說話的是一個三十七歲的中年男子，身材稍胖，短鬍子，不怒而威，正是大唐文壇的又一掌門人，名叫韓愈。

這就是咱們要說的第二大門派——「韓門」。

03

韓愈這樣的大咖，為什麼要把一個窮小子拉進他的朋友圈？除了小牛同學有才華，還有沒有其他原因？

讓我們回到兩年前。

彼時，韓愈是大唐最高學府——國子監的教授，他正在掀起一場古文運動，一篇《師說》，一篇《御史臺上論天旱人饑狀》，讓他坐上大唐第一名師寶座，在上進無門的青年群體眼中，韓愈老師就是指路明燈。

那篇揭露社會陰暗面、讓朝廷減稅的《御史臺上論天旱人饑狀》，為韓老師贏得了一片叫好聲，以及朝廷洶洶的怒氣。

一道聖旨劈下來，把他貶到廣東陽山，韓愈南下務工，職位是陽山縣令。

韓大掌門與「劉柳」雙雄的嫌隙，由此開始。

貶謫途中，韓愈越想越不對勁：雖然文章是我寫的，可是去關中旱區做市場調研，是你劉禹錫柳宗元提的議，為啥我這麼慘，而你倆不降反升？於是提筆寫道：

同官盡才俊，偏善柳與劉。
或慮語言泄，傳之落冤讎。
二子不宜爾，將疑斷還不？
…………

一年後，韓愈表現不錯，朝廷開恩，讓他去做江陵法院院長。可是在上任途中，又遭到一位湖南觀察使的阻撓，這個官有多大呢？大概比現在的副省長略低一點，他的名字叫楊憑。

楊觀察使是怎麼阻撓韓愈的，歷史記載比較含糊，只知道他確實阻撓了。

有趣的是，楊觀察使很快也在鬥爭中被下放，慘兮兮地寫詩：

雲月孤鴻晚，關山幾路愁。
年年不得意，零落對滄洲。

不過，這時的楊觀察使沒想到，「零落對滄州」的不只是他，還有他的女婿 —— 柳宗元。

故事講到這裡，韓愈與「劉柳」的嫌隙進一步加深。

他在《永貞行》裡寫道：

君不見太皇諒陰未出令，小人乘時偷國柄。
…………
一朝奪印付私黨，懍懍朝士何能為？

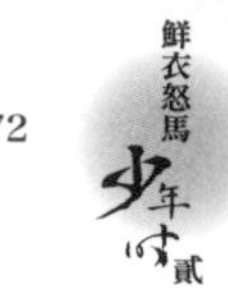

…………

夜作詔書朝拜官，超資越序曾無難。

公然白日受賄賂，火齊磊落堆金盤。

…………

太上皇的棺材板還沒釘上，這幫小人就篡權了。他們夜裡密謀勾結，第二天就能當大官。白天公然大肆受賄，珍珠堆滿金盤，我們這些正直的人，能做什麼呢？

從後來韓愈與「劉柳」的偉大友誼來看，這裡的「小人」不包括「劉柳」，但矛頭對準的，確實是「劉柳」的隊友。

請注意詩名裡的「永貞」二字，這是唐順宗的年號。王叔文掌權後，帶領「劉柳」一幫人，開展了一系列革新運動，就稱作「永貞革新」。

今天來看，這場半路夭折的革新運動，對朝廷並沒有什麼貢獻，卻暴露出這幫人幼稚的政治頭腦。在奪權的陰影下，他們用人沒有把關，演變成一個爭權奪利的小幫派。

更悲催的是，此前已經中風的唐順宗，早就行動不便，龍椅都坐不上，每日上朝只能在龍椅後面安置一個軟榻，躺著主持國事，讓宦官傳達。

「二王」、「劉柳」最擔心的事情還是發生了。即位僅半年，近乎植物人的唐順宗生活無法自理，很快讓權，不久後死去，新皇帝唐憲宗上位：革新？革個毛新，還是革你們的命、革你們的職吧。

小幫派兩大頭目王叔文、王伾被殺，其他八個人，被貶到蠻荒之地做司馬，史稱「二王八司馬」事件。

後面的事大家比較熟悉。劉禹錫被貶到朗州（今湖南常德）做司馬，唱著「論成敗，人生豪邁」，開始了他的詩豪生涯。

柳宗元被貶到永州，在那個「千山鳥飛絕」的地方「獨釣寒江雪」。

晚唐羅隱有一句詩，寫諸葛亮壯志未酬的，我覺得簡直是為「劉柳」量身訂製，那就是「時來天地皆同力，運去英雄不自由」。他們有才華、有膽量、有改革的決心，可惜運氣實在太差。

「劉柳」下課了，韓老師門前，卻敲響了上課鈴。

04

沒有什麼能夠阻擋，我對課堂的嚮往。穿過幽暗的歲月，來到國子監的講堂。

熬過貶謫生涯，韓愈回到長安，大開門庭，全面擴招。

對待被劉禹錫忽視的那個牛僧孺，韓老師放下身段，親自登門拜訪。還策劃了一場事件行銷，在牛僧孺門上寫了幾個大字，大意是：韓愈來訪牛僧孺，不遇。

這太給面子了！牛僧孺從一介白身一夜爆紅，登上大唐頭條。

苦吟派大當家前來拜師，用「鳥宿池邊樹，僧敲月下門」敲開了韓老師的大門，他叫賈島。

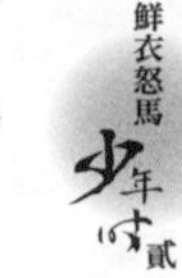

韓老師未及關門，一陣陰風吹來，門外立一人，正是鬼才李賀，他帶著雁門關的殺氣，吟出一句「黑雲壓城城欲摧，甲光向日金鱗開」。

「窮瞎子」張籍來了，一見面，就亮出「九月匈奴殺邊將，漢軍全沒遼水上」，那是名震江湖的杜甫心法。韓老師激動不已，來來來，話筒給你。

還有「春風得意馬蹄疾，一日看盡長安花」的孟郊，也來了，韓老師趕緊擦擦椅子，輕輕推過去 —— 這是第二把交椅。從此，韓門有了另一個稱號，叫「韓孟」詩派。

不過，當時的政壇雲譎波詭，人事盤根錯節，韓門並非固若金湯。

那一天，韓老師正在點名，一個個都答了「到」，他又點出一個同學：

「李紳。」

沒人說話。韓老師瞅著一個空座位：「李紳呢？」

張籍從椅子上站起來：「報告老師，李紳轉校了。」

「轉哪兒了？」

「白居易剛辦的新樂府補習班。」

韓老師眼睛一瞪：「把他給我找回來。」

張籍支支吾吾：「韓老師⋯⋯我也想轉。」

⋯⋯

沒錯，這個李紳，就是「鋤禾日當午」那位，因為這首詩太過出名，我們印象中的李紳，總是一個苦哈哈的老農形象，然而這是假象，後面會說。

李紳逃離韓門，促進了另一門派的崛起 —— 以白居易、元稹為首的「新樂府」門派。

05

有必要先解釋一下，為什麼說李紳是逃離韓門？

這要從韓愈寫《師說》的前一年說起。

那一年，李紳作為一個落榜生在長安遊蕩，睡網咖，吃泡麵，經常在青樓大道吟誦他的詩句：

鋤禾日當午，汗滴禾下土。
誰知盤中飧，粒粒皆辛苦。

「好詩！」

一個叫呂溫的人說道：「我幫你推廣。」

呂溫這麼說，也這麼做了，在大唐御史臺詩友群裡，他每天都用這首詩洗版，還給李紳站臺：我看這個人啊，以後必做卿相。

原話是：「吾觀李二十秀才之文，斯人必為卿相。」

劉禹錫：嗯，不錯。

柳宗元：讚！@老韓，你覺得呢？

韓愈沉思良久，發來一句話：我已經給他報名科考了。

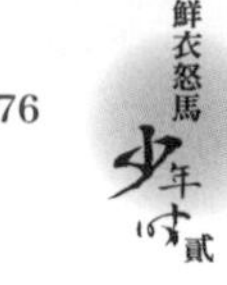

都是愛才之人啊。

同一年，韓愈向主考官推薦了十個優秀青年，六人中榜，其中一個就是李紳。

加入元白補習班，當然要備上見面禮。

這不難，不就是寫詩嗎？唰唰唰，李紳出手就是二十首，裝訂成冊，名叫《樂府新題》。

如今李紳的《樂府新題》二十首早已佚失，不過從他《憫農》裡「四海無閒田，農夫猶餓死」一句，不難猜出大概風格。

一下子來二十首，元稹太高興了，馬上響應，寫下《和李校書新題樂府》十二首。

白居易更激動，丟過來厚厚一疊——《新樂府》五十首。

這裡有「可憐身上衣正單，心憂炭賤願天寒」的《賣炭翁》；

有「典桑賣地納官租，明年衣食將何如？」的《杜陵叟》；

有「地不知寒人要暖，少奪人衣作地衣！」的《紅線毯》；

另外他還寫有「是歲江南旱，衢州人食人！」的《秦中吟》。

中唐詩壇，一個強大的門派漸漸崛起，他們用古樂府詩的形式，針砭時弊，反映現實，校門口是白掌門親手題的牌匾，上面寫著「新樂府」。

前面說，張籍也要轉學。韓老師是什麼心情，我們不能亂猜。但扒扒韓愈和白居易的詩集，發現三首小詩，很有意思。

某個春天，韓愈約張籍、白居易在長安曲江見面。張籍來了，白居易卻放了鴿子。

事後，韓老師賦詩一首，題目大意是：與張籍遊曲江，寄白居易。詩是這樣寫的：

漠漠輕陰晚自開，青天白日映樓臺。
曲江水滿花千樹，有底忙時不肯來？

重點在後兩句：曲江景色這麼好，老白你忙啥呢不過來？

白居易回信，題目是《酬韓侍郎、張博士雨後遊曲江見寄》：

小園新種紅櫻樹，閒繞花行便當遊。
何必更隨鞍馬隊，沖泥蹋雨曲江頭。

韓侍郎即韓愈，張博士即張籍。

我院子裡櫻花開了，在家玩呢。曲江人擠人，路況不好，我才不去湊熱鬧。

韓愈：……

很久之後，不知道中間發生了什麼事，白居易主動向韓愈示好，題目是《久不見韓侍郎，戲題四韻以寄之》：

近來韓閣老，疏我我心知。
戶大嫌甜酒，才高笑小詩。

老韓啊，你不鳥我，我是知道的。你是大咖，是幹大事寫大文章的，哪看得上我寫小詩的。

韓愈：……

以上這些，如果算是文人之間的小摩擦、小玩笑，正如白居易所說是「戲題」，那也無傷大雅。

可是後面發生的事，對劉柳、元白、韓孟來說，就是真正的考驗了。

06

這一年，淮西叛亂，朝廷派大軍討伐。

行軍大元帥，是一個叫裴度的人。這個人很少寫詩，大家可能不熟悉，只要記住他是個大牛人就行了，當時他有個稱號 ——「郭子儀再世」。

中晚唐有名的大詩人，很多都受過他的影響。韓愈就是其中一位。

去淮西平亂，裴度讓韓愈做行軍司馬。韓老師不負眾望，出謀劃策。那一仗打得猛如虎，淮西很快平定。

朝廷終於在藩鎮面前揚眉吐氣了一把，唐憲宗龍顏大悅：升職，加薪。

裴度，搬進了宰相辦公室。韓愈，換了刑部侍郎的名片。

眾所周知，韓老師為人又剛又硬，他要是只想當官，就不會是文壇大宗師了。

刑部侍郎的椅子還沒坐熱，就發生了迎佛骨事件，簡單說，就是唐憲宗佞佛，求長壽，勞民傷財大搞佛事，韓愈用一篇《論佛骨表》，把唐憲宗罵得狗血淋頭。

真是吃完一塹，還有一塹。

這篇文章，給韓老師贏得一張開往潮州的船票，更苦的貶謫生涯，即刻啟程。

行至藍田關，大雪阻路，侄孫韓湘前來告別，韓愈寫道：

一封朝奏九重天，夕貶潮陽路八千。
欲為聖明除弊事，肯將衰朽惜殘年。
雲橫秦嶺家何在？雪擁藍關馬不前。
知汝遠來應有意，好收吾骨瘴江邊。

不過請放心，這一年，韓大掌門的這把老骨頭還硬朗，收骨的人是劉禹錫。

幾乎是同時，劉禹錫的老母親去世，在扶棺返鄉的路上，又得到柳宗元去世的噩耗。

「劉柳」一生一死，韓門大當家被流放潮州，這時的孟郊也已去世好幾年。

兩大門派，寂寥蕭條。

與之對應的，是「元白」門派再創巔峰。

在這幾年裡，白居易如願以償調往杭州，一邊風花雪月，一邊勤政為民。據說，現在西湖的白堤，就是他的傑作。

元稹和李紳雙雙擔任翰林學士，與李德裕一起談笑風生，人稱「三俊」。

還記得開頭那個叫牛僧孺的年輕人嗎？現在，該他出場了。影響中晚唐所有詩人命運的「牛李黨爭」即將開始。

07

「牛李黨爭」背景非常複雜，牽涉人物眾多，持續了近四十年，很難在短文裡講全面，可它確實事關詩人們的命運，有必要簡單聊幾句。

在唐代，門戶出身還很重要，一個人能不能做官，才華倒是其次，重要的是拼爹、拼爺、拼家譜。李白為什麼沒有參加科舉的資格？因為他是商人家庭。

到了中唐，人們越來越發現這個風氣的弊端，階層都固化了，還奮鬥個毛線。黃巢為什麼造反？不造反不行啊，出身不好，一身才華沒處用。

怎麼打破階層的固化呢？科舉改革。改革的目標就一個：打破豪門壟斷，公平競爭。韓愈一輩子都在忙這個事。

這樣一來，科舉就變成了門閥貴族與新興庶族之間權力鬥爭的工具。

西元821年，矛盾終於激化了。

這一年抓科舉工作的叫錢徽。考試結果出來，中榜的考生剛要開香檳，一道聖旨下來：重考。

上書要求重考的，是元稹、李紳和李德裕，他們一口咬定這次科舉有貓膩。

你是不是有個疑問：李紳寫過《憫農》這樣的詩，不是庶族代表嗎？

事實是你想多了，李紳是貨真價實的貴族後代，祖上是跟唐高宗李治混的。他可以為勞苦大眾說話，但並不代表他會為此放棄政治資本。

有趣的是，這次重考，主考官是白居易。重考的結果是，錢徽確實徇私枉法，請托的人叫李宗閔，上榜的都是他們這一派的親戚，這是「實錘」黑幕，二人都被貶謫。

元稹、李紳，屬於李德裕戰隊，李宗閔屬於牛僧孺戰隊，「牛李黨爭」的第一槍正式打響。

請注意，歷史上大多數黨派鬥爭，都不能簡單粗暴地劃分好人壞人，那是某些影視劇裡才幹的事。

就像王安石變法。新黨王安石，舊黨司馬光，不新不舊蘇東坡，誰好誰壞呢？

大老闆宋江站在替天行道的大旗下，說我們只殺貪官，不擾民，可他管不住李逵的大板斧。

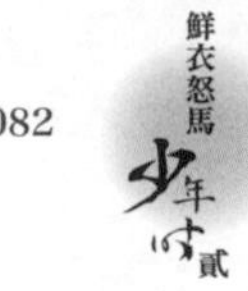

牛李兩黨也是這樣，都有君子，也都有小人，還有人既是君子也是小人。

連後來的唐文宗都抓狂說：「去河北賊易，去朝廷朋黨難！」

這是牛李黨爭的開局，李黨勝出。

李德裕晉升為御史中丞，李紳獲賜紫金魚袋，任中書舍人，元稹晉升副宰相。

連白居易也跟著沾光，調往長安，走馬上任中書省。

緊接著，是兩黨的白熱化鬥爭。

元稹指著裴度的豪華辦公室，先喊出他的小目標：宰相，我要當正的。

李紳緊隨其後，指著韓愈義正詞嚴：韓市長要給我彙報工作！

是的，此時的韓愈也已調回朝廷，任京兆尹，類似長安市市長。

眼看雙方就要砸電腦掀桌子了，一個陰險的聲音傳來：「都別爭了，誰當宰相，我說了算。」

說話的人叫李逢吉，他的身後，站著一個更大的勢力——宦官集團。

熟悉這段歷史的朋友都知道，宦官干政一直是中晚唐的毒藥，他們權勢熏天，連當時的皇帝唐穆宗都是宦官扶持上位的。

但宦官再厲害，也不能當宰相呀，這不合禮法。怎麼辦？

很簡單，扶持聽話的上位。

李逢吉不是宦官，但他跟宦官是戰略合作夥伴。為了抑制勢頭正盛的李黨，由李逢吉出面，扶持牛黨。

這個牛黨宰相不是別人，正是牛僧孺。

這一局牛黨勝，李德裕、李紳、元稹、裴度，通通下課。

這次衝擊沒有波及韓愈，因為他剛剛去世。在這之前，孟郊、李賀先後去世。幾年後，元稹也在被貶謫後暴病去世，享年五十二歲。

文壇三大門派，風雨殘燭。

08

可是牛李黨爭還在繼續。

在此後的幾十年裡，它跟王安石變法一樣，這局你贏，下局我贏，此消彼長，直到夕陽近黃昏。

十年後的一天，劉禹錫還在各地輾轉顛沛，路過揚州，遇見前宰相、現在的淮南節度使牛僧孺。

酒過三巡，在尷尬的氣氛裡，牛僧孺賦詩一首。這首詩才氣一般，但很有內涵，各位認真看：

粉署為郎四十春，今來名輩更無人。
休論世上升沉事，且鬥樽前見在身。
珠玉會應成咳唾，山川猶覺露精神。
莫嫌恃酒輕言語，曾把文章謁後塵。

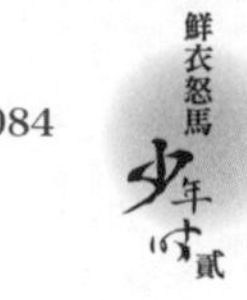

「粉署」是尚書省別稱。大概意思是：老夫混尚書省四十年，當時的牛人還剩幾個？別再說浮浮沉沉那些事了，喝酒喝酒。把功名利祿當作一口唾沫，才能欣賞大好河山。

老劉啊，我這是醉話，說得直，你別介意哈。畢竟，我當初拿著文章到你府上求見，也吃了你不少土。

一大滴汗從劉禹錫花白的鬢角落下：你牛，你牛。

他也回詩一首，叫《酬淮南牛相公述舊見貽》，這首詩對喜歡劉禹錫的人來說，簡直不忍卒讀，他寫道：

少年曾忝漢庭臣，晚歲空餘老病身。
初見相如成賦日，尋為丞相掃門人。
追思往事諮嗟久，喜奉清光笑語頻。
猶有登朝舊冠冕，待公三入拂埃塵。

他把牛僧孺比作漢代的大文豪司馬相如。「忝」是羞愧。詩意大致是：

當時我做重臣時太年輕，慚愧呀，現在只剩一身病。

第一次看你的文章，司馬相如再世啊，就知道你會做宰相，我願做你的掃門人。

往事不堪回首，我們還是把酒言歡吧。

回頭我穿上舊朝服，為你輕輕擦掉座椅上的塵土。

讀完什麼感覺？

這是「玄都觀裡桃千樹，盡是劉郎去後栽」的劉禹錫嗎？是「九曲黃河萬里沙，浪淘風簸自天涯」的詩豪嗎？

美人遲暮，英雄末路。

詩人老了。

後來，牛僧孺也遭貶謫，被召回長安，很快去世。

李德裕更悲催，被貶到海南崖州，客死他鄉。時人有詩：「八百孤寒齊下淚，一時南望李崖州」—— 沒錯，豪門貴族出身的李德裕，也提拔過眾多孤寒之士。

牛李黨爭落下帷幕，沒有贏家。

09

詩人們像是突然認清了一個現實：什麼牛黨李黨，都幹不過閹黨。我們練的是詩文章法，閹黨練的是《葵花寶典》。

算了，把大唐交給年輕人，交給命運，大家養老去吧。

於是，這群文壇老前輩、老幹部扎堆洛陽，拿出養老金，蓋大宅，喝小酒，在白居易的豪華府邸裡，裴度來了，劉禹錫來了，張籍、令狐楚也來了。

他們享受著難得的詩酒年華，在無限好的夕陽裡，等待黃昏降臨。

劉柳、元白、韓孟，三大門派創作風格不同、性格各異，所在的政治團體也不同，但他們的內核是一樣的，都是直言上書、針砭時

弊，為了讓那個時代更好。

韓愈在《御史臺上論天旱人饑狀》裡揭露時弊，要求朝廷減稅，柳宗元就在《捕蛇者說》裡大喊「苛政猛於虎」；李紳寫「四海無閒田，農夫猶餓死」，白居易就控訴「是歲江南旱，衢州人食人」。

他們，都踐行著白居易的信條：「文章合為時而著，歌詩合為事而作。」

他們，其實是一類人。

就連他們崇拜的宗師，也都是那個痛哭的人——杜甫。

韓愈寫「李杜文章在，光焰萬丈長」，白居易就在《李杜詩集》後寫「天意君須會，人間要好詩」。

元稹更厲害，給杜甫寫了墓誌銘，並用違反廣告法的語言推廣杜甫：「詩人以來，未有如子美者。」

劉柳、元白、韓孟這三大CP，又相互配對，自由組合。

韓愈、柳宗元盡釋前嫌，惺惺相惜，他們的組合叫「韓柳」；劉禹錫、白居易又親如兄弟，叫「劉白」。

君子和而不同，莫過於此。

元白往事

沒有元稹的歲月，是白居易的餘生。

01

那一年，元稹二十二歲，白居易二十九歲。

一個是初入詩壇的小鮮肉，一個是連老太太都喜歡的帥大叔。

在當時，詩人們都喜歡組建CP。

劉禹錫、柳宗元的「劉柳」組合，主攻時政，很高級、很有深度，擁有大批精英粉。

韓愈、孟郊的「韓孟」組合，主攻民生，他們犀利無比，踢爆了很多社會陰暗面。比如《科舉不舉：寒門再難出貴子》《關中大旱，朝廷還收個毛稅》《師說：論教育觀念的轉變》等等，深受大眾追捧。

這兩大陣營，輪番霸佔大唐熱搜榜，風頭無兩。

元稹和白居易，就是在這樣的背景下認識的。

那一年，春風得意的劉禹錫，決定搞一場轟趴，邀請一眾文壇大咖，元、白也收到了請柬。

當時的元稹，剛剛寫完他的自傳體長篇《鶯鶯傳》，在娛樂八卦領域嶄露頭角。而白居易，早已憑藉「離離原上草」紅遍大唐，正在醞釀他的超級八卦大作《長恨歌》。

「哥，相見恨晚啊！」元稹把酒一口悶掉，單膝跪下，抱著白居易的大腿。

「兄弟快起來，大腿不能隨便抱。」白居易強忍住內心的激動。

「哥，你不願意帶我飛嗎？」元稹帶著哭腔問。

白居易掃視四周——劉禹錫正在跟長安市市長韋夏卿交頭接耳，柳宗元正在跟牛僧孺討論文章選題，其餘賓客，推杯換盞。

白居易壓低聲音：「不是，這裡人多。」

一般來說，朋友之間的交情，從淺到深是需要時間的。元、白則不同，兩人從一開始就電光火石，「一見鍾情」：

不堪紅葉青苔地，又是涼風暮雨天。
莫怪獨吟秋思苦，比君校近二毛年。

這是二人剛認識時白居易寫給元稹的，叫《秋雨中贈元九》：兄弟，紅葉飄落，涼風暮雨，我想你了。

「二毛」是指兩種顏色的頭髮，意思是有了白髮。字面上是說我比你大，老了。可白居易當時才三十歲，正是大好年華。不管是謙恭，

還是誇張「賣慘」，都說明元稹這個小兄弟，在白居易心中有不一樣的分量。

仕途起步，元、白同時做了校書郎，一起上班，一起下班，一起逛繁華的長安城。之後白居易被調往外地做縣尉，元稹日夜思念。不是我瞎說，有詩為證：

君為邑中吏，皎皎鸞鳳姿。

…………

昔作芸香侶，三載不暫離。

逮茲忽相失，旦夕夢魂思。

白哥，雖然你在外地做官，不在我眼前，可我都能想到你俊逸的「鸞鳳姿」了。三年來我們很少分開，如今就要兩地分離，我將日夜思念你。

寫完覺得還不夠，又補充了幾句：

官家事拘束，安得攜手期。

願為雲與雨，會合天之垂。

我也公務纏身，不知道啥時候才能再次拉住你的手。我們化為雲雨，交會在天際。

要知道，在中國文化裡，「雲雨」兩個字是有特定意象的，元稹用在他和白居易身上，還真讓人費解。

後來，白居易終於接到回長安的調令，他很激動，又可以跟元稹「會合天之垂」了。可事不湊巧，元稹又被調到了外地，這劇情相當虐心。

元稹離開長安那天，白居易連去車站送行的勇氣都沒有，只能把自己灌醉，給元稹說他的失落：

況與故人別，中懷正無悰。
勿云不相送，心到青門東。
相知豈在多，但問同不同。
同心一人去，坐覺長安空。
——《別元九後詠所懷》

兄弟啊，你要走了，我難受，想哭。

不要說我沒有送你，是怕我自己受不了，可我的心一直跟著你到長安青門。

知心人不在多，在於心意相通。

你一走，整個長安都空了。

有沒有「願得一心人，白首不相離」的味道？

光表白還不足以證明二人的感情。

有一年，白居易母親去世，要停薪留職，回家守喪三年，他窮得連酒都買不起。元稹又是寄衣服又是寄好吃的，還給他轉帳二十萬錢：樂天，購物車不能空，別餓瘦了。

後來元稹被貶江陵，白居易也全力接濟。

這些事，都被他用碎碎念的詩風，寫得清清楚楚：

元君在荊楚，去日唯雲遠。
…………
憂我貧病身，書來唯勸勉：
上言少愁苦，下道加餐飯。
憐君為謫吏，窮薄家貧褊。
三寄衣食資，數盈二十萬。
豈是貪衣食？感君心繾綣！
念我口中食，分君身上暖。

詩就不細說了，搭眼一掃，盡是體貼關懷，言語寬慰，添衣加飯，無微不至。翻遍史書，這樣的情感幾乎找不到第二例。

03

兩個人感情好的最高境界是什麼？

心有靈犀。

梁山伯和祝英台之間有個心電感應，人家元、白也有。

故事是這樣的。

那一年，元稹到四川出差，經過古梁州。旅途寂寞，莫名傷感，昏昏睡去。他做了一個夢，在夢裡，元稹見到了白居易，倆人一起飲酒寫詩，遊曲江、逛慈恩寺。忽然他被驛館的人叫醒：元大人，口水擦一下，該出發了。

多麼美妙的夢啊，一定要告訴老白：

夢君同繞曲江頭，也向慈恩院院遊。
亭吏呼人排去馬，忽驚身在古梁州。

——《梁州夢》

半個月後，白居易收到詩，當時他就驚呆了，因為元稹夢到他的那天，他真的在遊曲江。更巧的是，他當時也正在想念元稹，不僅料到元稹剛到梁州，還在同一天也寫了詩：

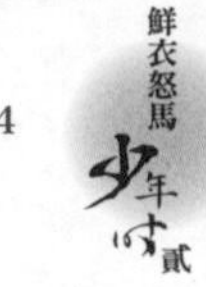

花時同醉破春愁，醉折花枝作酒籌。
忽憶故人天際去，計程今日到梁州。

這首《同李十一醉憶元九》是說：阿九啊，我跟李十一去遊曲江了，喝喝酒，解解愁。突然就想到遠在天邊的你，估計你今天到梁州了吧。

是不是特別心有靈犀，簡直是有心電感應。

在這裡，我們不禁要同情一下這位李十一同學。白居易跟他一道出遊，腦子裡卻滿滿都是元稹。李十一心裡的陰影面積，大概能有十一平方公里。

哦對了，這個李十一，是當時的長安市市長，名叫李建。許多年以後的今天，我們還能聽到一位叫李健的歌手，唱著一首深情而空靈的歌：

在我的懷裡，在你的眼裡
那裡春風沉醉，那裡綠草如茵
月光把愛戀，灑滿了湖面
兩個人的篝火，照亮整個夜晚

多少年以後，如雲般遊走
那變換的腳步，讓我們難牽手
這一生一世，有多少你我

被吞沒在月光如水的夜裡

…………[①]

貶謫江陵這段時間，是元稹的低谷期，他無時無刻不在思念白居易。

在旅館裡，看見桐花，想老白：

夜久春恨多，風清暗香薄；
是夕遠思君，思君瘦如削。
…………
我在山館中，滿地桐花落。

這等刻骨銘心，簡直瓊瑤附體，黛玉轉世。老白感動得一場糊塗，馬上回信：

曉來夢見君，應是君相憶。
夢中握君手，問君意何如。
君言苦相憶，無人可寄書。
…………
以我今朝意，憶君此夜心。
一章三遍讀，一句十回吟。
珍重八十字，字字化為金。

①歌詞引自《貝加爾湖畔》。

白居易詩的特色，就是通俗易懂。這首詩無須解釋，情透紙背。

元稹的貶謫之路，白居易二十四小時線上，換著花樣說我想你。有人統計過，短短幾個月，倆人互訴思念的詩就將近三十首……

04

元稹人在江陵，心還在長安。漫漫長夜，總會想起與白居易在一起的日子：

誇遊丞相第，偷入常侍門。
愛君直如髮，勿念江湖人。

這首《酬樂天登樂遊園見憶》，是元稹版的「往事只能回味」：樂天啊，我的朋友圈有丞相公卿，有豪門名流，可我偏偏喜歡你的直脾氣，你看，我又想你啦。

「愛君直如髮」，這表白力度是相當強了。

那一夜的大明宮，同僚早已打卡下班，只有白居易的那間辦公室還亮著燈，他在給元稹寫信。

由於情緒太激動，想說的話太多，信寫了又改，信封封了又拆，他竟然熬了一個通宵：

心緒萬端書兩紙，欲封重讀意遲遲。
五聲宮漏初鳴後，一點窗燈欲滅時。
——《禁中夜作書與元九》

幾年後，元稹又被貶到四川通州，屁股還沒坐穩，得知白居易也被貶官，去了江州。元稹更是患難見真情，馬上修書一封：

殘燈無焰影幢幢，此夕聞君謫九江。
垂死病中驚坐起，暗風吹雨入寒窗。
——《聞樂天授江州司馬》

「垂死病中驚坐起」，換句話說，你就是給我續命的人啊。這情感力度太強了。於是，白居易一封接一封回信，比如「誰知千古險，為我二人設」、「如何含此意，江上坐思君」，又比如「生當復相逢，死當從此別」等等，其實翻來覆去就說了三個字：我想你。

在一首標題為《酬樂天赴江州路上見寄三首》的詩裡，元稹還說他倆的感情與眾不同：

人亦有相愛，我爾殊眾人。
朝朝寧不食，日日願見君。
一日不得見，愁腸坐氛氳。
如何遠相失，各作萬里雲。

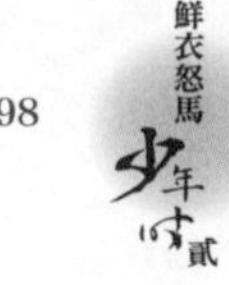

當真是「殊眾人」啊。

「氛氳」的意思是心緒繚亂，讀元白的詩，我的思緒也經常繚亂。

元稹老婆去世，他寫過很多悼亡詩，最感人的一句是「惟將終夜長開眼，報答平生未展眉」。他說，只有徹夜思念，才能報答老婆為他受的苦。

這個待遇，不知道死去的韋叢有沒有享受到，反正，活著的白居易是享受到了。元、白往來的詩歌裡，動不動就是徹夜思念。

比如白居易這首《舟中讀元九詩》：

把君詩卷燈前讀，詩盡燈殘天未明。
眼痛滅燈猶闇坐，逆風吹浪打船聲。

眼睛都熬痛了還不睡，還在讀元稹的詩，真想遞給他一瓶眼藥水。

老白這麼「癡情」，元稹當然也要回應。他也不睡，聽著滿山的杜鵑聲，淒淒慘慘：

知君暗泊西江岸，讀我閒詩欲到明。
今夜通州還不睡，滿山風雨杜鵑聲。
——《酬樂天舟泊夜讀微之詩》

倆人不光寫詩，對彼此的生活也很惦記。

夏天到了，白居易就給元稹寄衣服，那是大唐「時尚時尚最時尚」

的潮男夏裝：「淺色縠衫輕似霧，紡花紗褲薄於雲。」上衣很輕，淺淺的文藝色調；褲子很薄，透明猶如蕾絲。

在包裹裡還不忘附上一份貼心提示：「莫嫌輕薄但知著，猶恐通州熱殺君。」別嫌太薄，趕緊穿上，可不能把自己熱壞了。

元稹沒熱壞，而是感動壞了，他馬上買了四川的綠絲布和白輕褣寄給老白。這兩種布料現在見不到實物了，但特點也是又輕又薄。白居易收到後，趕緊讓做成衣服：

袴花白似秋雲薄，衫色青於春草濃。
欲著卻休知不稱，折腰無復舊形容。

阿九啊，料子我收到了。淺色的褲子，很薄，很輕；上衣是青綠色的，很養眼。咱們就叫它「青綠裝」吧。

我們甚至能讀出白居易的細微情緒，感動之中，還帶著一絲不好意思：我想穿上它，可是我老了，駕馭不了這種風格，呵呵。

按說，這就是一句調侃，不用當回事，可在元稹心裡，白居易的一絲情緒波動，都是大事，他馬上回了信：

湓城萬里隔巴庸，紵薄綈輕共一封。
腰帶定知今瘦小，衣衫難作遠裁縫。
唯愁書到炎涼變，忽見詩來意緒濃。
春草綠茸雲色白，想君騎馬好儀容。

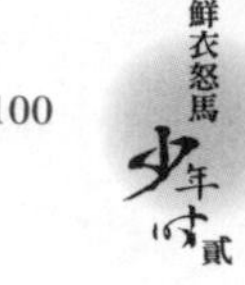

萬水千山總是情，我知道你瘦了，不能先給你做好衣服。

怕快遞太慢，等你收到天氣已轉冷，收到你的信我就放心了。

那身「青綠裝」很好的，我都想像到你穿上它的樣子了，很帥的。

05

除了日常互訴衷情，倆人還喜歡到處展示他們感情好。每到一個地方，都給對方寫詩留言。

比如有一年，元稹經過閬州，又想念老白，見不到人，就抄老白的詩排遣寂寞，還賦詩一首，自動上牆：

憶君無計寫君詩，寫盡千行說向誰。

題在閬州東寺壁，幾時知是見君時。

——《閬州開元寺壁題樂天詩》

白居易表示很感動，不管走到哪裡，都先找元稹留下的記號：

每到驛亭先下馬，循牆繞柱覓君詩。

這兩位的感情，都驚動元稹當時的老婆了。元稹在他的一首《得樂天書》裡曾經寫道：

遠信入門先有淚，妻驚女哭問何如。
尋常不省曾如此，應是江州司馬書。

老白啊，郵差剛進門我就哭了，把老婆孩子都嚇到了。她們知道，我平時不是這個樣子的，一定是收到了你的信。

順便說一下，前幾年，那個叫薛濤的女人經過一番痛苦掙扎，終於放棄了元稹，她在分手詩裡，把元稹比作柳絮：

他家本是無情物，一向南飛又北飛。

薛姑娘還是太單純，人家那不是「無情」，只是對你無情。你看他南飛也好，北飛也罷，什麼時候飛出過白居易的腦海！

之前說過杜甫給李白寫了十幾首詩，都讓人覺得他們交情深了。

白居易和元稹之間的唱和，簡直是日更的，動不動就是「一百韻」、「詩三首」，春夏秋冬、白天黑夜、乘車行船，無論何時何地都會想念對方。

有一年，元稹接到調令，從四川往河南走，白居易從江州出發，在宜昌等到他，倆人「停舟夷陵，三宿而別」。

那「三宿」裡聊了啥，我們不知道，只知道倆人猛喝酒、瘋狂

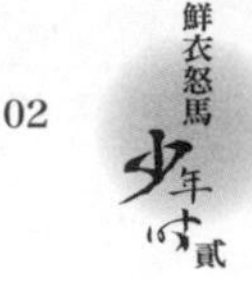

買醉。

白居易寫的《醉後卻寄元九》是這樣的：

蒲池村裡匆匆別，澧水橋邊兀兀回。
行到城門殘酒醒，萬重離恨一時來。

元稹踏出城門的那一刻，他又「萬重離恨」了。

最有意思的是元稹的回詩，名叫《酬樂天勸醉》：

美人醉燈下，左右流橫波。
王孫醉床上，顛倒眠綺羅。
君今勸我醉，勸醉意如何？

哥，美人喝醉後，我懂。王孫喝醉後，我也懂。今天你讓我喝醉，我猜不透啊。

06

沒過多久，元稹調往渭南做刺史，白居易調往杭州。

這裡插入一個小知識。當時的人做官，肯定首選長安，其次是東京洛陽和首都周邊，總之，離京城越近越好。

渭南緊鄰長安，是個好去處，可元稹聽說白居易去了杭州，馬上申請調令，要去紹興。

元太太當然不同意了，老元啊，你到底在想啥呢？咋淨往十八線城市跑？

因為紹興離杭州近呀！

為了順利去紹興，元稹特意哄了老婆，這在他的《初除浙東，妻有阻色，因以四韻曉之》裡說得清清楚楚。「除」是任職的意思，翻譯過來就是：起初老婆不答應我去紹興，寫詩哄她。

一到紹興，元稹就像換了一個人，終於離白居易更近了，他此時的心情，在標題裡寫得明明白白——《酬樂天喜鄰郡》：

湖翻白浪常看雪，火照紅妝不待春。

老大那能更爭競，任君投募醉鄉人。

這首詩，可以用一句話概括：再不浪，我們就老了。

這兩三年裡，是元白二人難得的閒散生活。他們一起編詩集、排歌舞，一起考察青樓產業，還玩起了竹筒傳詩，紹興、杭州、蘇州，到處都有他們的身影。

直到有一天，白居易被調往洛陽，元稹又開始了借酒澆愁：

冰銷田地蘆錐短，春入枝條柳眼低。

安得故人生羽翼，飛來相伴醉如泥。

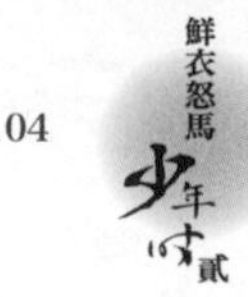

老白啊，冰雪融化，春回大地，我多想有一雙隱形的翅膀，飛到你身邊，喝一罈醉生夢死。

看到沒，這就是元、白的友情。

事實上，這兩位寫的詩遠不止這些，白居易回洛陽的第二年，元稹也回到長安，二人的「思念詩」從沒停止過。

西元831年，五十二歲的元稹在武昌軍節度使的崗位上暴卒，白居易在洛陽收到消息，天旋地轉。

運棺材的車隊經過洛陽，白居易扶棺痛哭，連小蠻和樊素都化解不了他的悲傷。

在給元稹的祭文裡，白居易寫道：「死生契闊者三十載，歌詩唱和者九百章，播於人間，今不復敘。」又說：「公雖不歸，我應繼往。安有形去而影在，皮亡而毛存者乎？」

倆人是形與影的關係，是皮和毛的關係。沒有元稹的歲月，是白居易的餘生。

午夜夢迴，垂淚天明。八九年後的某個清晨，年近七十的白居易又想起了老元，一首七律含淚寫成：

夜來攜手夢同遊，晨起盈巾淚莫收。
漳浦老身三度病，咸陽宿草八回秋。
君埋泉下泥銷骨，我寄人間雪滿頭。
阿衛韓郎相次去，夜台茫昧得知不？

這首《夢微之》通俗易懂，字字含情，唯一要說明的是，阿衛是元稹的兒子，韓郎是元稹的女婿，都是英年早逝 —— 希望墳墓裡的元稹不得知。

說實話，現存的五萬首唐詩裡，能把人看哭的並不多，這是其中一首。

縱觀元、白的唱和詩，不管是數量，還是內容，都超越一般的朋友之情。

三百年後的南宋，大詩人楊萬里也被元、白弄懵了，他老人家撓撓頭，表示想像空間很大：

讀遍元詩與白詩，一生少傅重微之。
再三不曉渠何意，半是交情半是私。

「渠」的意思是「他們」。我們現在讀元、白的友情詩，多半也會像楊萬里一樣迷惑。

李白杜甫之間情深義重，王維孟浩然乃知己之交，劉禹錫和柳宗元生死相依，蘇軾與蘇轍手足情深，他們之間的情誼，我們是看得懂的。唯獨對元白，我們不容易看懂。

那等親密，那等深厚，超越普通人之間的情誼。

元、白的一生，經歷了永貞革新、藩鎮叛亂和牛李黨爭，大起大落，患難相扶。

倆人的感情，在唐朝詩人組合裡稱得上最極致的一對。

認識白居易那年，元稹還很年輕，他的成名作叫《鶯鶯傳》，這篇小說的原題，為《傳奇》。

就用《傳奇》的歌詞結尾吧：

只是因為在人群中多看了你一眼
再也沒能忘掉你容顏
夢想著偶然能有一天再相見
從此我開始孤單思念

想你時你在天邊
想你時你在眼前
想你時你在腦海
想你時你在心田
…………

韋應物：改邪歸正的古惑仔

那個曾經打馬御街前，
見識過瓊林宴、驪山泉的少年，
在聲色犬馬之後，
終於看到了生活的本真。

01

詩人很少有壞人。

從小讀書，學做人，有人生目標，不容易變壞。

但在唐朝，有一個大詩人例外，曾經很壞。他一點也不像他的同行們，從小讀書習文，吟詩作對，而是不學無術。

大唐老百姓在長安遇到他，會躲得遠遠的。要是有人說，他將來會是個大詩人，也沒有人會相信，如同任何一個身處天寶年間的大唐子民，不會相信有安史之亂。

這個傳奇的詩人，就是韋應物。

他有多壞呢？據他自己交代，是這樣的：

少事武皇帝，無賴恃恩私。
身作里中橫，家藏亡命兒。

朝持樗蒲[1]局，暮竊東鄰姬。

我年輕的時候，仗著唐玄宗的寵愛，是長安銀槍小霸王。

橫，讀四聲，ㄏㄥˋ。橫行里巷，家裡來玩的都是亡命徒。

白天我去賭場耍錢，晚上去撩鄰居家姑娘。

司隸不敢捕，立在白玉墀。
驪山風雪夜，長楊羽獵時。
一字都不識，飲酒肆頑癡。

員警來了又怎樣，我站在皇宮的白玉階上，誰敢抓我！

寒冬，我為玄宗護駕，到驪山泡溫泉；狩獵的季節，我陪陛下到長楊宮打獵。

那時候我就是個文盲，就知道喝酒作樂。

這首詩叫《逢楊開府》，是韋應物的青春回憶錄，可以說相當坦誠了，一個頑劣驕橫的皇家護衛，似乎站在我們面前。我都懷疑，他當時是不是還有個綽號叫小寶。

可是，一個小混混，為啥能進入禁衛軍呢？

① 樗蒲（ㄕㄨ ㄆㄨˊ）：古代的一種遊戲， 像後代的擲骰子。

02

如果你穿越到當時的長安，遇到姓杜、姓韋的，不用看他的身份證，就能猜出他家地址，那個地方在城南，叫杜陵。

杜陵住著當時的兩大家族，京兆杜氏和京兆韋氏。

從漢朝以來，韋、杜就是士大夫階層，是跟著皇家混的。當時有民諺：東海缺少白玉床，龍王來請⋯⋯呃，不對，是「城南韋杜，去天尺五」，就是說，韋、杜兩家，離天子只有一尺五。

杜甫在長安做「京漂」的日子，也去杜陵租房子，覺得有歸屬感。多年以後，他遇到一個姓韋的朋友，一個勁套近乎：

鄉里衣冠不乏賢，杜陵韋曲未央前。
爾家最近魁三象，時論同歸尺五天。

看到沒，韋、杜兩家，就是這麼有來頭。所以皇帝選禁衛軍，喜歡從這兩大家族的子弟裡選。

韋應物同學托祖上的福，就是這樣被選中的。當時他才十五六歲，一個頑劣少年能保衛偉大的玄宗皇帝，想想都令人羡慕。

玄宗狩獵，他們陪著；玄宗接見外國領導人，他們陪著；玄宗帶楊玉環到華清池洗澡，他們⋯⋯在門外候著。

多年以後，在一首《溫泉行》裡，他回憶了那段光輝歲月：

北風慘慘投溫泉，忽憶先皇遊幸年。
身騎廄馬引天仗，直入華清列御前。
玉林瑤雪滿寒山，上升玄閣遊絳煙。
平明羽衛朝萬國，車馬合沓溢四鄽[②]。
蒙恩每浴華池水，扈獵不蹂渭北田。
朝廷無事共歡燕，美人絲管從九天。

不必翻譯，就算不理解全部意思，也能看出他當時有多風光。

這樣的身份，家裡藏個亡命徒，賭個錢撩個妹，員警敢抓嗎？

這首詩記錄的是西元748年的生活，當時的李白已經下崗好幾年，高適即將當上縣尉，杜甫還在為房租發愁，大名鼎鼎的王維，徹底開啟隱士生活，在終南山「彈琴復長嘯」。

詩壇的大佬們，沒有人對這個小混混多看一眼，甚至，根本不知道他的存在。

彼時的大唐，一派歌舞昇平，就像韋應物說的，「朝廷無事共歡燕」。如果一直這樣，他很可能就這麼混下去，臨老做個不大不小的武官，從小混混變成老混混。

可惜，大唐「無事」才怪。

在北方，安祿山和史思明已經磨刀霍霍，對著長安吼叫：我們也「共歡燕」！

安史之亂爆發了。

②鄽（ㄔㄢˊ）：同廛， 古代平民一戶人家所占有的房地。

03

這天早晨，韋應物像往常一樣，騎著他的寶馬去上班。

進入宮門，只感到人們神色緊張，步履匆匆，一片寂靜中，似乎隱藏著驚天大事。

他下了馬，吊兒郎當衝一個同事喊：「嘿兄弟，幫我打個考勤。」

朋友一臉神秘，貼到他耳朵上：「韋隊，還打個毛考勤，要打仗了。」

「打仗？跟誰打？」

「安祿山呀。」

「兄弟淡定，偉大神武的皇帝陛下，一定會帶領我們取得偉大勝利。」

「呃…… 皇帝陛下已經連夜跑了。」

…………

這裡有必要提一下，安史之亂對詩人們災難性的打擊。

安史叛軍從北方一路殺來，洛陽、長安相繼淪陷。唐玄宗得到消息，身先士卒，帶著親信和楊玉環，連夜逃往四川。

叛軍衝進長安，如惡狼闖入羊群，直奔那些「朱門」、「王孫」家去，金銀珠寶用駱駝一車車運走。

沒來得及跑的豪門子弟、官員家眷、李唐皇族的老弱，他們見一個殺一個，連嬰兒都不放過。

那場戰爭有多慘烈，只看一場遭遇戰就能知道。

長安邊上，有個叫陳陶的小地方，四萬政府軍被殺得只剩幾百人，慘得很。具體情況，請看戰地記者杜甫從前線發來的報導——《悲陳陶》。

孟冬十郡良家子，血作陳陶澤中水。
野曠天清無戰聲，四萬義軍同日死。
群胡歸來血洗箭，仍唱胡歌飲都市。
都人回面向北啼，日夜更望官軍至。

寒冬十月，十個郡的好男兒，鮮血染紅了陳陶。

戰場平靜下來，只留下四萬士兵的屍體。

胡寇的箭上還滴著血，他們在長安喝酒唱歌慶祝勝利。

京城的百姓向北方痛哭，日夜盼望政府軍來營救。

安史之亂持續八年，詩人們的日子很難過。

王維、儲光羲被叛軍抓了，王昌齡被一個刺史殺了，岑參走向了戰場，李白一不小心上了永王的賊船，被朝廷派兵討伐，帶兵的人，是他的好朋友高適。

杜甫窮困潦倒，天天逃難，小兒子也餓死了。

韋家是大家族，被洗劫一空。城南韋杜，只能吃土。大量韋家人，逃難去南方。現在廣東、福建的韋姓人，很多都是當時的望族後代。

這成為韋應物心中永久的傷疤，多年以後，每次回首往事，他都一遍遍揭開：

弱冠遭世難，二紀猶未平。

羈離官遠郡，虎豹滿西京。

…………

二十歲遭遇劫難，二十四歲猶未平息。我羈留在外地為官，家鄉卻叛軍橫行。

昔日那個「身作里中橫」的紈絝子弟，曾聽著「美人絲管」、「共歡燕」的浮浪少年，戰亂來臨，卻經常連飯都吃不上。

在《溫泉行》的結尾，他回憶了當時的慘狀：

可憐蹭蹬失風波，仰天大叫無奈何。

弊裘羸馬凍欲死，賴遇主人杯酒多。

我蹭蹬失勢，仰天大叫也沒用。我的馬也病了，我穿著破大衣，差點凍死，幸虧遇到一個好心人，請我吃了一頓酒菜。

那頓酒估計把他喝醒了，他突然發現，自己誓死保衛的皇帝，把他們拋下，連個招呼都不打。幾百年的家族榮耀，在亂軍面前，能瞬間碎成渣渣。

我不能這樣混日子了，我要改邪歸正，好好做官，好好寫詩。

向誰學習呢？

一番徹悟之後，韋應物想起兩個前輩，一個是王維，一個是杜甫。人生的莫測和悲苦，交給王維；艱難的世道，讓杜甫帶路。

詩人身份的韋應物出現了。

04

眾所周知，改邪歸正其實挺難的，本性難移嘛。很多壞人的「改正」，往往是迫於現實壓力的收斂。

但韋應物的「改正」，是徹徹底底，改頭換面。可以說，唐朝詩人裡，他是一個奇跡般的存在。

李白、杜甫、白居易這些大神，都是幼稚園時期就開始讀書了，而韋應物拿起書本時，已經二十三歲。

想想看，一個「一字都不識」的文盲青年，要寫詩得有多難，總得先認字吧。韋應物把自己關在家裡，懸樑刺股，刻苦讀書，「東鄰姬」主動上門都裝作沒看見。

他還報了太學，進步飛快，快到讓老師驚訝，「五道杠」都不足以表揚他。據班裡的學習委員回憶，那個時期的韋應物「為性高潔，鮮食寡欲，所居焚香掃地而坐」。

無欲無求，焚香掃地。一個掃地僧，即將橫空出世。

彼時，盛唐的大神們都一個個離去，西元770年，杜甫也走完了最後的生命歷程。

曾經星光璀璨的盛唐詩壇，突然暗淡下來。

難道唐詩的香火要斷了嗎？

一道火花閃過，在揚州的揚子津上，客船中的韋應物點上了一炷香：

佛祖保佑，唐詩的香火不能斷，還是我來吧。

那一天，他將要回洛陽，在碼頭跟一個姓元的朋友告別，一首《初發揚子寄元大校書》就誕生了：

淒淒去親愛，泛泛入煙霧。
歸棹洛陽人，殘鐘廣陵樹。
今朝此為別，何處還相遇。
世事波上舟，沿洄安得住。

朋友啊，我們要分別了，我去洛陽，君留廣陵。

江上煙雨濛濛，只有遠處的鐘聲和岸邊的樹影。

這次分開，不知此生能否重逢？

我們都像這波濤上的一葉扁舟，順逆往復，我們都沒有自由。

這估計是「親愛」一詞最早的用法。詩的含義，如果用古龍式表達，就是「人在江湖，身不由己」。

但這首詩並沒有痛入骨髓的字眼，只是娓娓道來。王維的恬淡，杜甫的深情，融合在韋應物獨有的詩境裡，後人評價最準確的，是四個字：至濃至淡。

05

少年時期的古惑仔生涯，青年時期的家道中落，中年時期的官場沉浮，這些經歷似乎在他身上發酵了。

四十多歲，韋應物做了滁州刺史，他的詩歌創作也迎來了巔峰期。

這一年深秋，韋應物突然懷念一位全椒的道士朋友，情到深處，卻化作一首平淡如水的詩：

今朝郡齋冷，忽念山中客。
澗底束荊薪，歸來煮白石。
欲持一瓢酒，遠慰風雨夕。
落葉滿空山，何處尋行跡？

我在滁州孤獨寂寞冷，忽然想起山裡的朋友。
你在山谷砍柴，又要煮白石頭當飯吃了吧。
我很想帶一壺酒，在風雨之夜去看你。
可是滿山都是落葉，我去哪兒找你呢？

這首《寄全椒山中道士》，就一個字，「淡」。

淡得深情、淡得有煙火氣。

王安石評價張籍，有一句話叫「看似尋常最奇崛，成如容易卻艱辛」，用在韋應物身上也完美契合。

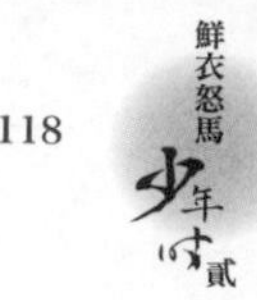

要是不信，請看最後一句，雖然題目說要「寄」，但他並不知道朋友的門牌號，甚至，他跟那個道士可能只有一面之緣，但他依然把人家當作朋友。什麼樣的友情，能讓你給朋友寫一首對方註定收不到的詩呢？我只想到一句話：君子之交淡如水。

還有第三句，或許有人要問，這不是抄的「我有一瓢酒，可以慰風塵」？別這麼說，韋應物會不高興的，因為這兩句都是他寫的。

端一瓢酒，慰藉在風雨中的朋友，是韋應物的愛好。

這首詩被後人看作韋應物的代表作，歷朝歷代，一致好評，什麼「妙人妙語。非人意想所及」，什麼「出自天然，若有神助」。

客觀來講，這些評價它擔得起，至少蘇東坡就非常推崇。

那一年，被貶到惠州的蘇軾，也結識了一位道士，住在羅浮山，他也想給道士寫信，估計當時正在吃荔枝，懶得構思，就老老實實交代，我要模仿韋應物。

於是，就寫了這首《寄鄧道士》：

一杯羅浮春，遠餉采薇客。
遙知獨酌罷，醉臥松下石。
幽人不可見，清嘯聞月夕。
聊戲庵中人，空飛本無跡。

相比蘇軾那些千古傳唱的詞，這首詩不算很好，也不算太差。可因為是模仿，詩評家們就不客氣了。

大眾評委說：都是道士，收到的詩差別咋就這麼大呢？

專業評委說：韋應物是四兩撥千斤，東坡是蠻力，太刻意，差遠啦。

還有人問：蘇老師，你不是喜歡白居易嗎？

蘇軾呵呵一笑，「樂天長短三千首，卻愛韋郎五字詩」—— 我宣布對白居易脫粉，以後只愛韋應物。

「五字詩」是指五言詩，連蘇軾都要模仿，是不是說明韋應物最好的詩，就是五言呢？

這麼認為當然也可以，文無第一嘛。

但在我看來，韋應物最好的詩，是一首七絕。

這一年春天，仍然是在滁州，韋應物一個人到郊外散心。

那是一個山澗，溪水邊花草叢生，黃鸝在樹上歌唱，一陣春雨說來就來。

美，太美了。

那一刻，韋大人似乎真的「有神助」，一首叫《滁州西澗》的神作，夾在那場雨中，一起從天而降：

獨憐幽草澗邊生，上有黃鸝深樹鳴。
春潮帶雨晚來急，野渡無人舟自橫。

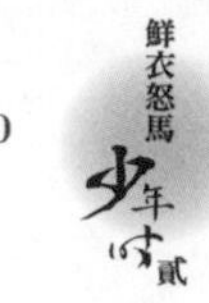

嗅覺敏感的人，能從中讀出陶淵明、謝朓和王維的味道，但它跟這三位田園詩前輩的風格又不一樣。

這是屬於韋應物風格的山水田園詩，恬淡，閒靜，高遠。

唐詩裡不缺的是名山大川，是滄海明月，可是韋應物卻把他最有詩意的文字，留給了這個滁州郊外的山澗。

那個曾經打馬御街前，見識過瓊林宴、驪山泉的少年，在聲色犬馬之後，終於看到了生活的本真。

沒人留意的「幽草」，他來「獨憐」；黃鸝的鳴叫，他聽得見。春潮，晚雨，野渡，孤舟，這些原本尋常、原本無生命的東西，立刻鮮活起來，像一幅流動的畫。

後兩句，不管用什麼語言，都幾乎不可解讀，因為它是純粹的詩，言有盡而意無窮，是帶著盛唐餘音的詩。

可是，對好作品解讀，是人的天性，愛之深，才會去研究它。

後代很多大咖，只要讀到這首詩，都會默默地在心裡給韋應物留一個席位。

有人說，這首詩「詩中有畫」，很王維。

有人說，不，比王維的山水詩更清絕。

又有人說，別爭了，「悠然意遠，絕唱也」。

還有的人是解讀狂，劈哩啪啦一大堆，說「春潮帶雨晚來急」，是暗示大唐風雨飄搖江河日下，「野渡無人舟自橫」，是諷刺朝廷無人，小人得志。

不管怎麼解讀，大家有一個共識：韋應物也是一位大神。

到了明朝，文壇領袖宋濂更是把他提到陶淵明的地位，說，在「簡淡」這個門派裡，「淵明以來，蓋一人而已」。

這是要跟王維、孟浩然撕破臉的節奏。

在大唐詩壇上，韋應物到底扮演了什麼角色？讓我們再次回到他的時代。

07

杜甫是盛唐詩歌最後的旗幟，他去世的前後幾年間，有四個孩子剛剛出生，他們是韓愈、白居易、劉禹錫和柳宗元。

這四人尚未踏入詩歌江湖的二十年裡，唐詩的天空不再光焰萬丈，只有混沌長夜。

與韋應物同一時代的，是「大曆十才子」。這其中，除了錢起的「曲終人不見，江上數峰青」，以及盧綸的幾首《塞下曲》，詩壇少有像樣的作品。

這一群中下層官僚文人，都剛剛經過安史之亂。對盛唐的追憶，戰爭的傷痛，折磨著他們的靈魂，他們「氣骨頓衰」，詩的內容要麼是歌詠昇平，要麼是淒然悲歎，格局氣象，漸行漸窄。

用現代文學流派的說法，相當於戰後文學，滿滿都是傷痕。

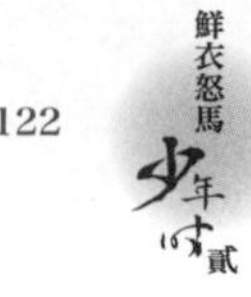

韋應物的存在，像昏暗蕭條的詩壇上，照進一束微光。這束光，是盛唐的餘光，雖然微弱，卻一直倔強地亮著。

一如他的詩，恬淡，安靜，初看沒有技術含量，沒有氣象萬千。細看，卻有一股高遠氣息，連接著遠古的詩歌脈絡。

微光閃閃，照出的是八個大字：改邪歸正，傳遞香火。

戰爭的傷痛逐漸撫平，韋應物之後，不斷有新人出現，孟郊來了，張籍來了，白居易、元稹、劉禹錫、柳宗元……紛紛摩拳擦掌。

中唐詩壇，滿天星輝。

晚年的韋應物，是一個看透世事、心懷慈悲的老僧人。

做江州刺史，他是個工作狂，「到郡方逾月，終朝理亂絲」。

後來又做蘇州刺史，看到百姓流亡，他慚愧得不好意思拿工資：「身多疾病思田里，邑有流亡愧俸錢。」

退休後，他沒有一點家產，跑到蘇州的永定寺，吃齋念佛，耕田讀書，走完了傳奇的一生。

韋應物去世，是西元791年。

半個世紀後，到了晚唐，又一個大神出現。

他少年時期，一樣放蕩不羈，「騎馬倚斜橋，滿樓紅袖招」；中年趕上黃巢起義，一樣在亂世中流離，晚年登上相位，最後在異鄉安靜去世。

這個詩人，名叫韋莊，是韋應物的四世孫。

風雪夜歸人

一輩子的山林生涯，
換來與這場風雪的默契。

本文根據當時的社會背景、人物官職
以及詩歌意境虛構而成，不代表史實。

01

大雪連下三日，黃昏時刻，仍舊紛紛揚揚。

芙蓉山上有片林子，此刻靜得像一幅畫。劉長卿用力拍幾下驢屁股，小毛驢快跑起來，驚飛一群棲鴉。

衝出林子，劉長卿想起來了，眼前就是一幅畫，像他在宮裡見過的《雪溪圖》。王摩詰真是丹青聖手啊，他忍不住感歎。可一瞬間，又連拍幾下驢屁股，冷汗直冒。

身後林子裡，已隱隱聽得見馬蹄聲，亂糟糟，急促促，更多烏鴉從林子上空盤旋飛去。

追兵將近。

劉長卿看著疲憊的驢子，心灰了大半，前面沒有路，也沒有盡頭，還能跑到哪裡去呢。再看那頭小毛驢，打死它也跑不快。看來，真要葬身在這荒山野地了。

仰天一望，雪落在臉上，北風吹來，果然是一個寒涼世界。他放慢腳步，準備聽天由命。

「先生可是劉使君？」

順著聲音，看到面前站立一人，身穿齊膝麻布襖，頭上的斗笠落滿厚厚一層雪，小山包一樣，儼然是個山村農夫。

劉長卿心中納罕，勒住韁繩，拱手答道：「正是。老漢如何認得在下？」

那老人也不回答，向前一步，「我能救使君。」

劉長卿又喜又驚，回過頭望向林子，「那些可是官兵，三個人，都帶弓弩橫刀，老漢如何救得？」

老人手指遠處山坳。「那裡有一處茅屋，是我家，使君前去，躲進茅屋，不管外面發生什麼，不可開門。」

劉長卿有幾分相信，再次拱手：「恩人貴姓？來日報答。」

老漢並不還禮，對答簡促：「姓趙。使君已經報答，莫要遲誤，快快去吧。」

林子裡馬蹄聲已清晰可聞，劉長卿用力拍一下驢子，在向前一射之地，拐過彎，下道坡，朝茅屋奔去。

02

茅屋低矮，又鋪了厚厚一層雪，連屋頂白茅也蓋得嚴嚴實實，若無人指點，黃昏雪天斷斷看不見。

劉長卿從驢背上下來，走在雪地，嘎吱作響。

一隻黃狗從門口柴草堆裡出來，狂叫幾聲，並無攻擊之意，又鑽進窩裡去了。

門是柴門，虛掩著。這是盛唐遺風，夜不閉戶。劉長卿推開門，牽著驢子進入小院。他不知道能否躲過這一劫，滿腦子裡，盡是憤憤不平。

兩年前，他受朝廷任命，來到和州，成為這一帶的轉運使。水陸諸道，鹽鐵絲糧，數不清的賦稅，都經過他的手運往兩京。

這個官不好當，他是知道的。京城的上級，地方上的同僚，到處貪酷成風。稅賦從農民到京城，每一環都有人中飽私囊。杜子美若是還在世，指不定會寫出什麼詩呢。

並且，這還不是最壞的。

去年冬天，掌管內庫的宦官，不知道從哪兒弄來一批炭，據說原是西涼國進貢的。

這種炭呈條狀，一尺來長，周身發青，堅硬如鐵，燒起來有光而無焰，一條炭就能燒十天，熱氣逼人。他們管這個叫「瑞炭」。

好個瑞炭。那些宦官淨顧著享受，顧著討好皇帝，又不知從哪個術士嘴裡聽說，只有這芙蓉山上一種櫟樹最適合燒製瑞炭。由是戶部下令，各農戶除租賦外，另徵瑞炭千斤。

豈知這瑞炭，燒製過程繁複異常，稍有瑕疵，官府即駁回另製，不過一冬，便搞得民不聊生。

奈何彼時宦官權勢熏天，地方官們紛紛做了立仗馬，幾個膽大的也曾聯名上書，可奏章尚未呈到御前，就莫名其妙被免職了。

劉長卿氣不過，親赴長安，跳過御史臺，請求面聖。

這下可是太歲頭上動了土，先是下來一道公文，將他革職查辦。劉長卿不斷上奏，剛直不屈，不想今日竟招來殺身之禍。

03

林子外，追兵已停在趙老漢跟前，三匹大馬一字排開，馬上三人皆全副武裝，腰掛橫刀，右手持弩，殺氣凜凜。

中間為首一人眼窩深陷，鬍渣粗短，左腮一道斜疤。他用弩朝雪地一指，口氣如這寒風一樣冰冷：「剛有個騎驢子的，跑哪兒了？」

地上有驢子的蹄印，人的腳印，還有零星幾處野獸足印。大雪從不掩藏。

趙老漢鎮定自若，把手向茅屋一指：「軍爺莫不是說，剛才那位儒雅面皮的中年男子？嗯，就在下邊茅屋裡。拐幾道彎就到。」

刀疤並不回應，打馬便要前去。趙老漢忙道：「前面轉彎是道坡，旁邊一條深溪都被雪填平了，軍爺當心陷了馬腳。」

刀疤略一沉思，道：「那邊你可熟悉？」

「那是老漢的家。」

「帶路。」

趙老漢走在前面，一路小跑，低頭尚能看到雪地上驢子的蹄印。不多時，一行四人便來到一個轉彎處。

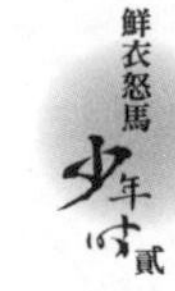

山迴路轉，眼前赫然一道陡坡。陡坡最高處，是一片平坦空地，空地上高高聳起一座四四方方的雪垛。

但凡第一次見到之人，定會認為這是一塊巨石，如同天外飛來，煞是奇特。

剛走出雪垛十丈開外，趙老漢轉身回頭。「軍爺稍等，老漢撒泡尿去。」

刀疤輕輕點頭，表示同意。

趙老漢搓著手呵著氣，慌慌忙忙朝雪垛跑去，來至跟前，解開腰間草繩，對著雪垛撒起尿來。

一陣北風吹來，夾著雪花，趙老漢渾身一陣哆嗦。提上褲子，右手向後腰一摸，便抽出一把柴刀來。

搭眼看去，那三個官兵還在坡下，他們並無一句交談，冰冷肅殺，一如這風雪深山。

趙老漢手持柴刀，轉身走到雪垛後面，隨即傳來兩聲沉悶的聲響，砰 —— 砰 ——

坡下三人聽到聲響，齊向雪垛望來，不禁滿臉驚駭。

只見剛才那個雪垛 —— 那個穩如大山的巨石，此刻竟四散開來，化作圓形石柱，千軍萬馬一般，朝坡下滾來。

「快散開！是滾木！」刀疤瞬間明白過來，大喊一聲。

可哪裡還來得及。那些滾木有百根之多，根根勻稱，筆直無旁枝，徑約兩尺，長一丈有餘，借著陡坡，又逢雪地，三個官兵的馬尚未動身，只聽見幾聲慘叫，便如秋風中的落葉一般，紛紛倒地。

趙老漢握著柴刀，滿頭大汗，貓著腰，從山坡上走下來。那個雪垛，原是他和兒子砍伐的樹。兒子做活細緻，一根根碼好，用粗繩紮住，大雪一蓋，還真如雪垛一般。

他沒想到，今日今時竟然派上了這般用場。

趙老漢兩眼放光，一步步向前，看到一匹馬掙扎著起來，驚慌無主地向山坡下跑去，另外兩匹，一匹躺在坡路上低聲嗚咽，一匹倒在路旁小溪裡，身上壓著圓木，了無生氣。

兩個官兵也倒在地上，身上橫三豎四都壓著圓木，雪地上一片血紅，就算不死也動彈不得了。

趙老漢繼續尋找為首的刀疤，左推右翻，不見蹤影。

「嗖」的一聲，趙老漢聽得真切，並不是風聲，下意識一摸肚子，一根弩箭已死死釘在小腹。

他「撲通」倒地，身下晃眼的白雪，也一點點變紅。

劉長卿眼前沒有顏色，一片漆黑。

此刻他已躲進茅屋，關上門，不敢點燈。窗戶上連窗紙都沒有，只蓋著一層茅草，風灌進來呼呼作響。

他想起幼年時父親逼他習字作文的情景，曾發下宏願，讀聖賢書，做父母官，在艱難的世道裡，守冰心一片。數九寒天，毛筆上凍，家裡沒有洗硯池，只有母親給他準備的一個陶盆。

那盆漆黑的墨水，曾是他的甘露，如今看來，竟是不見底的深淵。

他已隱隱猜到，那三名追殺他的官兵，背後是何人指使。他對政壇黑暗早有耳聞，只是沒想到他們竟會殺人滅口，堂堂朝廷命官都不免遭此毒手，可憐那些螻蟻小民啊。

「狗屁盛世，狗屁清平。」

劉長卿暗罵起來。進門時的那個疑問再次縈上心頭，這個趙老漢為什麼救自己？看來盛世遺風尚在，慷慨悲歌的俠士還是有的。可是……等等，仗義救人也罷了，他如何認得我呢？

他回想著剛才趙老漢的相貌，不過是個普通的山民村夫，沒甚特殊，也不曾在哪裡見過，倒是老漢身上那股倔強和淳樸，格外親切。

劉長卿拼命思索著 —— 從兩年前到這一帶上任，經手的事，有交集的人，一件一件，如翻書一般。突然渾身一震，一拍腦袋，想起一個人來，「難道是他？」

不能再躲下去了。不管是不是他，一個老漢捨命相救，我豈能像老鼠一樣躲躲藏藏。那些貪官才是老鼠，是碩鼠。我不能也做鼠輩。

劉長卿摸出火鐮，想點上屋中油燈，找一件稱手的傢伙。

05

不知過了多久，趙老漢摸摸傷口，血都凍住了，冷啊。

他抓起一把雪，塞嘴裡嚼起來，又把箭桿掰斷，衣服一裹，壓低斗笠，從遮擋的兩根木頭上抬起頭。

夜是黑的，雪是白的，人躺在雪地裡格外分明。趙老漢向遠處望去，十幾丈開外，兩根木頭壓著一個人，還在動。

他未及看清，又是「嗖」的一聲，對方再放一箭，正射在他的斗笠上。幸好這一箭被斗笠一擋，掉在地上。

趙老漢心裡一驚，連連叫險，看來這人是刀疤無疑了。箭法如此了得，當是上過戰場的老兵。

雪已經小下來，風卻愈加呼嘯，這等天氣裡凍一夜，都得死。趙老漢左右觀察片刻，取下斗笠，將它背在身上，像一隻烏龜，朝著刀疤的左側爬去。

他爬下路面，爬過小溪厚厚的積雪，像是圍繞著刀疤轉圈。雙手一併傷口，似乎都被凍得沒了知覺。周圍靜得可怕，除了風聲，只剩他的喘氣聲。

在一根木頭旁，他折轉方向，竟然朝刀疤爬去。身後雪地上有斷斷續續的血跡，像是木炭燃燒將盡時的殘火。

在離刀疤只有一丈遠的一根木頭旁，他終於停下來，翻過身，躺平，調勻呼吸，再次取下斗笠，口朝上，裝了滿滿一斗笠的雪。

做完這些，他豎起了耳朵。

他聽見林子方向的夜鴞聲，聽見自己的心跳聲，聽見刀疤急促的喘息聲，甚至，還隱隱聽見了弩機嘎吱嘎吱的緊繃聲。

但他毫不在意這些。他只想聽到風聲，猛獸狂嘯般的風聲。

他在等風。

他把臉貼著地，雙目炯炯，盯著雪面。雪珠越滾越快。一輩子的

山林生涯，換來與這場風雪的默契。

大風起了。

趙老漢手持柴刀，端起斗笠向刀疤撲去，半空中雙手一揚，頓時形成一片雪幕，隨即舉起柴刀，狠狠砍下去。

刀疤先是眼前一片灰白，眼睛還未睜開，持弩機的手便猛受一刀。弩機掉落一旁，又是一片血紅。

風雪依舊，四目相對。

刀疤身上還壓著兩根木頭，只剩半條命，口氣卻沒弱：「你是誰？我們素無冤仇，怎的起這歹心？」

趙老漢站在雪裡，兩眼直愣愣，樹樁一般，說道：「咱倆確實無冤無仇，可你們要殺劉使君，便與我有仇。」

「我們也是受人指使，軍令在身，不敢不從。」

「你們是朝廷的鷹犬，當然會從。」

「你是劉長卿的同謀！」

「同謀？呵呵。」趙老漢冷笑一聲，「劉使君到現在還不認得老漢呢。」

「那你到底為何下殺手？」

「為何！為了復仇！為了道義！為了告訴你們的狗官，天道尚在！」

刀疤已經氣若游絲。柴刀砍的傷並不致命，致命的是那些滾木，他在西域軍中攻城時，多次見過這種恐怖場景。木石落城，螻蟻不生。

此刻，他五臟六腑彷彿碎裂一般，只剩一口氣吊著。「只可惜老子沒死在大漠，卻莫名其妙……死在你這田舍奴手裡，我死不瞑目……來吧，痛快給老子一刀。」

趙老漢卻扔下柴刀，眼中怨恨暗淡下去，緩緩說道：「世事都有因果。別說什麼死不瞑目。軍爺或許是上好健兒，可惜，好料用錯了地方。就跟軍爺身上這木頭一樣，又沉又密實，原是造車建屋之材，卻偏有人要燒成木炭。還叫什麼瑞炭。」一邊說，一邊手捂傷口，緩緩坐倒在地上。

蒼山皚皚，冷風蕭蕭。

06

劉長卿費了好大力氣才點著油燈，端起來，向山牆走去。

牆是泥土混著茅草垛成的，橫七豎八，掛著各種工具。劉長卿取下一把柴刀，掂量再四，正稱手。

剛要開門，卻見茅屋正中的條几上，整整齊齊供著兩塊靈牌，一個上寫「趙門周氏之靈位」，一個上寫「故男趙如意之靈位」。

劉長卿心頭先是一陣寒意，隨後卻一陣感慨。

是了，一切都對上號了。

去年這個時節他上奏朝廷，痛陳瑞炭之弊，就是緣於那場請願事件。

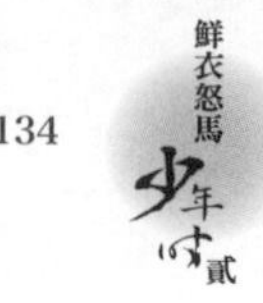

彼時凡徵收瑞炭之地，莫不怨聲載道。於是，本處山民大量聚集，先是在縣府，後波及州府，民怨洶洶。

這原本是一場可以消弭的賦稅事件，沒承想宦官集團竟給州縣施壓，派出官兵，大肆搜捕，以聚眾滋事為由，抓捕百十號人。

前去抓捕一位里正時，他恰好不在家中，官兵便抓住那家的老嫗和兒子，一齊下獄，三五日後，竟死在牢中。縣府出具公文，說是暴病身亡，可下葬時鄉民們都看見了，死者母子，皆是遍體鱗傷，分明是被毒打致死。

那位里正安葬好妻子，便深居簡出，經常一進山就是一兩個月，常不見人。

沒錯，劉長卿全想起來了，這個被他寫進奏摺裡的可憐的里正，便是姓趙，鄉民呼作趙五爺。

一陣狗叫聲，將劉長卿拉回現實。

狗一叫，就有人來。

趙五爺來，生；官兵來，死。

死則死矣。劉長卿略一沉思，走向那面土牆揮刀便刻，塵土未定，已提刀出門。

油燈閃爍，牆上字跡凌厲可見，題曰：逢雪宿芙蓉山主人。詩曰：

日暮蒼山遠，天寒白屋貧。

柴門聞犬吠，風雪夜歸人。

韋莊：唐詩守門人

少年韋莊並沒有『弦管送年華』，
而是讀了很多書，
他堅信不管盛世亂世，
是人才總有逆襲的一天。

01

西元903年，距離杜甫寫出「國破山河在」已過去近一百五十年。

距離李商隱的「夕陽無限好，只是近黃昏」，也已有五十來個年頭。

此時的大唐一片暗夜，即將走完它光輝的一生。

這一年，成都浣花溪畔，一個老者來到一座舊宅子裡，殘垣斷壁，雜草叢生。隨從告訴他，這裡就是杜甫草堂。

老者淚眼婆娑，在堂前的石頭上呆坐良久，幽幽說道：「韋藹呀，簡單修葺就行，我要住在這裡。」

這個叫韋藹的，是老者的弟弟，他向前一步，說道：「哥，朝廷又給咱府裡修了一座花園，專門請的洛陽工匠……」

話未說完，老者揮手打斷道：「不必說了，我意已決。只有杜拾遺，才能把我帶到詩歌的殿堂。」

「哥，那你詩集的名字……」

老者沉思片刻。「既然在浣花溪畔，就叫……」

弟弟快速搶過話：「對，叫《浣花洗劍錄》。」

老者一口老血噴出來，斥道：「劍劍劍，劍你個頭啊，叫《浣花集》！」

這個老者，就是當時的四川軍區首席參謀，名叫韋莊。

02

韋莊一生寫過很多詩，《浣花集》存錄的只是很小一部分，其餘的都已遺失，但這足以讓他躋身唐詩殿堂，被後人膜拜。

不巧的是，大家印象中的韋莊，主要還是《花間集》裡那個風流浪蕩的情種。

這不怪我們，誰讓《花間集》裡淨是綺麗柔魅呢，誰讓他跟溫庭筠組CP呢。一個人最出名的作品，往往會被人們看作他的全部。韋莊以花間詞派成名，當然也沾染了花間的脂粉香氣。

我們不妨看看他廣為流傳的金句。

比如他最著名的「我的江南女友」系列，詞牌叫《菩薩蠻》，是這樣寫的：

人人盡說江南好，遊人只合江南老。

春水碧於天，畫船聽雨眠。

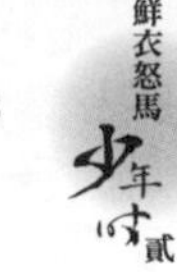

壚邊人似月，皓腕凝霜雪。
未老莫還鄉，還鄉須斷腸。

又

如今卻憶江南樂，當時年少春衫薄。
騎馬倚斜橋，滿樓紅袖招。
翠屏金屈曲，醉入花叢宿。
此度見花枝，白頭誓不歸。

還有：「紅樓別夜堪惆悵，香燈半卷流蘇帳。殘月出門時，美人和淚辭。」諸如此類。

這些詞都表達了一個意思：江南水好酒好姑娘好，離開那裡我好後悔。

你看，韋莊一點也不偽裝。

眾所周知，在晚唐，詞相當於地攤文學，處於鄙視鏈末端。寫文章的看不起寫詩的，寫詩的看不起寫詞的，尤其描寫秦樓楚館的詞，一直被人吐槽。

即便到了南宋，儘管已經見識過蘇軾的豪放派，詞的內容和境界大大拓寬，但是這類詞依然處於邊緣化，陸游就說過《花間集》：你們這些詞人啊，都天下大亂民不聊生了，還有心情喝酒撩妹，太無聊了。

原話叫：「方斯時，天下岌岌，生民救死不暇，士大夫乃流宕如此，可歎也哉！或者出於無聊故耶！」

真的是這樣嗎？

如果韋莊活到南宋，一定會對陸游還擊回去的，「紅酥手，黃滕酒」，呵呵。

那麼，真實的韋莊，到底是什麼樣的人？

讓我們從頭說起。

03

韋莊的四世祖是韋應物，沒錯，就是寫「春潮帶雨晚來急，野渡無人舟自橫」的那位。

在初唐盛唐，韋家跟杜家門第並列，有「城南韋杜，去天尺五」之說，都是名門貴族。

可到了韋莊這一代，韋家早已沒落，就像被抄家後的賈寶玉。貴族身份給他留下的唯一好處，就是讀書。

韋莊的少年很悲催，首都長安的祖宅早沒了，直系親屬裡也沒有當大官的，在京城生活不下去，就跑到河南去了。

可當時的大唐氣數將盡，藩鎮割據的惡果終於到來，手握重兵的軍閥們，都在忙著搞獨立上市。

亂世之中，百業蕭條，朝不保夕的陰影籠罩在每個人頭上。於

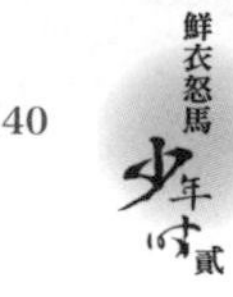

是，在大唐這艘巨輪沉沒之前，人們能做的就是及時行樂，過一天算一天，一派末日狂歡景象。

韋莊後來在回憶裡寫道：

「人意似知今日事，急催弦管送年華。」

大唐快完了，但韋莊的人生才剛剛開始。

無數個日夜，少年韋莊並沒有「弦管送年華」，而是讀了很多書，他堅信不管盛世亂世，是人才總有逆襲的一天。

只是他沒想到，逆襲之路竟然會如此之長。

如果唐詩界要評一個資深復讀榜，韋莊一定能進前十，他具體落榜過幾次，史料沒有記載，可能是次數太多了。

四十四歲那年，韋莊再一次「順利」落榜，成為「京漂」。

不過在歷史上，這一年最有名的落榜生不是韋莊，而是一個生猛的角色，名叫黃巢。

沒過多久，黃巢起義軍攻破長安，說好的不擾民政策，也被亂軍無視，各種燒殺搶掠，天下大亂。

韋莊離開長安，逃往洛陽，開啟了流浪模式。這段時期，他基本是一邊在各地幕府做臨時工，一邊讀書寫詩。

寫什麼詩呢？

韋莊心裡，再次浮現出那個偉大的名字 —— 杜甫。

04

讀韋莊的詩，跟他的詞風格迥異。

他的詞通俗直白，很美，寫的是生活。而他的詩，則是記錄時代，寫的是生命。

在多年流浪生涯裡，韋莊每到一處，都能寫出好詩，從詩風到內容，都在向杜甫致敬。

在洛陽，他寫了《洛陽吟》：

萬戶千門夕照邊，開元時節舊風煙。
宮官試馬遊三市，舞女乘舟上九天。
胡騎北來空進主，漢皇西去竟升仙。
如今父老偏垂淚，不見承平四十年。

大唐再也沒有開元盛世了，黃巢之亂就像當年的安史之亂，唐僖宗也跟當年的唐玄宗一樣，倉皇逃往成都避難。四十年了，沒見過太平。

在南京，他寫了《上元縣》：

南朝三十六英雄，角逐興亡盡此中。
有國有家皆是夢，為龍為虎亦成空。
殘花舊宅悲江令，落日青山弔謝公。

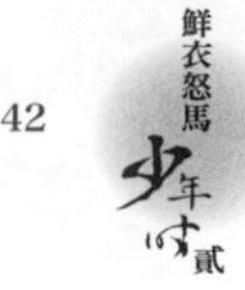

止竟霸圖何物在，石麟無主臥秋風。

上元即今天的南京，大意是說：在這裡建功立業的南朝英雄們，不管是龍是虎，現在都是浮雲。江淹、謝安只留下墳墓，江山無主，秋風蕭瑟。

在《過揚州》裡，他上半段寫道：

當年人未識兵戈，處處青樓夜夜歌。
花發洞中春日永，月明衣上好風多。

然後話鋒一轉：

淮王去後無雞犬，煬帝歸來葬綺羅。
二十四橋空寂寂，綠楊摧折舊官河。

那個大廈將傾的李唐王朝，那些偉大的都市，都在韋莊筆下，塗上蕭索破敗的末日色彩。

家國都這樣了，是不是不必科舉了？

不是的。

這期間，韋莊還一直在積極備考，然後落榜，再考，再落榜。直到西元894年，韋莊終於高中進士。這一年，他五十八歲。

一個年近花甲的老頭，能有什麼作為？算了，打發他去外地吧。

韋莊剛到吏部報到，就被朝廷派往了成都。

出發之前，他再一次看著被戰火蹂躪過的長安，賦詩一首：

滿目牆匡春草深，傷時傷事更傷心。
車輪馬跡今何在，十二玉樓無處尋。
——《長安舊里》

長安輝煌不再，連十二玉樓都毀了。

這些詩，如果你細看，處處有杜甫的影子。

人生就是這樣，有心栽花花不開，無心插柳柳成蔭。長安的玉樓沒了，成都玉樓依舊。

這場原本不被看好的成都之行，卻陰差陽錯，成為韋莊最好的歸宿。

05

成都，一個韋莊命中的貴人正在那裡求賢若渴，他就是西川節度使，名叫王建。

到任沒多久，韋莊就被提拔為掌書記，相當於一把手秘書。出謀劃策，軍事財政，什麼事都參與。

韋莊多年的苦讀，終於派上用場。

彼時，黃巢起義軍已經領了盒飯。平亂過程中，各地軍閥突然發現，原來朝廷這麼弱雞！既然那個姓黃的鹽販子都敢稱帝，我為什麼不能！

一個個喊聲在李唐大地上響起：打倒老大哥！

西元904年，唐昭宗被朱溫殺掉。三年後，朱溫逼迫唐哀帝禪位，自己稱帝，建立後梁。牛氣沖天的大唐，走完近三百歲的生命，成為歷史舊風煙。

亂糟糟的五代十國開始了。

其中的大蜀，創始人正是王建，史稱「前蜀」。

掌書記韋莊同志，也順理成章，一躍成為大蜀宰相。

這個一輩子沉淪下僚的詩人，終於搞了一件大事情。

按照古代標準，一個文人經過苦讀，步入仕途，最終進入朝廷核心，成為一國宰相，這是個完美的結局。他人生的高光時刻，可以就此定格。

但在我看來，成為開國宰相，並不是韋莊的大手筆。歷史車輪滾滾向前，多少帝王將相，終究煙消雲散。何況，那個躲在大亂世西南一隅的前蜀，在史冊上的分量，並不能與大唐相提並論。

這是詩歌的王朝，詩人韋莊，比宰相韋莊更應該被後世記住。

再回到前蜀建立前夕，也就是本文開頭的西元903年。

在弟弟韋藹的協助下，《浣花集》大功告成，杜甫的老宅也修葺一新。

又一個深夜，弟弟叩開韋莊的大門。「哥，書成了，那首詩真不錄進去嗎？」

韋莊一聲歎息，搖搖頭道：「不錄了，不錄了。」

「哥，那可是大手筆啊，百年之後見了杜拾遺，那可是最好的見面禮啊。」

沉默，寂靜。

韋莊再次搖頭，關上大門，轉身躲進書齋。這一唐詩江湖上的大手筆，就此失傳。

一個世紀又一個世紀，一個朝代又一個朝代，這首詩一直壓在中國詩歌的舊倉庫裡，殘破不堪，堆滿塵埃，不被世人所知。

直到一千年後的西元1900年，敦煌莫高窟16號窟打開，它被英國人斯坦因裝進大車，運回歐洲。

又過了二十年，王國維對著日本學者的手抄卷反覆考證，終於讓這一中國詩歌史上的豐碑，重見天日。

沒錯，它就是《秦婦吟》。

06

這首詩有多厲害呢？

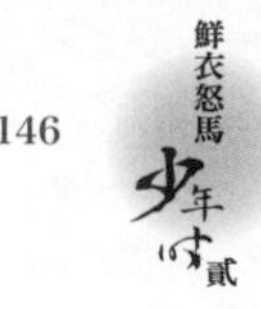

這麼說吧，提起長篇敘事詩，我們能想到杜甫的「三吏三別」、白居易的《長恨歌》《琵琶行》，這些詩都很長，最長的《長恨歌》八百四十字，很多同學一說要背誦全文，真是有長恨的心情。

《秦婦吟》呢？更長，一千六百多字。在它面前，所有長篇都是短篇。

當然，一首詩的價值，不能用字數來衡量。《秦婦吟》是不是好詩呢？讓我們回到它誕生的歷史現場。

話說，黃巢起義軍攻破長安，韋莊逃難到洛陽。在這裡，他遇到一個同樣從長安逃難來的女人。這個女人姓甚名誰，歷史沒有記載，因為她來自秦地長安，所以只能稱她為「秦婦」。

這首詩記錄的，就是這個秦婦的真實經歷。

詩太長了，不能全錄，我摘幾段精彩的，看完就知道它好在哪裡了：

> 中和癸卯春三月，洛陽城外花如雪。
> 東西南北路人絕，綠楊悄悄香塵滅。
> 路旁忽見如花人，獨向綠楊陰下歇。
> …………

開頭就交代時間、地點和人物：唐僖宗中和三年（883），陽春三月，在洛陽城外，韋莊遇到這位漂亮的長安女子——秦婦。

她見韋莊「同是天涯淪落人」，於是開始訴說她被黃巢軍困在長安三年的經歷：

扶羸攜幼競相呼，上屋緣牆不知次。
南鄰走入北鄰藏，東鄰走向西鄰避。
北鄰諸婦咸相湊，戶外崩騰如走獸。
轟轟崐崐乾坤動，萬馬雷聲從地湧。

黃巢軍進城，大家東躲西藏，倉皇逃竄，哭聲震天，整個長安地動山搖。

家家流血如泉沸，處處冤聲聲動地。
舞伎歌姬盡暗捐，嬰兒稚女皆生棄。

樂府詩的特色是通俗易懂，哪怕千年後的我們讀來，依然沒有太多隔閡。「家家流血」、「處處冤聲」背後，我們能感受到這次事件的性質，這不是戰爭，是屠殺。

死者是慘死，生者如舞伎歌姬、嬰兒孩子，不方便逃跑，只能被拋棄。他們的命運可想而知。

東鄰有女眉新畫，傾國傾城不知價。
長戈擁得上戎車，回首香閨淚盈把。
旋抽金線學縫旗，才上雕鞍教走馬。
有時馬上見良人，不敢回眸空淚下。

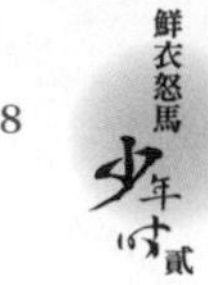

東鄰那個漂亮姑娘，被起義軍掠到戰車上，帶回軍營，縫軍旗，學騎馬打仗。在路上看到自己老公，都不敢打招呼。

西鄰有女真仙子，一寸橫波剪秋水。
妝成只對鏡中春，年幼不知門外事。
一夫跳躍上金階，斜袒半肩欲相恥。
牽衣不肯出朱門，紅粉香脂刀下死。

西邊鄰居家小姑娘，長得漂亮，起義軍半裸著身子要強暴她。她拼命抵抗，被一刀砍死。

南鄰有女不記姓，昨日良媒新納聘。
琉璃階上不聞行，翡翠簾間空見影。
忽看庭際刀刃鳴，身首支離在俄頃。
仰天掩面哭一聲，女弟女兄同入井。

南邊鄰家的女兒，剛定了親，躲在深閨，卻被闖進來的亂軍砍頭了，她的姐妹們不願受辱，一同跳井自殺。

妾身幸得全刀鋸，不敢踟躕久回顧。
…………
舊里從茲不得歸，六親自此無尋處。
一從陷賊經三載，終日驚憂心膽碎。
夜臥千重劍戟圍，朝餐一味人肝膾。

我（秦婦）僥倖活下來，家破人亡，膽戰心驚。在黃巢軍中，身陷重圍，還跟他們一起吃人肉。

為什麼吃人肉呢？因為：

四面從茲多厄束，一斗黃金一升粟。
尚讓廚中食木皮，黃巢機上刲人肉。
東南斷絕無糧道，溝壑漸平人漸少。
六軍門外倚僵屍，七架營中填餓殍。

朝廷圍城剿匪，糧道斷絕，城中糧食比金子都貴。

起義軍那個叫尚讓的宰相都吃樹皮了，黃巢的餐桌上也端上了人肉。餓死的百姓、叛軍填滿溝壑。

昔時繁盛皆埋沒，舉目淒涼無故物。
內庫燒為錦繡灰，天街踏盡公卿骨！

昔日繁華的長安，什麼都沒了。宮裡滿是錦繡珍寶的庫房燒成灰燼，朱雀大街上，遍地貴族公卿的屍骨。

看到這裡，如果只是控訴黃巢起義軍，維護李唐統治，那麼韋莊充其量是個忠臣、好人，還稱不上有偉大人格。

詩裡最具思想性的，是後面秦婦談到的一個老翁的遭遇。這個老翁是個小地主，他先後經歷了黃巢亂軍和政府官兵。

過程是這樣的：

鄉園本貫東畿縣，歲歲耕桑臨近甸。
歲種良田二百廛，年輸戶稅三千萬。
小姑慣織褐絁袍，中婦能炊紅黍飯。
千間倉兮萬絲箱，黃巢過後猶殘半。

我（老翁）是本地人，家裡有屋又有田，是納稅大戶。成千上萬計數的糧倉、絲絹，在黃巢軍搶掠過後，還剩下一半。

自從洛下屯師旅，日夜巡兵入村塢。
匣中秋水拔青蛇，旗上高風吹白虎。
入門下馬若旋風，罄室傾囊如卷土。
家財既盡骨肉離，今日垂年一身苦。

可是，自從政府軍來到洛陽，開始沒日沒夜地搜刮。

他們手持秋水劍、青蛇劍，扛著白虎旗，像旋風席捲而來，家裡積蓄被一掃而光。現在我家破人亡，只剩一把老骨頭了。

政府軍不比黃巢亂軍好多少，甚至更殘酷。

古代中國歷次改朝換代，都是這個德行，唐朝也不例外，與其說黃巢起義是致命一擊，不如說它本身已經爛到骨子裡了。

多年積壓的社會矛盾，總有爆發的一天。黃巢，這個沒有顯赫家族、沒有財團支持，也沒有文壇地位的鹽販子、落榜生，之所以能一呼百應，足以說明當時社會矛盾的尖銳。

07

這就是《秦婦吟》的價值，它跟杜甫的「三吏三別」一樣，是時代紀錄片，是「詩史」。

官方史書裡沒有的細節，這首詩裡寫得清清楚楚。

詩詞大家俞平伯說，它「不僅超出韋莊《浣花集》中所有的詩，在三唐歌行中亦為不二之作」。

即便放在杜甫的「三吏三別」之中，放在白居易的《秦中吟》《長恨歌》《琵琶行》之中，《秦婦吟》也毫不遜色。

還有人認為，《秦婦吟》的價值是超越唐朝的，應該放在整個中國詩歌史上，與《孔雀東南飛》《木蘭詩》同等段位，叫「樂府三絕」。

再回過頭看韋莊，他還只是那個「騎馬倚斜橋」的花間派二當家嗎？

後世研究唐詩的學者，一般把唐朝分成四個階段，各有千秋。

在我看來，初唐如一位少年，混沌初開，天真爛漫，四傑的詩歌儘管不能盡善盡美，卻透出一股少年人的英氣，一掃南朝的陳腐，給唐詩開了一個好頭。

到了盛唐，李白、杜甫、王維、王昌齡他們，如同二十多歲的青年，去除詩歌的幼稚氣，剛健雄渾，用純粹的文字，把詩歌推上頂峰。

中唐的元白韓孟們，如同人到中年，現實的殘酷，生活的艱辛，讓他們不再天真，代之以成熟務實，負重前行，像個沉穩的父親。

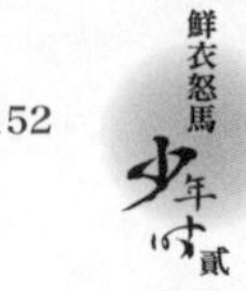

晚唐是個迷幻的時代，蒼老的，靡麗的，風格雜陳。如果三百年大唐是一場詩歌吟唱會，那麼晚唐就是這場吟唱會的尾聲。

舞臺上不再有重頭戲，宴席上只剩下小菜、殘酒，人們收拾東西，準備離席。

就在此刻，韋莊帶著他的《秦婦吟》登場了。

駱賓王在《帝京篇》裡的居安思危，盧照鄰《長安古意》裡驕奢的貴族，杜甫的「朱門酒肉臭，路有凍死骨」，白居易筆下可憐的賣炭翁，以及李商隱「可憐夜半虛前席，不問蒼生問鬼神」的一聲暴喝，此刻，韋莊的《秦婦吟》似乎在一一回應。

長安長安，三百年，滄海桑田。

韋莊，不僅是宋詞的開門人，還是唐詩的守門人。

李煜：夢裡不知身是客

厲害的懷古詩從來不止懷古，
還會埋下後世的韻腳。

01

朱雀橋邊野草花，烏衣巷口夕陽斜。
舊時王謝堂前燕，飛入尋常百姓家。

這首《烏衣巷》寫於中晚唐交會之際。劉禹錫沿著秦淮河，走到烏衣巷，斜陽芳草，燕子低迴，金陵王氣不再。烏衣巷口，盡是煙火氣息。

他或許不曾想過，厲害的懷古詩從來不只懷古，還會埋下後世的韻腳。

一百五十年後，西元975年的金陵，一絲微弱的王氣也正在黯然收場。

故事的主角，是那個叫李煜的男人。

這年的十一月二十七日，半夜，金陵城門外火光通明。李煜走在隊伍前，光著上身，「肉袒」出降。在他身後，是四十多名家族成員和重要臣僚。男人全部「肉袒」，女眷只穿素服。

南唐國主以最卑微的姿態，表達一個降臣的誠意。

天亮之後，又下起了雨。在隆冬的冰雨裡，李煜和他的家眷臣子們被押上大宋的戰船，走向生死未卜的汴梁城。

從南唐建國到他出城投降，只有三十九年。李家打下的江山，北起安徽南部，南到江西、福建，有三千里國土。

多麼美麗的江南啊。

現在，它們都屬於趙家了。

在投降儀式之前，李煜爬上宮殿的高樓，最後一次俯瞰金陵。黑夜中，火光星散，人心惶惶。金陵繁華依舊，只是被黑夜籠罩。

他向留下的官員們叮囑再三，要安撫百姓，好好做大宋的子民。又來到李家宗廟，伴著教坊司演奏的哀樂，跪在列祖列宗牌位前一頓痛哭。他的嬪妃們、歌女們也抱作一團，哀號不絕。

來到汴梁，這個不久前還是南唐國主的天才詞人，正式開始他的臣虜生涯。個中辛酸，都寫在他的《破陣子》裡：

四十年來家國，三千里地山河。
鳳閣龍樓連霄漢，玉樹瓊枝作煙蘿。
幾曾識干戈？
一旦歸為臣虜，沈腰潘鬢消磨。
最是倉皇辭廟日，教坊猶奏別離歌。
垂淚對宮娥。

「沈腰」是南北朝沈約的腰，瘦了；「潘鬢」是魏晉潘岳的鬢角，

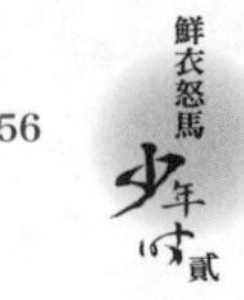

白了。這一年李煜三十八歲，卻跟他的南唐國一樣，迅速老去。

金陵那些朱門大戶的堂前燕，再次飛入百姓家。

02

讓李煜光著膀子投降的，是大宋的最高軍事將領，名叫曹彬。

在宋朝，乃至明清兩朝的帝王眼裡，曹彬都是可遇不可求的將才。

自從加入趙匡胤的創業團隊，曹彬就開足了馬力。平後蜀，伐北漢，滅南唐，南征北戰，功勳赫赫，成為大宋的開國元勳。

曹彬的威望不只因為戰功，還有他的為人。別的將領攻陷一城，忙著屠殺，復仇，忙著搶美女搶金銀，只有曹彬，忙著搜集山川水文資料。他的行裝裡，沒有金銀珠寶，唯一的戰利品只有書籍。

宋軍兵臨金陵城下，曹彬先讓將領們發誓，城破之日，不可濫殺一人。又傳話李煜，為了不傷及百姓，希望李煜主動出降。

一個宅心仁厚，一個溫文心慈，金陵城這才以最小的代價，溫和易主。

曹彬以戰功、為人，得到了趙宋王朝的最高榮譽，樞密使、節度使、檢校太師，直至被封為魯國公⋯⋯榮耀等身，是如假包換的出將入相。

曹彬死後，他的第三子曹瑋子承父業，鎮守西北。招降黨項，箝制吐蕃，大名鼎鼎的三都谷之戰，讓大宋的西北門戶穩定了幾十年。

「三都谷路全師入，十萬胡塵一戰空」，曹瑋，是名副其實的大宋戰神，西北的定海神針。

曹瑋死後，朝廷給他的諡號是「武穆」。要知道，宋朝另一位「武穆」，要等一百年後才出現，那個人叫岳飛。

似乎是家風薰陶，曹家子弟也個個不俗。曹瑋的兄弟們，曹璨、曹玥、曹玹、曹玘、曹珣、曹琮，不是京城禁軍將領、節度使這類武官，就是中高層文官。

到曹家第三代，又出了一個顯赫的女人。沒錯，就是宋朝最有名的曹皇后，她的爺爺是曹彬，父親是曹玘。

曹皇后歷經宋仁宗、宋英宗和宋神宗三代皇帝，從皇后做到皇太后，又成了太皇太后，宮中平過暴亂，朝堂上垂簾聽政，一生寬厚節儉，慈愛敦厚，大有祖風。

為國操心之餘，還順手救下烏臺詩案中的蘇軾。

王安石這個刺頭，自負而決絕，很少有他看得上的人，但提起曹家，他也不得不一鍵三連：「（曹瑋）公為將幾四十年，用兵未嘗敗衄，尤有功於西方……（吐蕃、契丹）多憚公，不敢仰視。」

這就是曹家。

「世家忠勳，列在盟府」的曹家，「今天下言諸侯王世家者，以曹為首」的曹家。

此時的曹家，門楣之上，盡是紅光。

03

暫且擱下歷史，讓我們穿越到小說世界。

在《紅樓夢》裡，賈府的門楣上也金光閃閃，「正門之上有一匾，匾上大書『敕造寧國府』五個大字」。

敕造，就是奉皇帝的詔令而建。走進榮國府，來到賈政的正房，是「一個赤金九龍青地大匾，匾上寫著斗大的三個大字，是『榮禧堂』」。這是皇帝的手書。

紅樓筆法影影綽綽，但賈府的發家史，依然有跡可循。在焦大醉罵那一回，通過尤氏之口交代得很清楚。

「太爺們出過三四回兵」，在死人堆裡逃出生天，沒水喝，差點喝馬尿，才「九死一生掙下這個家業」。

賈家的發家史，也是軍功。

此後論功封爵，賈府開始赫赫揚揚的百年榮華，朝廷恩寵，名門結交，他們的親家圈、同僚圈，橫跨政治和財政。

賈母和她丈夫是第二代，彼時正是賈府的巔峰，到了賈政是第三代，勢力已減。可是皇恩浩蕩，一件天大的喜事又降臨賈門 —— 元春加封賢德妃。

於是大觀園造起來，省親別墅建起來，賈府再次鮮花著錦，烈火烹油。

可惜，彩雲易散琉璃脆，榮辱周而復始，一如冷子興的冷眼旁觀，現今的賈府，「主僕上下安富尊榮者盡多，運籌謀劃者無一」。

唯一有危機意識的秦可卿，還早早亡故，沉浸在富貴享樂中的賈家子孫，沒有一個是靠譜的。

他們都不知道，在不遠的未來，命運已經打算收回它的眷顧。

04

李煜以臣虜身份被軟禁在汴梁城的時候，一定也在感歎命運的無常。

原本，他是不會成為國主的。

李煜父親李璟繼位時，曾對他的爺爺發過誓，將來的皇位要傳給兄弟，也就是李煜的叔叔。

時值五代十國大亂世，傳位給年長的兄弟，是非常理性的一招。可是人都有私心，傳給兄弟哪有傳給兒子好。

李璟又不缺兒子。

李璟到底有幾個兒子，史書記載已經模糊，反正至少能湊兩桌麻將的。李煜在兄弟當中排行第六，他的大哥叫李弘冀。

李弘冀性格沉穩，行事果決，自帶大哥氣質，他曾經駐守鎮江，大敗吳越國，立下赫赫戰功。

又是大哥，又有戰功，當然是太子人選。

況且李煜上頭還有四個哥哥呢，不管怎麼說，李煜都與皇位無關。

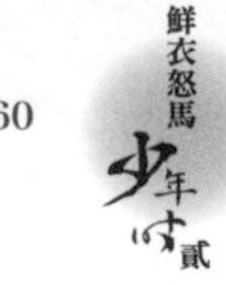

可是人生處處有意外。

先是他前面的四個哥哥全部夭折，李煜進身老二。李弘冀因為性格強勢，跟老爹李璟開始產生矛盾。李璟一氣之下，想到自己還曾發過一個誓言，就對李弘冀說，信不信我廢了你的太子之位，讓你的叔叔做皇帝！

李弘冀當然信。他相信叔叔可以做皇帝，他也相信，一個死掉的叔叔做不了皇帝。

他略施小計，給叔叔喝下一碗「一日喪命散」。太子之位，拿捏得死死的。

命運之神再一次現身，還唱了一首《好了歌》：正歎他人命不長，哪知自己歸來喪。

李弘冀還沒看清龍椅的花紋，就暴病而卒。

太子之位，就這樣陰差陽錯扣在李煜頭上。

一個不想當皇帝的人當了皇帝會怎樣？當然是放飛自我。

王國維在《人間詞話》裡說李煜，「生於深宮之中，長於婦人之手」，這就是李煜的成長環境。

這個毫無機心的赤子，表面上是南唐的國君，其實他對統治藝術世界更感興趣，繪畫、書法、音樂樣樣精通，書法上有名的金錯刀筆法，創始人就是李煜。

唐玄宗和楊玉環的《霓裳羽衣曲》已經失傳百年了，李煜和他的皇后愣是把它復活了。

李煜的內心，是隱士和吟士的結合體。

浪花有意千重雪，桃李無言一隊春。一壺酒，一竿綸，世上如儂有幾人？

一棹春風一葉舟，一綸繭縷一輕鉤。花滿渚，酒盈甌，萬頃波中得自由。

他這兩首《漁父》，諸位品品，哪有一絲帝王氣。三千里地山河，好處不過是可以到處釣魚。

晚妝初了明肌雪，春殿嬪娥魚貫列。笙簫吹斷水雲間，重按霓裳歌遍徹。

臨風誰更飄香屑，醉拍闌干情味切。歸時休放燭花紅，待踏馬蹄清夜月。

——《玉樓春》

這是李煜在宮中的生活。夜晚降臨，嬪娥們化好晚妝魚貫而入，歌舞跳起來，美酒喝起來。盡興而歸，令隨從熄滅燭火，因為他要欣賞美麗的月色了。

真個是六朝金粉地，溫柔富貴鄉。

至於國事，打打殺殺攻城掠地啥的，李煜不感興趣。為什麼要你死我活呢，大家各過各的日子不行嗎？

有大臣跟他拍桌子，公開diss他，李煜也不生氣：愛卿啊，你說

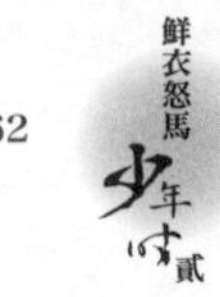

得很好，朕知道了。

他真的不是做皇帝的那塊料，也真的對權力無感。他是一個藝術家，一個詩人，只是碰巧，被命運一把推到了龍椅上。

05

曹家看透命運無常，是在多年以後。

到了南宋，辛棄疾無處望神州的時代，曹家已經式微。

「君子之澤，五世而斬」的鐵律再一次得到印證。曹家後人中出了一個叫曹詠的傢伙，拼命巴結秦檜，跟秦檜結了姻親。他還大玩文字獄，鑽營獻媚，節操都不要了。要知道，他的祖宗曹彬、曹瑋還供在趙宋家的太廟裡呢。

秦檜去世後，靠山倒塌，曹詠背著一張長長的清單，走向嶺南流放地，他的家族成員也全部被貶。曹家自此熄火，湮沒於史冊。

千古興亡多少事，不盡長江滾滾流。

五百年後，曹瑋的後人中，有一支已經遷居到東北的遼沈平原。這一家有個小夥子，叫曹振彥。

此時的曹家已是平頭百姓，飯桌上連一碗鍋包肉都沒有，天天吃泡菜。更悲催的是，他很快就連泡菜也吃不上了。

一支滿人的騎兵正在攻城，城破之後，曹振彥面前是血淋淋的大刀。

曹振彥：你瞅啥？

騎兵：瞅你咋的。

曹振彥：沒事，我就問問。

騎兵：小夥子有前途，加入我們吧。

曹振彥：我是大明的子民啊。

騎兵：別瞎說了，崇禎那貨正在找繩子呢。

曹振彥：包吃包住不？

騎兵：全包，還包衣呢。

就這樣，曹振彥做了大清的正白旗包衣奴才。

有必要解釋一下「奴才」兩個字。在清朝說起奴才，跟我們現在的詞義區別很大，當時的「奴才」沒多少貶義，反正皇帝之下全是奴才。

事實證明，曹振彥這個包衣奴才果然有前途。他跟隨清軍打仗，很快建立了軍功，清軍入關之後，他又被派往山西，做過大同府的知府。

官越做越大，也越來越受寵，到他晚年，做到了兩浙都轉運鹽使，曹家又一輪的榮華富貴，正式開始。

曹振彥有個兒子，叫曹璽，年輕時在北京內務府當差。這個神奇的機構，遠比我們想像中龐大，簡單來說，就是專門管理皇家事務的官署。

不過，讓曹璽平步青雲的不只老爹的軍功，還有他媳婦的奶水。關於這個女人的名字，歷史已經無考，我們只知道她姓孫。

這位孫小姐一生中最值得炫耀的事情，就是給一個叫玄燁的嬰兒做過乳母。後來，玄燁有了一個更著名的稱呼，叫康熙。

曹振彥死後，曹璽子承父業，開始掌管大名鼎鼎的江南織造。是的，熟悉《紅樓夢》的朋友早猜出來了。

曹璽有個兒子叫曹寅，曹寅有個孫子，叫曹雪芹。

可以說，曹寅和康熙，是吃同一處奶源長大的，他從小就混跡宮中，是康熙的玩伴和伴讀書童。我懷疑金庸寫韋小寶的時候借鑑過這段歷史，但我沒有證據。

曹寅長大後，當然也是子承父業，接過曹璽手裡的江南織造。

整個康熙一朝，曹家都在烈火烹油中度過，祖孫三四代人，要麼是江寧（現南京）織造，要麼是蘇州織造，要麼就是兩淮巡鹽御史。另一個杭州織造，是曹寅舉薦的親戚。

在《紅樓夢》裡，曹雪芹給世家大族們各自安排了產業，薛家是皇商，林家是巡鹽御史。王家鳳姐說：「我爺爺單管各國進貢朝賀的事，凡有的外國人來，都是我們家養活。粵、閩、滇、浙所有的洋船貨物都是我們家的。」

神神秘秘的江南甄家，更是「好勢派」，皇帝數次南巡，「獨他家接駕四次……別講銀子成了土泥，憑是世上所有的，沒有不是堆山塞海的……」

這些家族，都有現實中曹家的影子。

除了執掌織造局、鹽政，曹家還為朝廷採辦銅業，辦理洋貨外貿，康熙最得意的《全唐詩》編撰，也交給曹寅牽頭。

康熙六次南巡，有四次是曹家接駕。曹璽去世時，康熙親自登門弔唁。第三次南巡，康熙見到孫老太太，說出那句讓曹家子孫傲嬌一輩子的話：「此吾家老人也。」

當然，在曹家所有產業中，最著名的還是江寧織造。整個康熙一朝是六十一年，曹家的織造生涯是六十五年，其中的五十七年，都在江寧織造任上。

歷史轉了一大圈，曹家的富貴鄉，依然圍繞著金陵。

時也，運也，命也。

在《宋史》上，記載著先祖曹彬的一個趣事。他剛滿周歲時，父母在蓆子上放了一堆東西讓他抓周：

「彬左手持干戈，右手持俎豆，斯須取一印，他無所視。」

俎豆代表祭祀用的禮器。干戈、俎豆、印章，對應的是戰功、詩禮和仕途。

曹彬無愧先祖與子孫，給曹家後人開了一個好頭。

巧了，在《紅樓夢》裡，賈寶玉也抓過周。

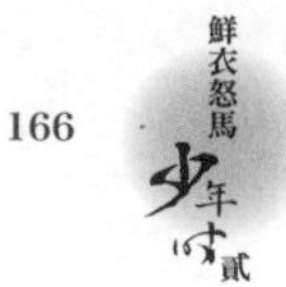

06

冷子興演說榮國府，對賈雨村說起寶玉：

「那年周歲時，政老爹便要試他將來的志向，便將那世上所有之物擺了無數，與他抓取。誰知他一概不取，伸手只把些脂粉釵環抓來。」

老爹大怒，對寶玉做出了一個判斷：

「將來酒色之徒耳！」

寶玉是不是酒色之徒得另說，但就他的表現看，嫌疑還是有的。

跟李煜一樣，寶玉也是生於深宅之中，長於婦人之手，從小受盡寵愛。苦讀、仕途什麼的，在他眼裡都是狗屎。

他就想做個富貴閒人。

「縱然生得好皮囊，腹內原來草莽。」既生在這花柳繁華地，溫柔富貴鄉，不能辜負命運的恩賜。跟姐姐妹妹們做做胭脂，寫寫詩詞，聽聽曲文才是正事。

這要求過分嗎？原本不過分。可惜賈家子弟都不爭氣，寶玉同學也跟李煜一樣，是被推到寶座上的。

政老爹日日訓斥，你要讀書，要守禮，要結交權貴，學習官場之道，日後扶賈府大廈之將傾，就靠你了。

寶玉太難了。

或許在怡紅院的某個月夜，他也會吐槽一下老爹：大廈要倒了，你們老一輩都不頂，憑什麼讓我頂？你不也是個「詩酒放誕」之人嗎？

小說過半，賈府已經捉襟見肘，最有錢的王熙鳳都開始典當首飾了，賈母愛吃的紅稻米，也「一點兒富餘也不能」了，寧榮二公也敲響棺材板，「異兆發悲音」了。

連不食人間煙火的林妹妹，都拿起了帳本：

「咱們家裡也太花費了，我雖不管事，心裡每常閒了，替你們一算計，出的多進的少，如今若不省儉，必致後手不接。」

寶玉的回答是：

「憑他怎麼後手不接，也短不了咱們兩個人的。」

賈府的接班人，大公子，根本不關心錢的事，他真的只想當個富貴閒人。可是他忘了，月有陰晴圓缺，沒人能永保富貴。

前八十回裡，賈府最後一個中秋節已經略顯清冷，男人們睡覺的睡覺，喝酒的喝酒，賭博的賭博，沒人想過明年的中秋還能不能再團圓。

只有外人史湘雲當頭一喝：

「社也散了，詩也不作了。倒是他們父子叔侄縱橫起來。你可知宋太祖說的好：『臥榻之側，豈容他人鼾睡！』」

史湘雲或許沒有意識到，宋太祖說這句話的對象，正是李煜。

07

從登基那天開始，李煜就學會了遊戲規則。

他寫下謙遜的公文送給趙匡胤，只稱國主，不稱皇帝。大宋不讓他用帝王禮儀和規制，他不用。不讓他跟別的小國搞外交，他就跟他們劃清界限。

他年年給大宋納貢，傾盡一國之財，老趙家過個生日，他都送上厚禮，還用大宋的年號。

他小心翼翼，瑟瑟發抖，一直向大哥表忠心 —— 只要讓我保留祖上的這片土地。

金陵失陷前夕，李煜最後一次派出使者，前往汴京求和。趙匡胤龍顏震怒，按著劍說出這場遊戲的最高規則：

「不須多言，江南亦有何罪？但天下一家，臥榻之側，豈容他人鼾睡乎！」

我懷疑宋太祖當時正在讀《三體》，在《三體》裡，這句話還有另外一種表達：

「毀滅你，與你何干！」

南唐滅亡了，不是因為野心，不是因為有威脅，更不是因為挑釁，只是大哥看不慣你鼾睡。

金陵城破，李煜踏上開往汴梁的戰俘船，開始悲慘的臣虜生涯。出發之前，曹彬好心提醒李煜，趁著他的家產還沒有造冊充公，能拿多少是多少，接下來要過窮日子了。

李煜正沉浸在亡國的悲痛中，沒有意識到錢的價值，只簡單收拾一下就上船了。到汴梁後，他成為幾個亡國之君中最窮的一位。

命運總是這樣，奪走你一樣東西，往往會賞賜你另一樣東西。李煜失去了南唐國的寶座，卻正在登上詞壇的帝位。

此後，他的詞作一改往日的金粉氣，也跳出了晚唐花間詞的小格局，以一己之力，把伶工之詞變成士大夫之詞。

杜甫沉鬱頓挫，白居易通俗，李商隱細膩，他們都成為這位詞帝的「帝王師」。

他在淒雨冷風中感歎人生長恨：

林花謝了春紅，太匆匆。無奈朝來寒雨晚來風。
胭脂淚，相留醉，幾時重。自是人生長恨水長東。
——《相見歡》

他在月夜高樓上愁思鬱結：

無言獨上西樓，月如鉤。寂寞梧桐深院鎖清秋。
剪不斷，理還亂，是離愁。別是一般滋味在心頭。
——《相見歡》

想當初，江河是「浪花有意千重雪」，是「萬頃波中得自由」；明月是「歸時休放燭花紅，待踏馬蹄清夜月」。

現如今，江河是無情之物，只顧奔流東去，從不在乎人的長恨。明月是淒涼的大網，只添萬般離愁。

佛說：「風未動，旗也未動，是人心在動。」

李煜一生向佛，傾盡一國財力大建廟宇，乞求佛祖保佑。大宋安插進來的「小長老」，李煜奉若神明，為他修建一千多間僧舍，衣食供應，暮鼓晨鐘。

佛還說：「一切有為法，如夢幻泡影，如露亦如電，應作如是觀。」

就在他的金陵帝王州，秦淮河畔的酒家裡，還掛著杜牧的詩文：「南朝四百八十寺，多少樓臺煙雨中。」

如是觀來，幾成讖語。

這些佛學奧義，李煜從來沒有參透。或許，只是不願面對。

曹家亦如是。

08

西元1712年，是康熙五十一年，曹家的轉捩點來臨。

這一年，在金陵和揚州奔波的曹寅病重，康熙收到消息，關切萬分。他在給曹寅的朱批中寫道：

「今欲賜治瘧疾的藥，恐遲延，所以賜驛馬星夜趕去。」

聊完送藥正事，康熙像個慈祥的兄長，不厭其煩地向曹寅交代用法與藥量，結尾處是一連四個「萬囑」。這樣帶有濃烈私誼的君臣關係，充滿康熙和曹家的書信。

可惜，天恩再浩蕩，也抵不過天命。這年七月，曹寅病逝。

康熙又讓曹寅的兒子曹顒「繼承父職」，繼續執掌江寧織造。可是意外再次發生，曹顒接手才一年多，也暴病而卒，死時才二十出頭，他還是曹寅唯一的兒子。

康熙仍然沒有拋棄曹家，沒有兒子了？好辦，朕給你找一個。於是康熙下旨，把曹寅的侄子過繼給曹寅，讓他繼續掌管江寧織造。

這個過繼來的兒子，叫曹頫。

如果沒有意外，曹頫也會像他的父親、祖父和曾祖父一樣，成為皇帝的心腹，執掌國家最有油水的產業，錦衣玉食，赫赫揚揚。

可是該來的終究會來。

西元1722年，康熙駕崩，雍正即位。

一朝天子一朝臣。這位宮鬥大高手上位後就開始大清算，先把九子奪嫡的事情收尾，其中的八阿哥允禩、九阿哥允禟比較頑固，雍正將他們軟禁，後來莫名其妙死在獄中。

年羹堯、隆科多這些大將軍、顧命大臣，也一個個悲慘收場。朝中各個部門的核心大臣有四十五位，雍正料理了三十七位。

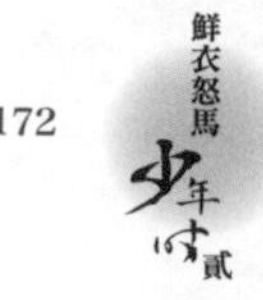

高處不勝寒，這場政治清洗很快輪到曹家。

歷史上常有一個神奇現象，每當皇帝想收拾一個人，總會出現舉報他的奏章。這一年，雍正也收到一封這樣的奏章：

「訪得曹頫年少無才，遇事畏縮。織造事務交與管家丁漢臣料理。臣在京見過數次，人亦平常。」

雍正在這封奏章上批示有兩句話：

「原不成器。」、「豈止平常而已！」

西元1728年，曹頫在擔任江寧織造十五年後，終於被革職。與他同時被革的，還有曹家的世交，杭州織造孫文成，以及曹寅的大舅哥，蘇州織造李煦。

《紅樓夢》裡說，四大家族向來一榮俱榮，一損俱損。多麼痛的領悟！

至於革職理由，當然是虧空。織造局從一開始就不賺錢，而是皇家的服務機構，只有投入沒有進項。康熙之所以把兩淮鹽政也交給曹寅，就是為了補織造局的窟窿。

顯然，這個窟窿一直沒有補上。四次接待康熙南巡，「把銀子都花得淌海水似的！」還有應付各種親王大臣的索取，當真是大有大的難處。

革職之後，緊接著就是抄家。

江寧織造衙門所屬的萬壽庵門口，立著兩隻五尺高的鍍金石獅子，這是九阿哥允禟送給曹家的禮物。這個曾經令人豔羨的家族榮耀，如今卻被視為勾結罪臣的證據，成為家族災難。

在《紅樓夢》裡，柳湘蓮說：「你們東府裡除了那兩個石頭獅子乾淨，只怕連貓兒狗兒都不乾淨。」

現實比小說更殘酷，連石獅子也不乾淨了。

主持對曹家抄家工作的，是一個叫隋赫德的新寵，他接替了曹家的江寧織造大權，以及曹家的財產。在他上報給雍正的奏摺上，這次抄家收穫頗豐：

「…… 房屋並家人住房十三處，共計四百八十三間。地八處，共十九頃零六十七畝。家人大小男女共一百十四口。」

為什麼把人口也列在抄家清單上呢？因為家僕也是財產，可以變現。江南寒風起，樓臺煙雨中。同時被抄的，還有與曹家關係密切的地方富豪和地方官。

或許是看在曹家祖上立過大功的分上，雍正並沒有趕盡殺絕，允許曹家保留在北京的一處小住宅。

曹頫以罪臣身份，帶著家眷，離開溫柔富貴鄉，來到京城過活。赫赫揚揚的曹家從此沒落。

曹頫不會想到，此刻他那個年幼的兒子曹雪芹，多年後將會讓曹家再一次聞名於世，不過是以另外一種形式。

就像李煜一樣。

09

李煜的臣虜生活慘不忍睹。

他昔日的大臣，已經穿上了大宋的官服，春風得意，動不動就找李煜打秋風，給得少就擺臉色。

新皇帝趙光義又壞又變態，對李煜的小周后極盡凌辱，還命宮廷畫師現場畫下來。

不過，即便這等屈辱的日子也沒過多久。西元978年七夕節，趙光義終於玩膩了，羞辱夠了，賜給李煜一壺下了牽機藥的毒酒。

李煜喝完，身體像大蝦一樣蜷作一團，在萬分痛苦中死去。

臨死之前，似乎冥冥中有某種召喚，李煜讓他的妃子唱了一首曲，那是他一生命運的注解：

> 簾外雨潺潺，春意闌珊，羅衾不耐五更寒。
> 夢裡不知身是客，一晌貪歡。
> 獨自莫憑欄，無限江山，別時容易見時難。
> 流水落花春去也，天上人間。
>
> ——《浪淘沙》

生在帝王家，被命運推向寶座，又被命運打入囚牢，當真一場大夢。

曹彬那個叫曹詠的不肖子孫，在秦檜倒臺後流放蠻荒，收到一篇罵他的文章，名叫《樹倒猢猻散賦》——「檜樹」倒了，猢猻就散了。

曹寅牢記祖宗教訓，時刻警醒，經常對朋友說：

「『樹倒猢猻散』，今憶斯言，車輪復轉！」

《紅樓夢》裡，秦可卿給王熙鳳托夢，在臨終遺言裡也說：

「如今我們家赫赫揚揚，已將百載，一日倘或樂極悲生，若應了那句『樹倒猢猻散』的俗語，豈不虛稱了一世的詩書舊族了。」

大樹終究是會倒的。

現實中，曹雪芹在落魄中長大，當過低級小卒，賣過字畫，吃過救濟，「舉家食粥酒常賒」，家中長輩希望他苦讀走正道，參加科舉重振家業，但他對八股文深惡痛絕，也無心官場。他的身體裡，只有文人的血液。

這才有了「潦倒不通世務，愚頑怕讀文章」的賈寶玉。

《紅樓夢》最後，賈府被抄家，寶玉失去一切，從錦衣玉食的公子哥，淪落成「寒冬噎酸齏，雪夜圍破氈」的乞丐。

他終於看透命運的無常，懸崖撒手，皈依佛門。如同一晌貪歡後，大夢驚醒。

李煜、曹家、賈家，虛實同此涼熱。

只是山門之外，青山依舊，白雲悠悠，「亂烘烘你方唱罷我登場」的故事一直迴圈上演，白茫茫大地，淨了又髒，髒了又淨。

蘇大神的讀書秘訣

『確實都厲害，只是……

蘇軾寫文章，從來不查書。』

01

經常有人問，你文章裡那麼多史料，是怎麼讀書的？

我要說用眼睛讀，估計有脫粉風險，所以還真思考過這個問題。讀書有沒有秘訣，值得拿出來討論一二。

前些年看過一種觀點，說自從改革開放以來，國人淨忙著賺錢，都不愛閱讀了，閱讀能力逐日退化。

近兩年又說，互聯網把全民帶進娛樂化時代，大家沒耐心讀書了。

這兩種理由看似能解釋得通，但細想一番，總覺得不是問題根源，說的好像全怪科技。

以我有限的閱讀範圍來看，讀書這事，從來就沒輕鬆過。

中國人可稱得上最會讀書的民族，「萬般皆下品，唯有讀書高」，歷朝歷代，書聲不斷。照理說，這事傳承兩千多年，早該琢磨出經驗了。

可是並沒有。歷史上那些學霸、大神，看他們的讀書經歷，也是各種狼狽不堪。

李白「三擬《文選》，不如意，悉焚之」；

白居易讀書，搞得口舌生瘡，一手老繭，眼睛還散光了；

韓愈「焚膏油以繼晷，恒兀兀以窮年」，邊吃飯邊讀書，把墨塊都吃了；

杜牧是「第中無一物，萬卷書滿堂」；

李賀……為了大家的生命安全，李賀讀書法就不推薦了。

最誇張的是那個張籍，竟然把杜甫的詩燒成灰，拌著蜂蜜喝下去。大概是覺得詩聖的文字，就是聖水。這方法也算是震古鑠今了。

在《紅樓夢》裡，不管是賈寶玉，還是甄寶玉，都恨不得把書燒了（當然，言情文學《西廂記》除外）。甄寶玉說得好：「必得兩個女兒伴著我讀書，我方能認得字……不然我自己心裡糊塗。」且不說這法子有沒有用，單單成本，我們都讀不起了。

以此來看，愛讀書的是小眾，不愛讀書才是常態。不知道孔夫子他老人家把文章寫成一條一條，活像現在的朋友圈，是不是考慮到人們都不愛閱讀？

既然說到秘訣了，也不能淨給大家潑冷水。

要在古人圈裡找個讀書的學習對象，我就建議蘇軾。

02

從一個故事說起吧。

蘇軾一生，除了短暫的吏部尚書生涯，翰林學士是他的最高官職，其最重要的工作內容，是幫皇帝寫詔書。

他去世後第二個年頭，朝廷來了一位姓洪的翰林學士，相當於蘇軾的繼任者。

洪翰林上任後，非常傲嬌。這容易理解，在古代，一個文人能幫皇帝起草詔書，可不只能吹一輩子，子孫三代都能接著吹。所以，這位洪翰林突然就覺得他已經跟蘇軾一個層次了 —— 蘇大文豪能幹的事，老子也能幹。

於是有一天，在寫完某篇詔書之後，看著洋洋灑灑的雄文，洪翰林信心爆棚。

正好那位曾經給蘇軾研過墨的老宮人在旁，洪翰林把筆一扔，問道：「我跟蘇軾，誰的文章厲害？」

老宮人情商非常高，忙說：「都厲害，都厲害！」

洪翰林更加得意，道：「別客氣哦，說說區別。」

老宮人又把文章掃視一遍。「確實都厲害，只是 …… 蘇軾寫文章，從來不查書。」

從 —— 來 —— 不 —— 查 —— 書！

幾大滴汗從洪翰林臉上流下來，滴在那一摞厚厚的參考資料上。

不常寫作的人，可能很難體會，從來不查書意味著什麼。很多領域的寫作，都需要查詢大量資料。我寫這篇小文，都查了兩本書。

皇帝詔書是最高級別的公文，要求非常嚴謹，不能出一點錯，措辭還要典雅，一般人真寫不來。蘇軾一生寫過八百道詔書，竟然從不查資料，是不是有點不可思議？

這麼說吧，就算老宮人誇張了一點，但總體上大差不差，因為蘇軾就是一個行走的書櫃。

我們說蘇軾是全才，大多是指他在詩、文、書、畫方面樣樣精通。其實遠遠不止，在他的文章裡，天文地理，美食佛學，無所不包，更奇葩的是，他還寫過醫書。

當蘇粉兒很累的，你都跟不上他的節奏。

再結合他老爹蘇洵、老弟蘇轍，這很容易讓我們猜想，蘇家是不是有什麼讀書秘訣。不然，概率上說不過去呀。

真相恐怕讓大家失望了。

老蘇家非但沒有秘訣，他們的讀書方法，甚至是笨拙的。

03

這個讀書的笨方法，就是抄書。

沒錯。

有個朋友來找蘇軾，在客廳等了很久，蘇軾才從書房出來，說：

「不好意思，我剛做完日課。」

朋友問：「什麼日課？」

蘇軾說：「抄《漢書》。」

這位朋友也像我們一樣，表示不信：「開什麼玩笑？你蘇東坡不是過目不忘嘛，你不是坡仙嘛，怎麼會用凡人的方法？」

蘇軾把書打開，確實每段都有抄。

他解釋說，讀第一遍，每段抄三個字；讀第二遍，每段抄兩個字；讀第三遍，每段抄一個字。

這很像我們現在的讀書筆記，提煉，概括，似乎並沒什麼。

但深入一想就厲害了。要知道，這時的蘇軾已經四十五歲，正在黃州度過他的貶謫生涯，人生低谷，那是寫「一蓑煙雨任平生」的階段，竟還有心情抄書！

並且，你以為《漢書》他唯讀了這三遍嗎？

千萬別被他騙了。早在青年時期，他就已經把《漢書》全文手抄兩遍了，讀書練字兩不誤。

具體的方法，用蘇軾自己的話說，就是：「吾嘗讀《漢書》矣，蓋數過而始盡之。如治道、人物、地理、官制、兵法、財貨之類，每一過專求一事。不待數過，而事事精窺矣。」

像《漢書》這種大部頭，不能漫無目的地讀，每次讀都要帶著明確的問題，一次只專注於一件事。這些細分問題都弄懂了，書自然就讀透了。

如果把一個個問題比作一個個敵人，當一個人拿起書，就是八面受敵。最好的辦法，不是一通亂打，而是逐個擊破。所以，蘇軾把這種讀書法，叫作「八面受敵」。

我嚴重懷疑，蘇軾肯定研究了趙宋開國的經驗，敵人再多，不著急，一個一個解決。最後，臥榻之側就沒有一人鼾睡了。

想起曾國藩向兄弟子侄分享讀書方法，一本書沒看完，不要讀下一本，所見略同。

當然，這個方法只是讓讀書更高效，並不算捷徑，讀書仍舊是件辛苦事。我們在蘇軾的文字裡，總是看到他到處勸人讀書。

他勸子孫們抄書，「侄孫宜熟前後漢史及韓柳文」、「仍手自抄為妙」、「兒子比抄得《唐書》一部，又借得前漢欲抄。若了此二書，便是窮兒暴富也」。

他勸朋友讀書：「故書不厭百回讀，熟讀深思子自知。」

連皇帝也不放過，「臣等幼時，父兄驅率讀書，初甚苦之……」然後話鋒一轉，「陛下上聖，固與中人不同……亦須自好樂中有所悟入」。

陛下啊，讀書本來就是苦的，我小時候也一樣……您雖然很聰明，也得好好讀書呀。

可能有人會說，蘇軾是嗜書如命，什麼書都愛讀。

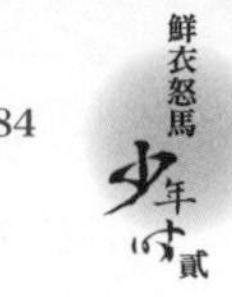

其實不是。少年蘇軾跟我們普通人一樣，愛讀書，但有時候也討厭讀書，「初甚苦之」，簡直不能更同意了。

他老爹蘇洵也一樣，「蘇老泉，二十七。始發憤，讀書籍」。說明蘇洵也在相當長的時間裡不愛讀書。

到蘇軾出生，蘇家的讀書氛圍已經形成，用他的話說就是「門前萬竿竹，堂上四庫書」。由此看來，蘇家或許有過短暫的階段，一個不愛讀書的父親，逼著兩個娃往死裡讀。

「我昔家居斷往還，著書不暇窺園葵。」

這是蘇軾的回憶，小時候在家讀書，沒時間和小夥伴玩，連菜園子都沒空去。

「舟行無人岸自移，我臥讀書牛不知。」

不僅在家裡讀，外出放牛時也帶上書。

光讀還不行，還得考試。

蘇洵既當老爹，也當老師，經常批評蘇軾、蘇轍兩隻神獸。以至於蘇軾年過六十，都當爺爺了，還經常在夢中驚醒，擺脫不了被考試支配的恐懼。

他在《夜夢》裡寫道：

夜夢嬉遊童子如，父師檢責驚走書。

計功當畢春秋餘，今乃始及桓莊初。

怛然悸寤心不舒，起坐有如掛鉤魚。

…………

大意是：

午夜醒來，想起童年的讀書經歷。當時貪玩，老爹一檢查讀書進度都心驚肉跳。

要我讀完整本《春秋》，才粗讀到桓公莊公那篇。

我太害怕了，像一條掛在鉤子上的魚。

…………

看到這裡，我就放心了。似乎還能聽到蘇轍的跟帖：哥，我夢到了案板。

不過，從後來的事情看，這些書都沒白讀，蘇家兄弟還真都成了魚，跳龍門那種。

05

當時的北宋，正在搞各種改革。

文壇盟主歐陽修站在講臺上，喊出了他的文壇改革計畫：要打造一個背誦默寫天團……哦，不對，是文風改革天團。寫文章，不要好看的皮囊，只求有趣的靈魂。文以載道，直面現實。

他還搬出兩位前輩大神，一個是韓愈，一個是柳宗元，號召天下士子，「韓柳」就是榜樣。

宋仁宗拿出御筆，在檔上寫了一個大大的「准」字。

在這個指導方針下，文人們針砭時弊，諫言獻策，輿論空前自

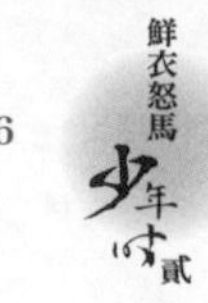

由。就是在這樣的文壇紅利期，蘇軾登場了。

那一年，父子三人從四川眉山出發，來到首都汴梁，參加科舉。

蘇軾以一篇《刑賞忠厚之至論》交了考卷。

順便說一句，在唐朝初期，科舉考試的試卷曾經提出過要糊名，但關係戶太多，後來不了了之。此後整個唐朝，考生們都需要拼爹拼爺爺，到處干謁。

宋朝大大改進，不僅糊名，考生交卷後，還得先由專門人員謄抄一遍，再拿給主考官看，防止從字跡上徇私舞弊。到了殿試環節（皇帝親自主持），為了防止考題外泄，皇帝還會臨時改變考題。在當時要想作弊，幾乎不可能。

蘇軾的考卷收上來，主考官歐陽修和梅堯臣一陣點讚，真是好文啊，這是要火的節奏。歐陽修拿起筆，就準備給評個第一名。

可是好不巧，歐陽老師內心戲太多，轉念一想：這樣好的文章，別人怎麼寫得出來，肯定是我的學生曾鞏寫的。要是給自己的學生評第一，別人怎麼看我？不行，要避嫌，給個第二吧。

於是，原本穩拿第一的蘇軾，得了第二名。

在這篇文章裡，蘇軾為了論證他的仁政觀點，講了一個論據，說上古的堯帝時期，大法官皋陶一連三次要殺一個人，而堯帝三次赦免他。

歐陽修覺得這個論據太牛了，但不知道出自哪裡，也不敢輕易問，我一個文壇盟主，竟然不如你一個二十歲的小子讀書多？

於是他各種查資料，許多天過去了，還沒查到。終於忍不住找到蘇軾：小蘇同學啊，你那個典故，在哪本書上看的？

蘇軾嘿嘿一笑說：我編的。

…………

如果是一個古板老師，肯定要對蘇軾一通批評了：祖宗沒做過的事，怎麼能編呢，龍不吟虎不嘯，小小書僮可笑可笑……

但歐陽修沒這麼做，他對媒體說了這麼一句話：

「此人可謂善讀書，善用書，他日文章必獨步天下。」

似乎這樣還不過癮，歐陽修在各種場合都給蘇軾站臺：

「讀軾書，不覺汗出。快哉！快哉！老夫當避此人，放出一頭地。」

又說：「更三十年，無人道著我也！」

三十年後，世人將只知蘇軾，不知道我這個老盟主了。

歐陽老師沒有猜錯，他死之後，蘇軾真的接替他的盟主之位，成為新一代盟主。

慧眼識珠的除了歐陽修，還有宋仁宗。

殿試過後，宋仁宗對曹皇后說：「我為趙家子孫找到了兩位宰相（還有蘇轍）。」

06

不小心扯遠了，說回讀書的事。

大家發現沒有，蘇軾讀書法，看起來很笨，很古板，但運用起來，一點都不古板。讀書讀到「事事精竅」的程度，已經不是知識的積累，而是方法論的成熟。

於是我們看到的蘇軾，是有趣的，通達的，從不人云亦云。

王安石變法，從原來的政策之辯，發展到最後的黨派之爭。而蘇軾是難得的獨立思考者，很少被環境帶著跑偏。

他反對過王安石，也反對過司馬光，原則就一條，實事求是。這在千年以前的宋朝非常可貴。

對宋詞的創新也是這樣。

當時的文壇是「詩莊詞媚」，詞是沒地位的，是「豔科」，文人們私下寫寫，只當消遣。

蘇軾就不按常理出牌，誰說寫詞就媚豔？

「會挽雕弓如滿月，西北望，射天狼。」媚嗎？

「大江東去，浪淘盡、千古風流人物。」豔嗎？

詞，這種原本的地攤文學，愣是被蘇軾做出了大文章，時人紛紛拜服，「詞在東坡，一洗羅綺香澤之態 …… 舉首浩歌，超乎塵埃之外」，「新天下耳目」。

蘇軾一生，因為讀書多，思辨能力強，對朝政有各種批評，吃過大虧也本性不改。

他的朋友裡，除了文壇名流、政界大腕，還有和尚道士、村婦農夫、書生小販，什麼人他都能聊得來。

在地方做官，搞水利工程，鼓勵商業。最奇葩的是，還出臺過禁止棄嬰的法律，建孤兒院，搞自來水系統。

在他身上，看不到古代讀書人的迂腐、僵化，他真像個現代人。

這時候回過頭，再看他的讀書方法，貌似笨拙，其實只有這樣才能把書吃透，才能像歐陽修對他的評價一樣——「善用書」。

大智若愚，大巧若拙。讀書想找捷徑的念頭，快點斷掉。

最後，用一句說了也沒用，但還是想說的雞湯結尾吧。

前文看到蘇軾抄書的那位朋友，很受觸動，後來經常教育後輩：

「東坡尚如此，中人之性，豈可不勤讀書邪？」

這是一句現在流行的話：

蘇軾這樣的聰明人都在苦讀，你我資質平平，還不好好讀書？！

王安石：一個技術型CEO的翻車

大老闆宋神宗向全體員工和股東發出公開信，《我們做了一個艱難的決定》：罷免王安石。

01

西元1050年的北宋，歲月承平。

某天早晨，大宋集團的內部OA（辦公自動化系統）上，一首小詩在密集的資訊流裡一閃而過，沒人注意到它。

一是這首詩只有二十八個字，在文章和曲子詞盛行的時代，它實在單薄。詩是這樣寫的：

飛來峰上千尋塔，聞說雞鳴見日升。
不畏浮雲遮望眼，自緣身在最高層。

作者也是個小人物，寧波一個二十九歲的小縣令，名叫王安石。

這首《登飛來峰》，是他回江西老家，路過杭州靈隱寺有感而發。雄心萬丈，銳氣逼人。

在年輕的王安石眼裡，眾人都是弱雞，一切都是浮雲，他一定會站在大宋帝國最高層。

彼時的大宋，有兩種截然相反的底色。

在民間，經濟發達，繁華無二。

這一年，杭州一個叫柳永的小官員，正在構思他的《望海潮》：

> 東南形勝，三吳都會，錢塘自古繁華。
> 煙柳畫橋，風簾翠幕，參差十萬人家。
> 雲樹繞堤沙。怒濤卷霜雪，天塹無涯。
> 市列珠璣，戶盈羅綺，競豪奢。
> 重湖疊巘清嘉。
> 有三秋桂子，十里荷花。
> …………

首都汴梁，物質文明建設取得階段性進展，幾十年後，將通過一幅《清明上河圖》定格在歷史長卷上。

而朝廷方面，卻是另一番景象。

由於冗兵、冗官、冗費，還要給契丹、西夏交保護費，國庫早已空虛，就是所謂「積貧積弱」。

大宋有多敗家呢？說兩個數據你感受下。

北宋人口大約是盛唐的2.5倍，而官員數量大概是唐朝的10倍。

唐朝截止到安史之亂爆發前，軍隊剛過50萬，宋朝軍隊有130萬以上，禁軍80多萬。《水滸傳》裡說林沖是「八十萬禁軍教頭」，並非毫無根據。

中國現在面積大概是北宋的3倍，人口是10倍多，軍隊才不到北宋的兩倍。關鍵是GDP完全不在一個量級。

大宋太難了。

范仲淹的慶曆革新，也是要給朝廷瘦身，可惜他失敗了，只能在《岳陽樓記》裡抒發胸懷。

在那場革新中，范仲淹有個鐵桿追隨者，名叫歐陽修，此刻正坐在翰林院的大椅上，醉翁之意，著書修史。

大宋集團暮氣沉沉，太需要銳意改革的新青年。

「小王啊，要不要來總部發展？」

包括歐陽修在內的很多人，向王安石發出了邀請。

要是一般人，能從地方分公司調到總部，一定很高興，馬上訂機票。

可王安石不是一般人，他一概拒絕，找的理由都是京城房價貴，老媽身體不好之類。

從他後來的表現看，我覺得真正的原因是：

找工作，他要跟老闆談。

這一天終於到來。

西元1067年，十九歲的宋神宗剛剛即位，就收到一張財務報表，上面寫著八個字：

「百年之積，惟存空簿。」

老闆啊，賬上沒錢了。

宋神宗推開報表，想到仰慕已久的王安石。

真的是仰慕已久，說兩件事大家就知道了。

一是宋神宗做太子那會兒，經常從老師韓維嘴裡聽到一些高明的見解，聽君一席話，勝讀十本書那種，神宗每次都豎大拇指。韓維就說，這不是我原創，是王安石說的。

二是當時的文壇大佬歐陽修，給王安石寫過一首《贈王介甫》，介甫是王安石的字，詩的前半段是：

翰林風月三千首，吏部文章二百年。

老去自憐心尚在，後來誰與子爭先。

翰林指李白，吏部指韓愈。

翻譯過來就是：介甫兄弟啊，你就像李白、韓愈一樣才華爆棚，我老了，以後只有你獨秀了。

看到沒，王安石不在朝廷，朝廷已有他的傳說。

事實上，他也沒讓宋神宗失望。

在高層決策大會上，王安石打開PPT，一行加粗大字出現：

「民不加賦而國用足。」

不盤剝人民，還能讓國庫充實，這句話太厲害了，是每個帝王都夢寐以求的。

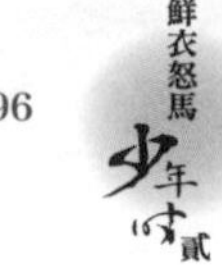

十九歲的宋神宗熱血沸騰，當場做出決定：

來吧介甫，CEO的位子給你，咱們一起搞大事情。

原話是：「可悉意輔朕，庶同濟此道。」

這是王安石的高光時刻，人生巔峰，屬於他的時代正式開始。

只是，在會議室角落裡，那個叫司馬光的翰林學士，已經悄悄寫好辭職信。

他不認同王安石的方案。

03

眾所周知，要讀懂宋朝歷史，繞不過王安石變法，他的是非功過，爭論至今。

但有一點卻是共識。王安石新法中的措施大多數是科學的、英明的，他像一個從現代穿越過去的人，想用現代方法解決古代問題。

比如青苗法。

以往，每到青黃不接時節，農民只能去找大地主借高利貸，一旦還不上，就得把土地給地主，造成土地兼併。農民越來越窮，地主越來越富，階級矛盾激化，這是歷代朝廷最不能容忍的事。

青苗法類似於國家銀行給農民發放貸款，利息比地主的要低。這是一個國家增加收入、抑制土地兼併、減少百姓負擔的三贏方案。

再比如免役法。

以往的勞役制度，都是農民出人出力，地主、宗教人士、官僚不用服勞役，導致農民負擔重，還沒時間種田。

免役法規定：大宋子民都有服勞役的義務，你不想去也可以，只要根據規定交錢就行，政府用這些錢再去雇人。

簡單說就是，義務平攤，有錢出錢，有人出人，也是多贏方案。

此外還有商業、農田、水利、軍事等一攬子方案，每一項都散發出智慧的光芒。

然而，這麼好的方案，並不是誰都能理解。

反對聲音最大的，就是司馬光。他的邏輯是，天下財富就那麼多，要麼在人民手裡，要麼在朝廷手裡，怎麼可能憑空多出財富！

於是，以司馬光為首的保守派，和以王安石為首的變法派，開始了長達半個世紀的互撕。

不過這是後話，我們還是回到當前。

反對的人再多，也頂不過大boss的支持，為了讓王安石放手去幹，宋神宗扛著巨大壓力，遵循「三不」原則：

「天變不足畏，祖宗不足法，人言不足恤。」

任何力量都阻擋不了變法的腳步，誰不服誰下臺！

歐陽修下臺了，回到安徽阜陽養老，「笙歌散盡遊人去，始覺春空」。

司馬光辭職了，回到洛陽，閉門十五年，書寫他的皇皇巨著《資治通鑑》。

擠掉反對派，王安石開足馬力，他經常熬通宵，看凌晨四點鐘的汴梁城：

金爐香燼漏聲殘，
翦翦輕風陣陣寒。
春色惱人眠不得，
月移花影上欄杆。

——《夜直》[①]

大年初一，三杯屠蘇酒下肚，在朋友圈曬他的變法新氣象：

爆竹聲中一歲除，
春風送暖入屠蘇。
千門萬戶曈曈日，
總把新桃換舊符。

——《元日》

字裡行間，盡是雄心壯志。

只是，變法哪有這麼容易，王安石沒有看到「新桃換舊符」，卻等來一張休止符。

這張符叫《流民圖》。

①夜直：夜裡值班。

04

畫《流民圖》的是一個叫鄭俠的城門官，相當於大宋集團總部的門衛大隊長。

他另外一個身份，是王安石的學生。

在這張圖上，鄭俠以寫實的筆法，畫了一群流落到汴梁的災民，他們衣衫襤褸，骨瘦如柴。

而罪魁禍首，直指王安石的新法。

導致這一切的原因很簡單。新法好是好，可到了執行層面，基層官員為完成KPI，出政績，往往強行攤派，你不想貸款也得貸。

當百姓負擔達到臨界點，一場天災就足以讓這一切崩盤，為了還朝廷貸款，農民不得不拆房賣地。

朝廷變成了合法黑社會。

蘇軾曾寫詩諷刺：

杖藜裹飯去匆匆，過眼青錢轉手空。
贏得兒童語音好，一年強半在城中。

青苗錢過手就沒了，農民拄著拐杖，食不果腹，一半時間在城裡逃荒。孩子們都學會城裡話了。

新法裡還有個「市易法」，初衷是為了穩定物價、增加國家收入。

拿二師兄的肉來說，一旦供應減少，豬肉就漲價，這是常識。

市易法一出臺，等於國家喊話，你們賣豬肉的，不管是北大的還是網易的，都不能賣了。鎮關西這樣的豬肉攤，只能從朝廷進貨，不聽話就派個魯提轄砸你場子。

還喊出美好的口號：讓天下沒有昂貴的豬肉。

可事實上呢，朝廷吃相更難看。

市易法變成官員們的斂財工具，比民營財團更壟斷化、更昂貴，品質還差，蘇軾要吃碗東坡肉都心疼。

蘇軾又寫詩了：

老翁七十自腰鐮，慚愧春山筍蕨甜。

豈是聞韶解忘味，邇來三月食無鹽。

意思是說：這個七十老翁，帶著鐮刀在山裡挖筍挖蕨菜，竟然說不好吃。莫非他像孔子一樣沉浸在韶樂裡而失去味覺？No，因為他三個月都沒吃鹽了。

這一切，都如司馬光所料。

一時輿論洶洶，民意沸騰，驚動了皇太后和太皇太后，也就是宋神宗的老媽和奶奶。

這兩位在歷史上評價都不錯，勤儉寬厚，聖母心腸，一開始就反對變法，只是宋神宗不聽。

現在有圖有真相，宋神宗震驚了，媽媽的話原來是對的。

大宋集團OA上，又一篇文章置頂，大老闆宋神宗向全體員工和股東發出公開信，《我們做了一個艱難的決定》：

罷免王安石。

請注意，只是罷免王安石，新法還在繼續。

接替王安石的，是他的老助手，副宰相呂惠卿。

如果說鄭俠用一幅畫，向王安石捅了第一刀，那麼呂惠卿就是補第二刀的人。

05

呂惠卿是王安石一手提拔起來的親密戰友，也是新法的堅定擁護者。

但他的能力比王安石差太遠。

青苗法、市易法已經千瘡百孔，呂惠卿又推出一條「手實法」，大致意思是：百姓所有財產一律上報，包括你家養了幾隻雞，在山上撿了幾隻兔子。百姓不報或瞞報怎麼辦？很簡單，鼓勵舉報。一經查實，瞞報部分全部沒收，三分之一獎勵給舉報人。

真是個人才，這種招也想得出來。

這樣的人什麼朝代都有，總以為自己有大才，可以制定規則，可以搞頂層設計，其實要麼蠢，要麼壞，對管理一竅不通。

可以想像，要執行這樣的政策，親朋友鄰會人心惶惶，衙門官吏

會變成土匪。

宋神宗畢竟是個明白人，看著眼前這個爛攤子，他又想起了王安石。

西元1075年是個失落的年份。

這一年，王安石被朝廷起用，重回CEO寶座，但局面已不在他掌控中。

從江寧到開封的路上，經過揚州瓜洲古渡，一首《泊船瓜洲》從他的筆尖悠悠淌出：

京口瓜洲一水間，鍾山只隔數重山。
春風又綠江南岸，明月何時照我還。

五十四歲的他，累了，倦了，不想再走入京城的是非地，只想在江寧安度晚年。

巧了，呂惠卿也是這麼想的。

王安石回歸，最不能接受的就是呂惠卿，躺贏的相位憑什麼讓出來？

於是，昔日隊友變成對手，幾番明爭暗鬥，呂惠卿使出了大殺器——爆隱私。

那是王安石曾寫給呂惠卿的私信，其中一封重要文件，王安石在下面P.S.了四個字：

「勿令上知。」

不要讓皇上知道。

這可不得了，就算放到現代，站在宋神宗的角度想想，好你個王安石，老子不惜得罪所有人，連祖宗之法都不顧也要支持你，你竟然跟我耍小心機？

你眼裡還有老闆嗎！

新法一地雞毛，又失去老闆信任，王安石歸隱的念頭越來越重。

第二年，兒子因病暴斃，他再也無心政壇，告老還鄉，終生再沒回到政壇。

就在王安石感歎「明月何時照我還」的同時，遠在山東的蘇軾，也寫了一首詞——《江城子‧密州出獵》。

宋詞江湖，一個全新的門派成立了，叫豪放派。來，讓我們酣暢一下：

> 老夫聊發少年狂。左牽黃，右擎蒼。
> 錦帽貂裘，千騎卷平岡。
> 為報傾城隨太守，親射虎，看孫郎。
>
> 酒酣胸膽尚開張。鬢微霜，又何妨！
> 持節雲中，何日遣馮唐？
> 會挽雕弓如滿月，西北望，射天狼。

請注意，最難懂的一句「持節雲中，何日遣馮唐？」恰恰是題眼。

蘇軾把自己比作西漢時的雲中太守魏尚，希望朝廷也派個馮唐一樣的人，手持符節，送來重用他的offer。

可是他想多了。

幾年後，朝廷真派人來了，不過送來的不是offer，而是逮捕令。蘇軾悲催的黃州生涯就此開始。

當然這也是後話，不提。

讓我們說回舊黨領袖，司馬光同志。

離開王安石的日子裡，朝廷每天都上演狗血劇，明爭暗鬥，互相傷害。

中間過程很虐心，精彩堪比小說。

比如，呂惠卿爆王安石私信一事，幫王安石的，是蘇軾的小弟黃庭堅。幫呂惠卿的，是王安石的學生陸佃。多年後，陸佃有個很牛的孫子，叫陸游。

再比如，王安石有個死忠粉，是推行新法的一把好手，人品學識俱佳，後來成為他的女婿，名叫蔡卞。

司馬光也曾有個聽話的小弟，是蔡卞的親哥，名叫蔡京。

再再比如：搜集蘇軾黑材料並且瘋狂揭發的那個人，是著名的大科學家、全才大神，《夢溪筆談》的作者沈括。

貴圈，真的好亂。

時間來到西元1085年，三月的一天早晨，所有汴梁人都聽到一個來自洛陽的聲音，那聲音蒼老而霸道：

「亂個毛線，老夫要終結這一切！」

說話的人，正是六十六歲的司馬光。

他有底氣這麼說。因為這一年，三十七歲的宋神宗抱憾去世，母親高太后力挺司馬光。

新皇帝宋哲宗表示完全贊同，畢竟，他已經快九歲啦。

據大宋微博熱搜顯示，司馬光進京那天，鑼鼓喧天，鞭炮齊鳴，全城百姓像在黑暗中看一束光，連青樓姑娘們都重新燃起了工作熱情。

蘇東坡也平反逆襲，回朝路上，難掩激動心情：

此生已覺都無事，今歲仍逢大有年。
山寺歸來聞好語，野花啼鳥亦欣然。

只是，這「欣然」過於短暫。

司馬光不僅會砸缸，還善於砸任何東西。他掄起錘子，鏘鏘鏘，對著新法一通猛砸 —— 全部廢除。

連新舊兩黨都一致贊同的免役法，也一併砍掉。新黨戰隊貶的貶，辭的辭。

順便提一句，這一年被貶的新黨戰隊裡，有一個叫章惇的人。他原本是個青銅，多年後變成王者，開始反攻。蘇軾悲催的晚年，主要

拜他所賜。

與新法同時落幕的，還有王安石的命數。

這一年，遠在江寧的改革先鋒在落寞中去世。

生命最後的日子裡，他在《千秋歲引‧秋景》中寫道：

…………

楚颱風，庾樓月，宛如昨。

無奈被些名利縛，無奈被他情擔閣。

可惜風流總閒卻！

當初漫留華表語，而今誤我秦樓約。

夢闌時，酒醒後，思量著。

他的「不畏浮雲」，他的「最高層」，他的「華表語（奏章）」，全都「風流閒卻」，只能在酒後午夜夢迴。

不過，司馬光也不是贏家，王安石死後五個月，司馬光緊隨其後去世。

兩位大佬只差兩歲，又同年去世，前半生相互站臺，後半生相互拆臺。

命運無常，令人唏噓。

看到這裡，你以為變法就此結束了嗎？

並沒有。

十年之後，宋哲宗已經長大，掙脫奶奶的懷抱，這個年輕人也要秀肌肉、秀智商了。

新法再次啟動。

只不過此時的新法，已經不是方案之爭，而是赤裸裸的黨派之爭。原則是對人不對事：贊同我的，都是好人，不贊同的都是壞蛋。

路線決定一切。

打擊範圍之大，沒人能置身事外。翻開當時任何一個人物的履歷，如果沒有大起大落，說明他咖位還不夠。

這種政治氛圍一直持續到宋徽宗朝，直至北宋滅亡。

07

大家發現沒有，在這場變法裡，大老闆宋神宗銳意進取，廣開言路，也算少有的明君。

司馬光、王安石，以及蘇軾兄弟為代表的中高層官員，都是大宋的智慧擔當，人品學識一流。

司馬光不納妾，為官清廉，正妻給他找個小妾，都被他趕出門。這克制力，沒幾個人男人能做到。老婆去世，他連喪葬費都湊不出。

王安石也是禁欲系，不貪財，衣服常年不換，給啥吃啥。蘇洵說他「衣臣虜之衣，食犬彘之食」，穿得像個囚犯，狗糧也吃得下去。

唐宋八大家中，宋朝占了六位，全在這幾十年扎堆出現，南宋一

個都沒有。

這樣的一個開局，為什麼王安石還是敗了？

因素當然很多，涉及的人物也遠比本文提到的多幾倍，一本書都講不完。

我僅從王安石這個人聊一個觀點，因為他是個 ——

技術天才+政治弱雞。

技術型人才很容易一葉障目，手裡有錘子，看什麼問題都是釘子。

王安石推行新法，問題不在新法本身，法規是可以試錯更正的，而在於比技術複雜一萬倍的人。

你以為官府、公司像水泊梁山？大哥一聲令下，小弟們就磨刀霍霍，「996」加班工作，超額完成KPI？

不是的。它更像《紅樓夢》裡的賈府，領導說話未必好使。我不違抗你的指令，但就是執行不好，甚至還會給你挖點小坑。

賈探春小姐雄心壯志，走馬上任要改革，連親娘來求情，她都不徇私，人品才能都是一流。

但問題是一個人再厲害，也需要有人去執行。誰去執行呢？吳新登媳婦。

這個類似基層官僚的小角色，一見面就給探春使絆子。關鍵是，你對照規章制度，還找不出她的錯。

張養浩說的「興，百姓苦；亡，百姓苦」，原因就在於這些官場版「吳新登媳婦」。

王安石遇到的，就是全國無數個「吳新登媳婦」。此刻，當務之急就是怎麼用人。

可他怎麼做的呢？

歐陽修因政見不合提出辭職，別人挽留，王安石說：這種人到哪裡都是禍害，留什麼留！

要知道，人家可是給你站過台的老前輩啊，弟子門生遍佈朝野，這要得罪多少人！

宋神宗想讓司馬光跟他一起主持大局，王安石說司馬光專結交小人。

拜託，他重用呂惠卿，還是人家司馬光好心提醒，結果證明，歷史學得好就是會看人。

不知道他被呂惠卿爆私信的時候，會不會想起司馬光的話。

宋神宗想重用蘇軾、蘇轍，他又說這兩兄弟只會搖唇鼓舌，寫幾篇破文章。

他真的恨蘇軾嗎？也不是，就是嘴欠，當蘇軾遭遇烏臺詩案要殺頭，王安石又站出來替蘇軾說話。

還有一個叫范純仁的，是范仲淹的兒子，沉穩持重，自帶改革基因，王安石竟不容許他有一點反對意見。

要知道，這些人並非食古不化，歐陽修是跟著范仲淹搞改革的前輩，司馬光提出發展經濟比王安石還早，蘇軾、蘇轍愛民而務實，范純仁就更不用說了。

作為大宋集團CEO，這些人，不應該為我所用嗎？明明一批潛在友軍，被王安石弄成敵軍，兩敗俱傷。

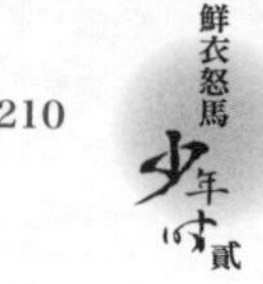

誰受益呢？

政治投機者，比如蔡京。

王安石上臺，蔡京舉雙手贊同變法；司馬光上臺，他又五天內廢除新法；章惇上臺，他又非常識時務地搞政治鬥爭。

每次看這段歷史都令人惋惜，搞技術的，搞文學的，終究搞不過騎牆的。

寫這些，並非否定王安石，他依然是大神一個，用黃庭堅的話說，「一世之偉人」。

最後，用他的兩句詞結尾吧，寫的是伊尹和姜子牙，我覺得也可以用來告慰他自己：

> 若使當時身不遇，老了英雄。
>
> …………
>
> 直至如今千載後，誰與爭功！

憶昔開元全盛日

盛世大唐，
已經埋下亂世的伏線。

楔子

西元724年秋天，洛陽仁風里。

一戶人家打開大門，一個十二歲的男孩蹦蹦跳跳跑出來，鑽進門口的馬車。

穿過宏闊的都城大街，馬車來到尚善坊岐王府上。這裡正在舉辦一場歌舞盛宴，大唐天王級巨星李龜年正在表演。雖然以前在秘書監崔滌府上，曾看過李龜年的演出，小男孩還是很興奮。畢竟，李龜年演唱會一票難求。

羯鼓鏘鏘，仙音飄飄。連這個小男孩都知道，他們生在一個空前繁榮的時代。

四十六年後的西元770年春天，小男孩已經垂垂老矣，在湖南潭州他再次見到李龜年。這是粉絲和偶像的最後一面，一個賣藥為生，一個賣唱過活。四目相對，老淚縱橫。曾經的小男孩把萬千感慨咽到肚子裡，寫下簡簡單單二十八個字：

岐王宅裡尋常見，崔九堂前幾度聞。

正是江南好風景，落花時節又逢君。

這首《江南逢李龜年》的作者是杜甫。

生活在西元724年的杜甫和所有大唐子民一樣，不會相信他們有這麼一天。那可是開元盛世，財富如山，兵強馬壯，萬國來朝，唐玄宗所到之處，人們敬若神明。

直到老年，杜甫都在回憶這個美好時代，他在《憶昔》裡寫道：

憶昔開元全盛日，小邑猶藏萬家室。

稻米流脂粟米白，公私倉廩俱豐實。

在杜甫的記憶中，這是大唐國力的巔峰，小城市也有萬戶人家，州府糧倉滿溢，百姓家中糧食吃不完。

杜甫是老實人，老實人不說謊。

但同一時期，在距離洛陽三百多公里外的商丘，一個比杜甫大十幾歲的年輕人，正孤獨地坐在屋裡，望著連月的陰雨歎息：

惆悵憫田農，徘徊傷里閭。

曾是力井稅，曷為無斗儲？

——《苦雨寄房四昆季》

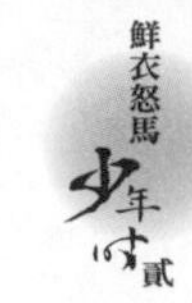

「曷」即何。他想不通，農民們盡心盡力為朝廷納稅，為什麼家裡沒有一斗糧食呢？

這位詩人，名叫高適。

此時的他們還互不相識，不會料到日後成為摯友。更不會料到，各自的命運，已經深深捆綁在大唐的國運裡。

而我們的故事，要從這二位的「分歧」講起：「公私倉廩俱豐實」和田農「無斗儲」，哪一個才是開元盛世的真相？

01 大有大的難處

西元712年，杜甫在河南鞏義出生。他出生時，祖父杜審言的聲望早已稀釋，父親是個基層小官，常年在外地任職。

三四歲時，母親去世。父親續弦另娶，隨後又生下一兒一女。不知道是因為父親無暇照顧，還是因為跟後媽有情感隔閡，杜甫並未跟隨父親的新家庭一起生活，而是被寄養在洛陽的姑姑家。

這位姑姑對小杜甫視若己出。有一年，杜甫和姑姑的兒子同時生病，姑姑總是先照顧好杜甫，再去照顧兒子。最後，這個可憐的小表弟不幸夭折。

杜甫終其一生，都很感念姑姑的恩情。多年後他流落四川，聽到官軍收復河南河北，寫下平生第一快詩：「即從巴峽穿巫峽，便下襄陽向洛陽。」洛陽，是老年杜甫最深的牽掛。

襁褓中的杜甫並不知道，就在他出生的那一年，李隆基成為大唐的新帝王。李隆基腦子裡惦記的也是自己的姑姑 —— 太平公主。

二十七歲的李隆基英氣逼人，出手果決。當殺氣騰騰的禁衛軍拔出利劍，太平公主才意識到自己不是小龍女，只是個姑姑。

朝堂撥亂反正，大唐空前清平。

李隆基從剿滅韋后到做太子，從肅清太平公主到穩固皇權，結識了一批能做大事的牛人。

一個叫姚崇的老臣對玄宗說，想讓我做宰相，要答應我十件事，其中包括：不要貪圖邊功，輕易用兵；不要讓宦官干政；外戚不得專權；正常租稅外，不得收受官員的進獻 …… 玄宗一一答應，態度之誠懇，如同一個晚輩聆聽長者訓導。

姚崇之後，接替他的是一個叫宋璟的大神，這二位開啟玄宗一朝的「姚宋」時代，政治清明，人民富足，當真是開元盛世。

欣賞完李龜年的演唱會，十二歲的杜甫回到姑姑家裡。他豐衣足食，正是男孩子貪玩的年紀，院子裡的棗樹梨樹果實已經甘甜可口，杜甫爬上爬下，樂在其中。那些年的生活也成為他日後難得的快樂回憶：「憶年十五心尚孩，健如黃犢走復來。庭前八月梨棗熟，一日上樹能千回。」

此時杜甫還是個無憂少年，他的生活裡有音樂、有詩歌、有玩耍，除了夜裡會想起面目模糊的生母，沒有其他煩惱。

有煩惱的是唐玄宗。

也是這一年，農曆十一月，杜甫姑姑家的大棗已經曬乾，唐玄宗

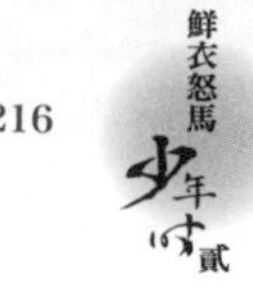

率領文武百官移駕洛陽。接下來三年，洛陽將替代長安，成為大唐暫時的首都。

長安好好的，為什麼去洛陽？

《紅樓夢》已經給出答案，鳳姐對劉姥姥說起賈府：「外頭看著雖是烈烈轟轟的，殊不知大有大的艱難去處，說與人也未必信罷。」

沒錯，大有大的難處。跟鮮花著錦、烈火烹油的賈府一樣，大唐也缺錢。只是劉姥姥們不相信罷了。

到開元時期，大唐赫赫揚揚一百年，百萬人口的長安，形成一個龐大的食租稅群體。

一種是王公貴族、內寵外戚。這部分人佔有多少資源？史書上沒有明確的統計。但我們可以從兩個例子開開眼。

提起玄宗一朝的宦官，大多數人只能想到一個高力士。其實，高力士只是最受寵的那個，當時宮中宦官有三千多人，其中五品以上，著紅穿紫的一千多人。這些「淨了身」的男人，身上的油水嚇死人。他們除了沒有男性功能，其他方面超越絕大多數男人。長安郊區三分之一的田地，都在宦官手裡。

如果李白讓高力士脫靴的故事屬實，想必高力士一定在心裡罵道：老子可以給你脫靴子，但你給老子提鞋都不配。

中唐時候，正在為薪水發愁的韓愈老師，曾經到太平公主的舊山莊遊玩，心情激動，發了一條朋友圈：

公主當年欲占春，故將台榭押城闉[①]。

①闉（ㄧㄣ）：城門。

欲知前面花多少，直到南山不屬人。

——《遊太平公主山莊》

太平公主的私家山莊，亭台樓榭比長安城闕還要高大宏偉。喏，看到這一帶長滿花草的土地了吧，一直通到終南山，都不屬於別人。

太平公主的食封是五千戶。這等豪奢，朝廷當然承受不了。於是唐玄宗決定，以後公主的食封是一千戶（中間短暫執行過五百戶的標準）。

也就是說，一個公主的家庭，需要一千戶百姓供養。

寫到這裡，我忍不住要跪在鍵盤上，替這些百姓謝主隆恩。

開元初期有多少公主呢？具體資料也不得而知。但我們知道，玄宗初期，他的姑媽一輩、姐妹一輩都有公主在世。

玄宗自己，日理萬機之餘在後宮也沒閒著，共有五十九個子女，兒子二十九個，女兒三十個。《新唐書》中只記載了其中的二十個兒子，他們為唐玄宗生下的孫子是九十四人。相比公主，佔據資源大頭的，是這些皇子皇孫。

在「十王宅」裡，在「百孫院」裡，這些有著李唐血統的貴族不用種地搬磚，不用「996」，就有享用不完的錦衣玉食。每個院子，有四百個宮人服侍。

鬥雞走馬，呼鷹打獵，長安的馬球場天下第一，東西兩市可以買到全世界的奢侈品。「寶蓋雕鞍金絡馬，蘭窗繡柱玉盤龍。」我們現在看唐朝的文化遺產，不管是詩歌、禮儀，還是器皿、繪畫，它們有一個共性，就是「大氣」。

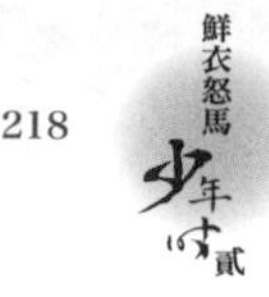

這是一個崇尚奢華的時代。

以上這些人，都不用交稅。

此外還有龐大的官僚群體、僧道群體，都是免稅戶。大唐包容開放，世界上各種宗教，都能在這裡找到信眾。朝廷有優厚的政策，信眾不僅免除租稅勞役，往往還有大量土地。很多佛寺道觀，以此為資本，高利貸生意紅紅火火。

這個頑疾從大唐開國到晚唐，從來沒有根除，以至於後來的韓愈冒著殺頭的風險，喊出「事佛求福，乃更得禍」，宣導滅佛運動。務實用世的儒家思想，更在乎蒼生眼前的苟且。

唐玄宗當時也在乎。

到杜甫十二歲的西元724年，關中在經過幾場自然災害後，終於陷入困境，老百姓揭不開鍋了。

離開長安，吃向洛陽。這是朝廷施行仁政的唯一選擇。

可能有人會問，長安是首都，沒吃的就不能運過去嗎？

答案是，很難。

現在的中國，交通建設全球領先，我們很難理解古人的交通困境。如果在飛機上看長安，會發現這個深處關中盆地的城市，很不適合做盛世的首都，周圍的山脈和高原在戰爭時期是天然屏障，和平時期卻成為經濟流通的阻礙。

在中東部，在江淮，廣袤的平原才是納稅的主區域。而這些糧食布匹要想運往長安，陸運，只有一條狹窄的潼關；水運，到了黃河三門峽段，河床有巨石凸起，不能行船，一年之中，只能等待短暫的漲水期。

李治死在洛陽，武則天建都洛陽，唐玄宗幾次三番下洛陽，都與吃飯問題有關。

02 大哥的野心

不過，在唐玄宗眼裡，這還不是最大的困難。他還不到四十歲，雄才大略，正是幹大事的年紀。

在《資治通鑑》裡，這項大事，叫作「大攘四夷」。

讓我們簡單回顧一下這些「四夷」，日後開元盛世的覆滅，與他們息息相關。

東北和北方，有契丹、高麗和奚；

西北和西方有突厥、回紇（回紇與大唐相愛相殺，他們登上舞臺還要等到安史之亂）；

南方和西南，是吐蕃、南詔（南詔有個悲傷的故事，後面再講）；

西出陽關，穿越河西走廊，抵達遙遠的新疆西部邊境，一路上還有幾十個小國家。開元年間大唐的西部邊境，最遠到達阿拉伯帝國和今天的阿富汗，那幾個尾號為「斯坦」的國家，當時都在唐朝面前瑟瑟發抖。

不過，所有的和平都需要代價。

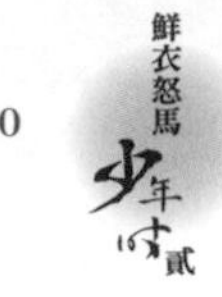

唐朝對外的策略大概分三種：

第一種，對嚮往和平的國家，大唐憑藉天朝上國的國威，你當小弟，我做大哥，我帶你一起做生意。逢年過節，你來給大哥磕個頭送上祝福，大哥賞賜你禮物，皆大歡喜。反正李家身體裡也有胡人血統，太宗、高宗和玄宗都是「天可汗」。

第二種，對於不服氣的小國家，大家戰場上見，哪裡不服打哪裡。

最棘手的是第三種：吐蕃、突厥和契丹，兵強馬壯，跟中原王朝一樣，他們內部也一直在血腥奪權。上一代定下的和平策略，下一代可能完全推翻，磨刀霍霍向大唐。打得過就搶人搶錢搶地盤，打不過就求和。

打來打去，很少有真正的贏家，往往兩敗俱傷，怎麼辦呢？那咱們就做親戚吧。比如吐蕃、契丹，唐朝就把公主嫁過去，外甥和舅舅、外孫和外公總不能刀兵相見吧。

但這個辦法往往只在短期有效，關係非常脆弱。涉及資源之爭、皇權之爭，從來六親不認，父子相背，兄弟相殘。

一個和親的公主，除了在血緣上拉近各個勢力的距離，在政治爭奪面前毫無作用。契丹就殺死過兩位大唐公主，跟唐朝決裂，把唐玄宗氣得都沒心情排練《霓裳羽衣曲》了。

並且，遊牧民族逐水草而居，強悍的騎兵神出鬼沒，隔三岔五騷擾邊境，很難制止。《天龍八部》裡的遼國動不動就南下「打穀草」，厲害如喬幫主，也無能為力。

如果唐朝是一頭雄獅，周邊國家就是群狼。在這場曠日持久的拉鋸戰中，沒有誰永遠勝利，群狼經常戰敗，雄獅也傷痕累累。

更大的問題就出現了。

要維持從東北到西南，再到西域，這麼漫長的邊境線的平衡，唐朝就需要負擔龐大的軍事開銷。

於是在姚崇、宋璟之後，又有兩位大神閃亮登場，一個是張說，一個是宇文融。這兩位的政治主張，前者是節流，後者是開源。

彼時，唐朝賴以立國的府兵制和均田制，都已經遭到嚴重破壞。所謂「府兵制」，簡單來說，就是國家把一部分人民劃為「府戶」，分給土地。

府兵制由來已久，起源於西魏，盛行於初唐。這些府戶戰爭時期為兵，和平時期務農，不用納稅，也沒有軍餉，上戰場的裝備都是自己購買。

在《木蘭詩》裡，就還原了一個典型的府戶從軍過程：

「昨夜見軍帖，可汗大點兵。軍書十二卷，卷卷有爺名。」朝廷下了軍帖，要打仗了。

「東市買駿馬，西市買鞍韉，南市買轡頭，北市買長鞭。」趕緊去買裝備。

「歸來見天子，天子坐明堂。策勳十二轉，賞賜百千強。」殺敵立功了，朝廷發賞賜。

府兵制的最大優勢，是朝廷基本不用出軍費，就能擁有大量士兵。玄宗初期，大唐邊境線上六百多個軍府的六十多萬士兵，就是這項制度的紅利。

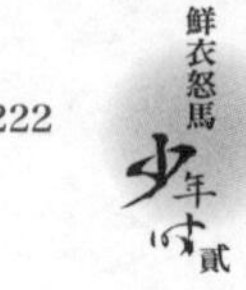

可惜的是，這時的府兵制已是強弩之末。

究其原因，戰爭越來越頻繁，傷亡率越來越高。楊炯有詩：「寧為百夫長，勝作一書生。」這是初唐的府兵制，還在高效運行，到戰場上拿命搏一把，運氣好的話，加官晉爵，光宗耀祖。

到了玄宗時期，這種奔赴沙場建功立業的豪情已逐漸消退，取而代之的是對戰爭的聲討和厭倦。比杜甫大約二十歲的李頎寫道：

白日登山望烽火，黃昏飲馬傍交河。
行人刁斗[①]風沙暗，公主琵琶幽怨多。
野雲萬里無城郭，雨雪紛紛連大漠。
胡雁哀鳴夜夜飛，胡兒眼淚雙雙落。
聞道玉門猶被遮，應將性命逐輕車。
年年戰骨埋荒外，空見蒲萄入漢家。

這首《古從軍行》是以漢諷唐，大意是說：

西域的交河畔烽煙滾滾，士兵在風沙中敲響刁斗，嫁過去的大唐公主左右為難。萬里無人煙，大漠雪紛紛，胡人士兵也是可憐人。

可是回程的玉門關已被阻隔，大唐士兵沒有退路，只能把性命綁在將帥的戰車上。這麼多人埋骨他鄉，換來什麼呢？不過是像葡萄一樣的價值罷了。

清朝大學士沈德潛，在這首詩下面感慨：「以人命換塞外之物，失策甚矣。為開邊者垂戒……」

①刁斗：軍中的銅鍋，白天可做飯，夜間敲打警戒。

在唐朝詩壇上，李頎的地位不及李杜王孟和高岑，但請大家記住這個人。在我看來，這個「醉臥不知白日暮，有時空望孤雲高」的傢伙，具有洞察事物本質的智慧。

他的人道主義，已經超越狹隘的民族立場，對唐朝戰爭的實質也一針見血。大唐此後的決策與吞下的苦果，似乎是在照著這首詩一一上演。

03 誰能搞錢誰上臺

現在，讓我們來看玄宗的第二個時代：張說和宇文融。

府兵制衰敗，引發連鎖反應。大量府戶開始逃跑，脫離軍籍，留下些老弱病殘。大唐戰鬥力越來越渣。

宰相張說曾經平定突厥叛亂，身兼兵部尚書和朔方（今寧夏靈武）節度使，對前線非常熟悉。

他不僅是文壇的「燕許大手筆」之一，在軍事上，也搞了一把大手筆。他向玄宗提議：大唐根本不需要六十萬軍隊，應該裁軍，同時把府兵制改成募兵制，發高軍餉，招募精兵。所謂兵不在多，而在於精。

從軍事角度來說，這是科學的。此後，大唐軍隊開始了長達十幾年的大換血，募兵制登上歷史舞臺，軍隊戰鬥力大大提高。

但是，新問題也隨之而來。

唐朝當時總人口是4100萬，要養這麼大一支軍隊，開銷驚人。加上前文提到的那一大堆食租稅階層，朝廷不得不發愁一個問題：錢從哪兒來？

宇文融登場了。

當時，宇文融只是一個八品的監察御史，屬於紀委官員。但他非常幹練，精於吏治，單名一個「融」字，冥冥之中似乎註定了他的才能 —— 搞金融的好手。

宇文融發現，除了軍籍出現逃戶，民間也有大量的農戶，為了躲避高賦稅，而把土地賣給大地主，自己做佃戶。這也是逃戶。逃戶多了，土地兼併嚴重，朝廷稅收減少。

宇文融給唐玄宗建議，必須括戶、括田。於是下令全國，凡是逃戶，主動申報的，免除一部分賦稅；過期不報的，一經發現，發配邊疆充軍，地方官員、地主膽敢包庇者，同罪論處。

這一招簡單粗暴，卻很有效果。《資治通鑑》記載，朝廷很快「凡得戶八十餘萬，田亦稱是」，查出80多萬逃戶，以及對應數量的土地。

開元十四年，大唐全國登記戶數約為707萬戶，80萬戶就相當於大唐憑空多出約12%的人口和土地。當然，也多出80萬戶的賦稅。

唐玄宗非常滿意。宇文融的仕途如同坐了火箭，短短七八年，就從一個八品小官，做到了大唐宰相。鹽鐵、絲絹、錢糧，河道、運輸，財政大權一把抓。

如同很多大公司一樣，實際的經營狀況，往往不如財務報表那樣好看。

宇文融以朝廷嚴令給地方施壓，很多官員為了完成指標，做出政績，經常虛報數字。比如，一個縣只能括戶400戶，卻上報500戶，多出來的100戶怎麼辦呢？平攤到全縣人民頭上。反正官員不用納稅。

於是，在西元724至729年的大唐，在洛陽和商丘這兩個地方，我們會看到完全不同的景象。

臨時首都洛陽城裡，「斗米十五錢」，物價便宜。城裡的少年杜甫，看到的是「稻米流脂粟米白」，營養充足，「一日上樹能千回」。

商丘是江淮門戶，恰好位於通濟渠沿岸，這條隋朝開挖的運河，就是為了把江淮的租稅運往兩京。這裡稅收繁重。所以，青年農民高適，只能在苦雨中詰問：「曾是力井稅，曷為無斗儲？」

此時的杜甫和高適還太年輕，還要等十幾年後才能閃耀詩壇。在張說的強軍政策和宇文融的括戶政策下，大唐國力日盛，治安良好，人民富裕。高適們的愁悶，只是盛世角落裡的一個小插曲，是盛世的代價。

西元725年，杜甫十三歲。這年十月，唐玄宗率領文武百官，歷時近一個月，從洛陽浩浩蕩蕩開往泰山，舉辦封禪大典。為億兆蒼生代言，與上天對話，這是古代帝王最高的榮譽。

不過，在大唐一派祥和的水面下，政壇卻雲譎波詭。張說和宇文融看起來像唐玄宗的左膀右臂，其實這二位水火不容。

個中細節，史書記載撲朔迷離，我們不妨從問題的根源出發。只要瞭解了這層根源，此後唐朝的絕大部分政治矛盾，都可以從中找到脈絡。

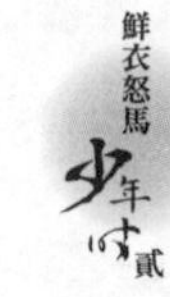

簡單來說，就是文人士大夫階層，與貴族門閥階層天生的矛盾。從西魏到隋朝，李家就是八柱國之一，屬於大名鼎鼎的關隴集團。

唐朝立國之初，權力被貴族門閥壟斷，李淵、李世民的重臣寵臣，要麼是貴族出身，要麼是軍功顯赫，平頭百姓子弟，沒有機會進入權力中心。

直到那個叫武則天的女人出現。

武則天出身平平，在奪權路上，沒有娘家人的支持，於是開始扶持士大夫階層，專注打擊貴族五十年。出現於隋朝、原本不溫不火的科舉制度，在武則天手裡變成政治利器。

大量小地主和基層官吏子弟，通過讀書科舉逆襲人生。他們中的很多人，成為武則天的粉絲。

小縣令家庭的宋璟，小縣丞家庭的張說，都是科舉制度的受益者。

而宇文融，從這個姓氏就知道，他出身於八柱國中的另一支擎天柱，宇文家族。祖父宇文節在唐太宗、高宗兩朝顯赫，官至宰相。

張說與宇文融的矛盾，其實自他們出生起就註定了。

重要的事情再說一遍：這不是兩個人的矛盾，而是以科舉入仕的士大夫階層，與依靠祖蔭入仕的貴族階層的矛盾。

一個是文壇盟主，一個是財政新星。在張說眼裡，宇文融的財政手段，不過是歪門邪道的斂財，與民爭利，非君子所為。在《資治通鑑》裡，司馬光記錄下張說對宇文融的不屑：「鼠輩何能為！」

歷史不會重演，但總會押韻。三百五十年後的北宋，司馬光同學對王安石變法，也是這個看法。

更押韻的是，張說說過的話，謀過的私利，宇文融拿出小本本，一條條記錄下來，帶領御史臺的小弟們上書彈劾。

唐玄宗看著確鑿的證據，只能默默歎息：愛卿啊，你不是文壇盟主嗎，宰相大印交出來，你的餘熱就用在這本《大唐開元禮》上吧。

中書省傳來宇文融勝利的笑聲：「使吾居此數月，庶令海內無事矣。」

海內真的無事嗎？

無事才怪。張說下臺了，但他代表的士大夫階層還在臺上。於是，彈劾宇文融的奏章也一封封飛到御前。

玄宗又一聲歎息：愛卿啊，你貪污的，可比張說多多了。這也罷了，你咋還跟我老李家的王爺過不去呢。廣西那地方窮，你就發揮餘熱去那兒搞開發吧。

貶謫途中，宇文融暴病而亡。他的宰相生涯只有九十九天，史稱「百日宰相」。

西元731年，張說已經去世，他和宇文融的時代正式翻篇。張說生前，非常注重提拔後輩文人，在他的追隨者當中，有一個亦師亦友的好兄弟，名叫張九齡。

宇文融也沒閒著，在他舉薦的人當中，也前後冒出兩個厲害角色，一個叫裴耀卿，一個叫李林甫。

玄宗朝的政壇，即將迎來又一個時代。

大唐的國運，詩人們的命運，唐玄宗的桃花運，由此開始。

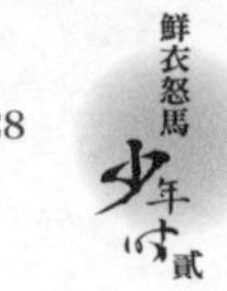

04 蜀道難，長安道更難

在唐朝波瀾壯闊的三百年歷史長卷上，西元735年實在不足為道。

但如果以文化的視角看，這一年的大唐夜空繁星閃爍，流星衝撞，正在醞釀大爆炸的能量。絢爛之後，創造這些能量的群星，將被一個黑洞吞噬，留給世人無限唏噓。

為了講清楚後面的政治博弈，十分有必要提一下當時的權力架構。簡單來說，皇帝之下，有三大權力機構，中書省、門下省、尚書省。尚書省又統管六大部門，分別是吏部、戶部、禮部、兵部、刑部和工部。這就是自西漢以來形成的「三省六部制」。

中書省負責制定國家政策，起草皇帝詔書；門下省負責審核，具有否定和審議權；這兩大機構通過後，交給尚書省，下發給六部去執行。

三大機構級別平等，領導人都是宰相，他們共同組成國家的權力中樞。

西元735年，大唐新的領導班子已經搭成。

張九齡是中書省一把手，叫作中書令；

裴耀卿是門下省一把手，叫作門下侍中；

至於尚書省，不好意思，因為李世民曾經擔任過尚書令，後來這個位置就一直空缺，皇帝不敢設，大臣沒人敢領命。

職位可以沒有，工作還是要有人做的。就好比明朝，你不設宰相，內閣大學士和宦官就充當了宰相。

關於這一點，在御史臺、吏部浸淫多年的李林甫看得很清。朝堂中的三把權力交椅，其中兩把已經沒有機會，另一把又沒人敢坐。看來通過正常途徑，是不可能走向巔峰了。

李林甫性格沉穩，城府極深，是天生的政治高手。就像草原上的狼，善於用敏銳的嗅覺，尋找一切機會。

涉及政敵之爭，李林甫很少草率站隊，他會冷靜觀察，不輕易出手。可一旦他出手，往往一招制敵。

凡是跟玄宗親近的大臣、宦官，李林甫都會想方設法拉攏，這樣既可以讓自己的美名上達聖聽，又能隨時掌握皇帝的心思。

誰跟皇帝最親近呢？答案是，皇帝的老婆。

就在兩年前，還是吏部侍郎的李林甫，發現一個絕好的機會。當時，太子李瑛的生母已經去世，那是個生於樂工家庭的女人，身份卑微。唐玄宗的新寵是武惠妃，這個武氏家族的女人，也像她的姑祖母武則天一樣，野心逐漸膨脹。

她想讓玄宗立她為后。

只要她做了皇后，她的兒子，就有可能換掉那個歌女所生的太子。對這個並不高明的意圖，玄宗是怎麼想的我們不得而知，但群臣反應強烈，皇后可不是隨便立的。最重要的是，她姓武。彼時彼刻，臣子們對武家的女人充滿芥蒂。這件事不了了之。

但更換太子仍有希望，武惠妃一直在努力。靠自己的力量不夠，那就找一個支持者。

李林甫伸出了援手。

《資治通鑑》記載：「林甫乃因宦官言於惠妃，願盡力保護壽王。」

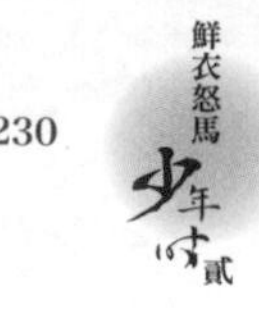

壽王，就是武惠妃的愛子。相比這個封號，我們更熟悉他的名字，李瑁。相比李瑁，我們更熟悉他即將迎娶的妻子，楊玉環。

武惠妃知恩圖報，一通操作，協助李林甫登上宰相之位，尚書省一把手。

可能有人要問了，不是說不設尚書令嗎，怎麼還會有一把手？很簡單，朝廷還有另一個神奇的職位，叫作「同中書門下三品」，後來改作「同中書門下平章事」。

也就是說，身兼吏部侍郎、禮部侍郎的李林甫，已經成為尚書省的實際掌權者。他不稱尚書令，但按權力和級別，同中書令和門下侍中一樣，都可以坐進政事堂，指點江山，決策國事。

至此，張九齡、裴耀卿、李林甫三足鼎立。

請注意李林甫的吏部侍郎和禮部侍郎身份，吏部掌管官員的人事安排，禮部主要掌管科舉考試。由此開始，李林甫長達十九年的宰相之位，恰恰伴隨著詩人們的仕途生涯。

下面，讓我們把目光轉向這些悲催的詩人。

就在政壇權力交替的這幾年，三十一歲的李白腰挎寶劍，一身仙氣降臨長安。在一戶朱門大宅前，他拿出自己的詩作，威風凜凜。

這戶的公子問道：「你找誰？」

李白說：「找你爹。」

公子說：「我爹才死了。」

李白說：「找你老婆。」

公子一揮手：「來人啊，關門！放狗！」

如你所見，這段是我編的，因為史實細節已經模糊。我們只知道，這一年的李白初到長安，來到張說府上。此時張說剛剛去世，接待李白的是張說的兒子，名叫張垍。

張垍的另一個身份，是唐玄宗的女婿，最受寵的駙馬爺。能跟唐玄宗做親家，再次說明張說的地位。

這也是李白上門的原因，在當時，這叫干謁公卿。

張垍顯然沒有老爹的胸懷，李白這次長安之行落空了。一個沒有顯赫出身又不能參加科舉考試的詩人，誰會幫你呢？

「年輕人，我來看看你的詩。」

從張垍供職的翰林院裡，傳來一個蒼老而豪放的聲音，走過來一個博士生導師，他就是年過七十的賀知章。

「噫吁嚱，危乎高哉！蜀道之難，難於上青天……」賀知章翻開《蜀道難》，一邊讀一邊捻著花白鬍子，「謫仙啊謫仙，你呀是個謫仙啊。可惜老夫如今也是個閒差，幫不了你。不過你放心，我幫你轉發朋友圈。」

在失望與希望交織的心情下，李白同志上路了。他離開長安，北上漫遊，來到嵩山，那兩個分別叫岑勛和元丹丘的朋友，已經擺好了酒，研好了墨。

君不見黃河之水天上來，奔流到海不復回。
君不見高堂明鏡悲白髮，朝如青絲暮成雪。
…………

在這首《將進酒》裡，李白還寫道：「鐘鼓饌玉不足貴，但願長醉不復醒。」

可他終究要在現實中醒來。

還是西元735年，新一屆宰相班子剛建成不久，大唐再次面臨吃飯問題。因為關中發生自然災害，長安糧食短缺，唐玄宗已再次率領百官移駕洛陽。

這一年的科舉考試，將在洛陽舉辦。

李白醒了醒酒，一路飛奔洛陽，為剛剛參加狩獵活動的唐玄宗，獻上一篇《大獵賦》。然後，他又醉了。

二十三歲的杜甫也從吳越回到洛陽，參加當年的科舉。歷史記載，那一年全國考生將近三千人，最後錄取二十七人。「七齡思即壯，開口詠鳳凰」，厲害如詩聖，也照樣落榜。

在杜甫晚年的記憶中，這幾年最美好的時光是他的吳越之遊，「越女天下白，鑑湖五月涼」。長江三角的美景美女，才值得青春期的杜甫懷念。

二十歲的岑參也來到洛陽，此時他還沒有參加科舉的資格，只能到處抱大腿、求推薦，個中心酸，多年後他仍耿耿於懷：「二十獻書闕下」、「弱冠干於王侯」、「出入二郡，蹉跎十秋」。

岑參同學，先不要著急，十年之後才是你的時代。

最悲催的，還是待業青年高適。

他剛從幽州前線回來，沒被北方的風霜凍壞，卻因為朝廷的科舉寒了心。他也落榜了。

從洛陽回老家途中，他看到的依然是盛唐的陰影。

有農民的悲苦：「試共野人言，深覺農夫苦。…… 園蔬空寥落，產業不足數。」（《自淇涉黃河途中作》）

有基層官員的不易：「常時祿且薄，歿後家復貧。妻子在遠道，弟兄無一人。」（《哭單父梁九少府》）

還有自己的鬱悶：「尚有獻芹心，無因見明主。」

好在，這些都沒有消磨掉他的豪氣。跟朋友喝酒，他依舊「今日相逢無酒錢」，也依舊堅信，大唐的史冊會留下他們的名字。對了，那個朋友姓董，排行老大，那首詩叫《別董大》：

千里黃雲白日曛，北風吹雁雪紛紛。
莫愁前路無知己，天下誰人不識君？

就在高適與朋友告別之前，一個叫王維的同齡人也在跟朋友告別。

長安東郊，灞橋的初春乍暖還寒。王維對這位年長十來歲的朋友坦誠相勸：

杜門不復出，久與世情疏。
以此為良策，勸君歸舊廬。
醉歌田舍酒，笑讀古人書。
好是一生事，無勞獻子虛。

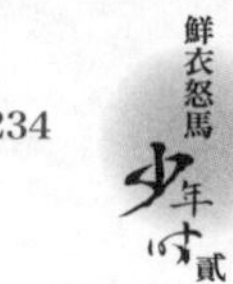

哥們兒，你不出門太久了，不懂得朝堂的人情世故。聽小弟的，你就回老家吧，喝喝酒，讀讀書。別學司馬相如獻什麼《子虛賦》了，官場不適合你。

這首詩叫《送孟六歸襄陽》，這位老朋友，叫孟浩然。

孟浩然歸隱了，朝堂少了一個文官，田園多了一位詩人。

唯一在仕途有起色的是王維。在張九齡的舉薦下，已經厭倦官場的王維再次出山，在中書省做了一名右拾遺。

「拾遺」是個很特別的官，雖然只是從八品上，卻可以「掌供奉諷諫，扈從乘輿」，只要夠膽量，可以指責皇帝和宰相。

官小權大，有時候是機會，可以一飛沖天；有時候卻是災難，一朝墮入地獄。完全取決於政治是清明還是昏暗。

很不幸，王維沒遇上好時候。詩人們都沒遇上好時候。

05 「能臣」李林甫，「忠良」安祿山

從西元735年到741年，正是史書上所說的「開元末年」。

中唐一個叫杜佑的史官，曾在《通典》裡總結歷史教訓：

「開元初，每歲邊費約用錢二百萬貫。開元末，已至一千萬貫。天寶末，更加四五百萬矣。」

杜佑後來有個孫子，叫杜牧。杜牧在《阿房宮賦》的結尾感歎：

「後人哀之而不鑑之，亦使後人而復哀後人也。」估計沒少聽爺爺講歷史。

杜佑的記載告訴我們，從玄宗上位到安史之亂，大唐的軍隊一直在擴張，軍費一直居高不下。

豪奢成風的李唐王朝，其實一直在為錢發愁。

早在宇文融下臺之時，唐玄宗就有過歷史上的著名一問，他問彈劾宇文融的大臣們：你們都說宇文融壞，現在我把他趕走了，你們誰給我弄錢？

誰給他弄錢呢？

裴耀卿和李林甫。

前面說了，這兩位都是宇文融舉薦的政治新星。在財政大方向上，二人政見一致，但裴耀卿更像一個技術型官員，為人正派，不喜歡政治鬥爭。

李林甫與張九齡，一個是舊官僚貴族子弟，一個是通過科舉入仕的文士精英。一個是維護皇權統治，一個以道統為先，心繫黎民。

不管是階層立場，還是施政綱領，二人的矛盾不可避免。

讀者諸君如果心細便會發現，行文至此，我沒有使用「奸臣」一詞。在傳統史書裡，李林甫這樣的人往往被塗上一層又一層臉譜，畫像也巨醜，臉色陰鬱，目露凶光，恨不得把「奸」字寫在腦門上。

唯忠奸論，會讓我們忽略重大事件的複雜因素。一個宰相能專權十九年，肯定不是只靠奸詐。

有唐一朝，靠顏值吃飯的不在少數。朝廷的重臣要接待萬國使

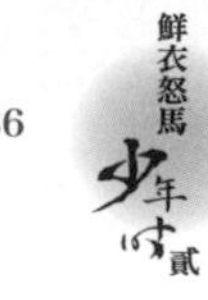

者，要代表朝廷威儀四方，出將入相，顏值、風度至少對得起觀眾。後文將提到的封常清，就因為長得醜差點被埋沒。

李林甫長什麼樣子，我沒看到照片，估計中等是有的。當然這不是重點，重點是李林甫的才能。

中書省一把手裴耀卿，更像個技術專家、工程師。從西元735年新宰相班子建成之初，裴耀卿就開始了他的首都糧食計畫。

簡單來說，原來糧食從江淮、中東部運往長安，過於依賴黃河水位，時間不穩定，運費還非常高。

裴耀卿在黃河三門峽下游開挖支流，繞開巨石，把貨物運往長安郊區，再改陸運。這項措施，使原來136公里的陸地運輸線，縮短到只有8.5公里。加上一系列調度、流程改進，運輸效率大大提高，一年之後，長安糧食就吃不完了，依舊是「公私倉廩俱豐實」。

這是一名優秀的物流專家。

而李林甫，是一位專注於財政的改革大臣。

眾所周知，中國歷代王朝都面臨一個管理問題，就是疆域太大。一項政策從大明宮到幾千里外的一個小縣城，怎麼能不走樣？各地的經濟、文化、習俗千差萬別，怎麼避免一刀切的惰政？天高皇帝遠，中央怎麼控制偏遠地方……

這些問題，真的很考驗中央，很多問題幾乎無解，全靠道統制約。

李林甫精於吏治，是「精明的行政官員和制度專家」（《劍橋中國隋唐史》）。他執政期間諸多改革細節已經模糊，我們只知道，因為有大量的案牘工作，李林甫和他的幕僚每年用紙五十萬張。

一系列改革後，中央對地方的控制力更強，減少各地政府的財政支出，簡化行政流程。尤其是對待同一級別的州縣，李林甫善於從各地的實際出發，來制定各種稅收政策，客觀上也推進了稅制進步。

杜甫在《憶昔》裡還有一句，「九州道路無豺虎，遠行不勞吉日出」，豺虎指攔路打劫的犯罪分子，可見開元時期治安良好。李林甫當權第三年，大理寺公佈的死刑犯人數，全國只有五十八人。這至少說明，李林甫當政初期，並沒有造成民間動亂。

真正讓朝廷傷元氣的，是在軍事上的一系列決策。

就在朝堂領導班子大換血之際，在遙遠的東北營州（遼寧朝陽）邊境，一個三十來歲的粟特族小混混潛入大唐國土，偷了幾隻羊。

營州唐軍將他捉住，押到幽州節度使張守珪帳下，準備殺頭。劊子手的大刀還沒舉起，這個小混混就對張守珪說，你想要打敗契丹和奚，正是用人之際，很顯然，我就是你要找的人。

張守珪佩服這個小混混的膽量，又發現他竟然會說六國語言，腦子活，下手狠，是個人才，就讓他做了一名「捉生將」。

這個小混混，名叫安祿山。

安祿山，西元703年出生，父親是粟特人，母親是突厥人，《舊唐書》裡稱他為「雜種胡」。為了不帶種族偏見，我們可以稱之為「混血胡人」。

混血胡人安祿山，特別能混。

他出身低微，幼年喪父，跟隨母親另嫁。小小年紀，就混跡於契丹、奚和唐朝邊境，穿梭於各個國家和部落之間做「牙郎」，也就是買賣經紀人。他能說六國語言，就是在這個環境下鍛鍊的。

跟著他一起混社會的，還有他的鄰居兼小弟，名叫史思明。多年以後，這兩個名字將成為李唐王朝的噩夢，成為大唐光輝史冊上的一篇殘章。

安祿山以「捉生將」起步，官不大，卻非常適合他。所謂捉生將，就是帶著幾個小弟，騎幾匹馬在邊境巡視，看到敵人的大部隊就回來報信，遇到散兵游勇就當場捉回。

他血液裡有突厥人的勇猛和粟特人的聰明，憑藉胡人的長相和熟練的多族語言，他總能讓敵人進入他的圈套，經常帶三五個人出去，「生擒契丹數十人」。

張守珪交給他的兵越來越多，最後乾脆收他為義子，晉升偏將。

從這時可以隱隱看出，安祿山身上具有鮮明的雇傭兵特質，沒有民族立場，也缺乏忠君思想，中原王朝的儒家道統也無法進入他肥胖的軀體，他的一切行為，完全受利益驅動。哪一方威脅到他，不管是誰，他都會毫不手軟。

唐朝的包容開放歷史罕見，用過很多外族將領，我們很快就會發現，安祿山與其他番將有本質區別。

西元734年冬，張守珪率軍討伐契丹，斬下契丹王的頭顱快遞到洛陽，掛在洛陽天津橋頭示眾，大唐威風一時。第二年春，玄宗準備封張守珪為宰相，被張九齡勸阻。

張九齡對玄宗說：「宰相是天子的代言人，不是隨便拿來封賞的。」玄宗弱弱地問：「那就讓他掛個虛銜，不擔任實職，行不行啊愛卿？」張九齡說：「不行。你要是想賞賜他，可以給他財物或別的官職，打敗契丹就封宰相，那以後滅了突厥和奚，你又拿什麼封他呢？」

玄宗默默接受——自己任命的宰相，忍忍吧。

又過了一年，張守珪再次討伐契丹和奚，領兵的大將已經是安祿山，由於他的輕敵冒進，導致全軍潰敗。

這就是坑爹了。

按照軍法，安祿山當斬；回到私交，安祿山可活。張守珪左右為難，只得將他押送到朝廷，唐玄宗愛惜安祿山的才能，免掉他的官職，仍舊保持權力，叫作「白衣將領」。

於是，就有了唐朝歷史上最著名的一場對話：

張九齡說：「祿山失律喪師，於法不可不誅。且臣觀其貌有反相，不殺必為後患。」

唐玄宗說：「卿勿……枉害忠良。」

玄宗對待張守珪和安祿山的態度，釋放出一個明顯的信號，就是朝廷對武功的迷戀。

這是李唐王朝的時代潮流。順者昌，逆者亡。

張九齡這個不合時宜的老臣，即將被擠下舞臺，牢牢佔據C位的人，將是李林甫。所用的手段，還是熟悉的配方，陰謀陽謀一起來。

06 男人們的宮鬥

前文提到，李林甫給過武惠妃承諾，「願盡力保護壽王」，他沒有食言。

武惠妃向玄宗哭訴說，太子李瑛與鄂王李瑤、光王李琚要謀害他們母子。玄宗聽後大怒，準備廢掉太子。

這可是大事。

張九齡又站出來阻止，從春秋戰國的晉獻公殺太子導致三世大亂，到漢武帝、晉惠帝，再到隋文帝廢掉太子楊勇，導致家底被楊廣敗完，劈哩啪啦一頓說，意思就一個，沒事您換什麼太子呀，嫌天下太平了是不？再說，李瑛三兄弟也沒什麼錯啊。

武惠妃趕緊向張九齡傳話，誰當太子不是當啊，你要是幫我，我保你宰相穩穩的。原話是：「有廢必有興，公為之援，宰相可長處。」

張九齡對傳話的宦官一頓怒斥，又把這事告訴了唐玄宗。武惠妃這道樑子，算是結下了。

武惠妃的宦官帶回一個壞消息，唐玄宗的宦官卻帶回一個好消息，李林甫向他傳話：「此主上家事，何必問外人。」

是呀，唐玄宗想通了，換不換太子是我的家事，何必聽張九齡這個老頑固的呢。

幾個月之後，事情簡直是在按照劇本上演，唐玄宗又收到了太子謀反的舉報。在秘密會議上，玄宗（假裝）徵求宰相們的意見，張九齡主張依舊，李林甫的主張也沒變，再次說出那句名言：「此陛下家事，非臣等所宜豫。」

於是，「上意乃決」。

在揣摩老闆心思上，李林甫甩張九齡一條朱雀大街。

太子李瑛、鄂王李瑤，以及光王李琚先被廢為平民，隨即全部賜死，連同他們的舅家，流放的、貶官的幾十號人。

武惠妃贏了，兒子李瑁卻同樣是輸家。

老爹奪走了三位哥哥的性命，同時也奪走了他的妻子 —— 那個叫楊玉環的大美女。

從此大唐畫卷上，除了激烈的朝堂黨爭、大漠的刀光劍影，又多了一抹濃豔。

李林甫排除異己的計畫還在繼續。

此時，他已經是玄宗政治綱領的堅定擁護者。手持利器，所向披靡，所有反對我的人，全部下臺，整個朝廷，必須都是我的支持者。

一個叫牛仙客的朔方節度使，因為節約軍費，使府庫充裕，李林甫上奏朝廷，讓牛仙客也做宰相，玄宗繼續同意，張九齡繼續說不。

經過一系列的明爭暗鬥，李林甫已經具有碾壓優勢。在一樁所謂污蔑宰相案件中，因為當事人是張九齡所舉薦，張九齡被牽連其中，貶到荊州，三年後在鬱鬱中去世。中書令的大印，收入李林甫囊中。至於那個搞技術的裴耀卿，也被他捎帶手收拾了。

這是賢相集團的終結，此後的大唐將在聚斂集團的帶領下開足馬力，迎接來自漁陽的鼙鼓聲。

大權獨攬，李林甫接下來就是斬草除根，任何不同的聲音都要

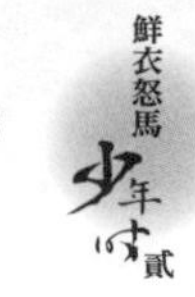

消滅。

他把諫官群臣召集到一起，頤指氣使：各位請看那些立仗馬，只要聽話，不吵不動，就能享受三品草料；如果亂動亂叫，馬上推出去。

「臣明白了」、「恩相，我懂了」…… 眾人一片附和聲。

「王拾遺，這麼和諧的朝堂氛圍，你要不要賦詩一首啊？」李林甫和藹可親，問中書省一個小官。

王拾遺一臉尷尬，「下官不善寫詩。」

「不善寫詩？你王維不善寫詩！」李林甫微笑依舊，「『所思竟何在？悵望深荊門。舉世無相識，終身思舊恩。』我看你這首《寄荊州張丞相》寫得很好嘛。」

王維無言。

「這樣吧，詩我就不要了，聽說你詩畫雙絕，寒舍裡新建了一座道觀，道觀裡有三面白壁，左邊是鄭虔的山水，右邊是吳道子的八仙，中間那塊，就差你的丹青了。」李林甫說完，揚長而去。

政壇一片寒意，邊境也瀰漫著血腥之氣。

從東北到西北，再到西南，除了東部和東南沿海，幾乎每個邊境都在打仗。

這些戰爭的性質後面另說，讓我們先看一下當時大唐的軍事家底和它面臨的威脅。

從開元初年改府兵制為募兵制以來，到開元末不到三十年，已經完成了軍事大換血。此時的大唐，在全國邊境屯兵共49萬人，戰馬8萬匹。

這些士兵分佈在全國十大軍區（藩鎮），每個軍區的一把手叫節度使。

具體兵力佈局如下（以下選取開元末天寶初的資料）：

范陽（治所幽州）：91400人

平盧、盧龍（治所營州）：37500人

河東（治所太原府）：55000人

朔方（治所靈州，今寧夏靈武）：64700人

隴右（治所鄯州，今青海樂都）：75000人

河西（治所涼州，今甘肅武威）：73000人

安西（治所龜茲城，今吐魯番一帶）：24000人

北庭（治所北庭都護府，今烏魯木齊東北一帶）：20000人

（這是西域兩大都護府，分管天山南北）

劍南（治所益州，今成都）：30900人

嶺南（治所廣州）：15400人

各大藩鎮根據實際情況，會將兵力分作若干小軍鎮。另外在山東、福建還分佈著少量軍隊，大概3000人。

廣袤的國土內部，除了長安有少量兵力用來拱衛首都，其他地方幾乎沒有兵卒。打籃球的都知道，後場不能沒人啊。這叫「強枝

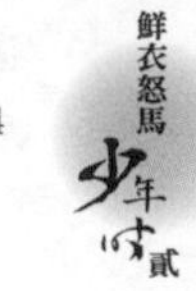

弱幹」。

後來趙匡胤就吸取了這個教訓，把大宋帶向另一個極端——「強幹弱枝」。

這將近50萬兵力是什麼概念呢？

當時大唐全國人口將近5000萬，相當於每百人就有一人從軍。不要小看這1%的徵兵率，在古代這算高的。如果按這個比例，我國現在有14億多人口，就會有1400萬軍人，這是無法想像的，中國現役軍人只有200萬。

在很多史料裡，唐玄宗背負的罵名總有一項，叫「窮兵黷武」。有沒有冤枉他，還得從大唐與周邊國家的戰爭性質說起。

自李世民、李治開始，唐朝疆域通過武力威懾、文化經濟輸出和公主輸出，國土面積達到頂峰，小弟們團結在大哥周圍，你牧馬來我耕田，互通有無，一片祥和。

唐玄宗繼位初期，在姚崇宋璟張說們的和平綱領下，與民休息，廣開言路，整治官吏，社會迎來大繁榮。在軍事上並沒有明顯的擴張行動。

英國人在清末說過，沒有永遠的朋友，只有永遠的利益。

到唐玄宗中期，吐蕃、突厥先後打破外交平衡，爭奪利益。朝堂日趨腐敗的政治，起到加速作用。

河西走廊烽煙再起。

李林甫家裡的壁畫墨迹未乾，王維便接到了新任務，到涼州出差。這是政治鬥爭慣用的伎倆，說好聽點，是讓你代表朝廷，去前線宣示皇恩，其實就是，你出局了。

理由非常充分。

河西節度使崔希逸，剛剛跟吐蕃大戰一場，吐蕃大敗。按照慣例，朝廷會派出使者前去慰問嘉獎。

於是，王維以監察御史的身份領命，駕著單車西出長安。過了蕭關（今寧夏固原），盡是茫茫戈壁大漠。這個隸屬河西軍區的關隘，在王維眼裡卻充滿詩意。

他隨手發了一個朋友圈：

單車欲問邊，屬國過居延。
征蓬出漢塞，歸雁入胡天。
大漠孤煙直，長河落日圓。
蕭關逢候騎，都護在燕然。

這就是流傳千古的《使至塞上》。「居延」是居延城，「燕然」是燕然山，即今天蒙古國境內的杭愛山。王維是用漢朝和匈奴來比喻大唐和吐蕃。

從詩歌的角度看，「大漠孤煙直，長河落日圓」，無疑是唐詩絕唱。

但如果從歷史的角度看，「都護在燕然」的信息量更大。「都護」是指崔希逸，他剛大敗吐蕃立下戰功，但戰爭並沒有平息，崔都護依然行軍在外。單看這句詩，貌似這是一個好打仗、能打仗的戰將。

其實不是。崔希逸雖然身為河西節度使，是個武將，卻有一顆熱

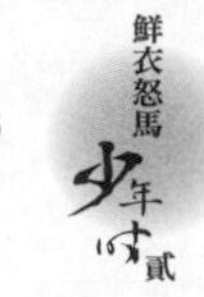

愛和平的心，是個和平主義者。

如果大家細看河西軍區及其治所涼州的位置，就會發現這是河西走廊的咽喉。它北面是突厥，南面是吐蕃，只留一條細長的通道，是大唐到西域的生命線。涼州、陽關、玉門關，在當時明明是彈丸之地，為什麼在唐詩中存在感那麼強？

位置太重要了。

大唐在這裡布下73000人兵力，也是這個原因，當然，吐蕃也一樣。邊境線上，雙方都是重兵防禦，劍拔弩張，搞得當地兩國的百姓不敢放牧種田。

崔希逸找到當時吐蕃的將領，對他說，兄弟你看，咱們兩國現在親如一家，何必弄得這麼緊張呢。百姓不敢種田，牧民不敢放牧。我提議，咱們都退兵，讓雙方的百姓安心搞農牧業。

原話是：「兩國通好，今為一家，何必更置兵守捉，妨人耕牧！請皆罷之。」

吐蕃的將領叫乞力徐。巧了，這位也是一個和平主義者。他對崔希逸說，崔大人啊，我知道你是個忠厚的人，不會欺騙我。但你們朝廷上的事，你未必說了算，萬一我撤兵了，你們來個突襲，我不就完了嗎。

崔希逸一聽，有道理，那咱們歃血為盟，指天發誓。雙方殺掉一隻白狗，把血抹在嘴上，發誓兩國遵守諾言，不主動用兵。

於是兩國邊境牛羊遍地，一派田園景象。

前面說了，大唐有很多附屬國，這些小弟如果被別人欺負了，就會找大哥出頭。

這一天，唐玄宗打開郵箱，收到一封勃律國發來的加密信：大哥救我，吐蕃砸我場子。

竟然欺負我小弟！唐玄宗馬上喊話吐蕃：住手。

雖然胳膊擰不過大腿，但不代表不敢擰。吐蕃向大唐投來輕蔑一笑，你說話不好使啦。

看過古惑仔電影的都知道，這個時候，當大哥的十有八九會出頭。小弟都不管了，大哥威信何在！

插一句，勃律國就是現在的喀什米爾，跟中國西藏和新疆搭界，那地方至今一半被巴基斯坦統治，一半被印度佔據，戰火一直沒停止過。

按說，這裡距離河西軍區有幾千里，戰火再大，也燒不到坐鎮河西的崔希逸。可命運就是個脫口秀演員，總有意外等著你。

崔希逸有個叫孫誨的侍從，一心要建立軍功，借著入朝的機會向朝廷提議，說現在吐蕃已經撤兵了，沒有防備，咱們突發奇兵，一定能打他個措手不及。玄宗太喜歡這個消息了，馬上安排一個官員跟著孫誨回河西，讓他們見機行事。

這個早看見「時機」且一心要打仗的官員，一見到崔希逸，就宣讀了聖旨，命他進攻吐蕃。

抗旨是不可能的。崔希逸一聲歎息，調集兵馬，深入吐蕃兩千里，斬首吐蕃士兵二千人，乞力徐倉皇逃命。不難想像，乞力徐見到吐蕃王，會怎麼評價大唐和崔希逸。

這場戰役的結果是，那兩名主戰的官員「皆受厚賞」，「自是吐蕃復絕朝貢」。

大唐與吐蕃僅有的信任，從此土崩瓦解。

王維穿過長河落日，來到大漠孤煙的涼州，給崔希逸送來了朝廷的嘉獎，也送來另一千古名篇：

居延城外獵天驕，白草連天野火燒。
暮雲空磧時驅馬，秋日平原好射雕。
護羌校尉朝乘障，破虜將軍夜渡遼。
玉靶角弓珠勒馬，漢家將賜霍嫖姚。

——《出塞作》

依然是借漢朝說唐朝：居延城外，胡人策馬奔騰，燒掉草原驅趕獵物，彎弓射大雕。

崔大人帶著校尉，朝登城牆，夜渡遼水，戰功赫赫。看啊，那些鑲玉寶劍、雕弓寶馬，就是對你們 —— 我大唐的霍去病們的賞賜。

隨後吐蕃反攻，又被崔希逸打敗。他榮耀加身，不久後卸任河西節度使，回到洛陽做了河南尹。

戰場的硝煙遠去了，可他心裡的愧疚越來越重，那是個重然諾、重義氣的時代。崔希逸回到洛陽，「自念失信於吐蕃，內懷愧恨，未幾而卒」。臨死前，他讓女兒出家為尼，一生青燈古佛，超度那些死在戰場上的孤魂。

一個人的努力很重要，但也要考慮歷史的進程。

崔希逸和乞力徐，這兩個和平主義者的努力，最終還是湮滅在歷史進程裡。

07 戰士軍前半死生

西部烽火不絕，東北也煙塵瀰漫。

此時，張守珪的名將人設已經崩塌，每次跟契丹和奚打仗，戰敗謊報大捷，小勝虛誇成逆天功勞。安祿山對乾爹的決定完全贊同，因為他更沒有崔希逸那種和平思想，他是雇傭兵，是軍閥，戰場上的鮮血會讓他興奮。

打仗 —— 邀功 —— 封賞加官 —— 繼續打仗。

東北唐軍把這套閉環玩得賊溜，唐玄宗也樂於聽到好消息。當年姚崇十條建議中的「不貪邊功」，早被他丟在了華清池裡。

但是，騙得了遠在長安的玄宗，騙不了高適。

王維是畫家之眼，大漠孤煙，長河落日，皆是邊塞的寧靜。

高適是軍人之眼，幽燕狼煙，血肉橫飛，盡是前線的殘酷。

這一切，都寫在他的《燕歌行》裡。

這首詩很長，但我還是決定全篇錄上。因為這首詩很矛盾，又很客觀，堪稱當時的一個歷史切片。史書冰冷的事件，在這裡有了溫度。

開頭四句，寫得很客觀：

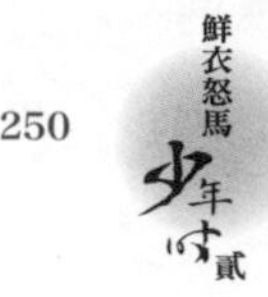

漢家煙塵在東北，漢將辭家破殘賊。
男兒本自重橫行，天子非常賜顏色。

仍是以漢喻唐，東北硝煙不絕，契丹和奚很殘暴。我大唐男兒本來就善於縱橫沙場，玄宗也非常賞臉，恩寵有加。

摐金伐鼓下榆關，旌旆逶迤碣石間。
校尉羽書飛瀚海，單于獵火照狼山。

山海關下，鳴金擂鼓。碣石之間，旌旗蔽日。軍事文書飛越大漠，契丹的獵火照亮狼山。

山川蕭條極邊土，胡騎憑陵雜風雨。
戰士軍前半死生，美人帳下猶歌舞。

我們的邊境山川蕭條，敵人的鐵蹄侵如風雨。戰士們在沙場拼命，將帥們卻伴著美人歌舞。

各位請注意，愛國將領和為個人利益而戰的軍閥，本質區別就在於是不是為了百姓。當時距離安史之亂還有十幾年，高適非常敏銳，他已經隱隱感到戰爭的變味。

他接著寫道：

大漠窮秋塞草腓，孤城落日鬥兵稀。

身當恩遇常輕敵，力盡關山未解圍。
鐵衣遠戍辛勤久，玉箸應啼別離後。
少婦城南欲斷腸，征人薊北空回首。

大漠深秋，草原枯萎，落日下的孤城，士兵們絕望堅守。他們原本是勇敢的，卻陷於重圍。他們身著鐵甲遠赴沙場，妻子在家提心吊膽，而他們能做的，只是向家鄉眺望。

邊風飄颻那可度，絕域蒼茫更何有。
殺氣三時作陣雲，寒聲一夜傳刁鬥。
相看白刃血紛紛，死節從來豈顧勳？
君不見沙場征戰苦，至今猶憶李將軍。

山高路遠，絕境蒼茫，他們很難回家了。陪伴他們的，只有一日三時、如同烏雲壓頂的殺氣，只有寒夜裡驚心動魄的刁鬥聲。

最後，高適說出最重要的一點：這些血染沙場的士兵，是抱著保家衛國的大義而戰，不是單純為了功勳。正是征戰太苦，死傷太多，所以士兵們都想有一個李廣那樣的將領。

提起李廣，大家首先想到的是戰神，畢竟「飛將軍」這個綽號，還是匈奴人給他取的。但在這首詩裡，高適更多的是指李廣的為將之道。

李廣非常愛惜士兵，清廉樸素，得了賞賜先分給部下，跟士兵一個鍋吃飯，不搞幹部食堂。行軍途中遇到水源，士兵沒喝李廣不喝，

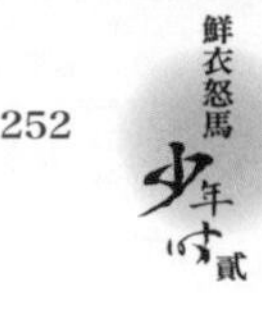

士兵沒有吃完飯，李廣一口不吃。他死後，家裡沒有多餘的財產。所以士兵們都願意跟著他打仗。

這才是高適想說的：大唐的兵是好兵，將帥不靠譜。

盛世大唐，已經埋下亂世的伏線。

這首詩太牛，以至於好哥兒們王昌齡忍不住一鍵三連，用一篇大作《出塞》聲援：

秦時明月漢時關，萬里長征人未還。
但使龍城飛將在，不教胡馬度陰山。

如果有李廣在，吐蕃、突厥和契丹們怎麼敢侵擾邊境！

這真是悲壯，無奈，諷刺。泱泱大唐，居然期待一個前朝將領！說明什麼？說明邊將的驕橫與腐敗，已是普遍現象。

時間來到西元742年，大唐啟用新年號「天寶」，開元盛世正式翻篇，唐玄宗也迎來了他的下半場。

08 詩歌的頂峰，詩人的低谷

要打仗，就得花錢。要籌錢，就得徵稅。

「開元之前，每歲供邊兵衣糧，費不過二百萬；天寶之後，邊將奏益兵浸多，每歲用衣千二十萬匹，糧百九十萬斛，公私勞費，民始困苦矣。」(《資治通鑑》)

也就是說，從天寶開始，軍費是原來的五六倍，百姓負擔非常重。

這一年，大齡青年高適還在老家，讀書種地，對著民間疾苦歎息。

杜甫此時已經結束吳越和齊魯之遊，回到洛陽。他的詩囊裡已經裝了幾首註定不朽的詩歌，「會當凌絕頂，一覽眾山小」，大唐的繁榮和現實的窘迫，交織在他三十歲的軀體裡。

杜甫搬到洛陽郊區的首陽山，開挖了幾間窯洞，作為藏身之所。他在洛陽四處求職，處處碰壁，兩京的官場早沒了提攜後輩的傳統。禍不單行，他視如生母的姑媽又在這時去世。唯一的慰藉，是那個姓楊的姑娘，在這時嫁給了他。貧賤結夫妻，杜甫終其一生，都和楊姑娘恩愛有加。

這段時光，杜甫後來說起，只用了十個字：

二年客東都，所曆厭機巧。

——《贈李白》

他遇見很多投機取巧、蠅營狗苟的人，他在洛陽沒有歸屬感，如

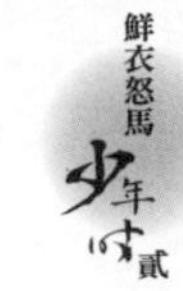

同過客。這首詩傾訴的對象，是那個叫李白的傢伙。

當然，此時的李杜還互不相識，超級網紅李白也體會不到「客東都」的感受，因為他剛剛收到朝廷的詔書，一路狂奔來到長安。

臨行之前，他得意忘形，喊出唐詩裡最狂妄也是最容易打臉的一句話：

> 仰天大笑出門去，我輩豈是蓬蒿人。
>
> ——《南陵別兒童入京》

他很快就笑不出來了。

笑的是唐玄宗，他對李白呵呵一笑：你呀就是蓬蒿。

那個時期，唐玄宗只喜歡兩種人，一種是能給他提供樂趣的人，比如楊玉環，比如樂工。有個叫賈昌的少年，因為善於鬥雞，被唐玄宗請進宮裡，恩寵有加。賈父在老家去世，賈昌千里奔喪，一路上盡是地方官扶著喪車痛哭。當時民謠唱道：「生兒不用識文字，鬥雞走馬勝讀書。賈家小兒年十三，富貴榮華代不如。」

四十一歲的李白很快發現，他在玄宗心目中的位置，並不比那個鬥雞的小青年高多少。

找他進宮，不過是唱唱帝王讚歌，寫寫貴妃美貌：

> 雲想衣裳花想容，春風拂檻露華濃。
>
> 若非群玉山頭見，會向瑤臺月下逢。
>
> ——《清平調》

唐玄宗喜歡的第二種，是能給他搞錢的人。

從韋堅到楊慎矜，再到王鉷，政壇上呼風喚雨的，是一個個財政能手。李林甫挑起大樑，聚斂集團你來我往，一邊相互傾軋，一邊聚攏財富。

這些人的政策，當然會有一些有利的部分，但農業時代的天花板非常明顯，物力達到一定程度就會內卷，國富的代價，一定是民窮。

拿戶部侍郎王鉷來說，沒有他榨不出的油水。這一年，有些地方因為自然災害等原因，朝廷對那裡的農戶免徵租稅。

不收稅怎麼弄錢啊。

王鉷另下一道指令：你們這些小民，要感謝朝廷隆恩，既然免你們的稅了，那從你們這裡經過的運糧費用，你們承擔一下。

結果，這些地方的農民，承擔的運費比原本的租稅還多一倍。

農民苦，軍人呢？更苦。

按照當時法律，凡是軍人都免租稅，以六年為期。這原本是個合理的制度。可王鉷把控著戶部，很多士兵都戰死了，卻不讓他們銷戶。六年後，軍人家庭繼續多交一個人的稅。

讓為國捐軀的人交納「死人稅」，王鉷可真是一把斂財好手。

要命的是，這些錢並沒有進入國庫，而是進入了唐玄宗的內庫，進入了財政大員們的家庫。

更要命的是，這不是王鉷一個人能辦到的。前線的將領們也不願意報告傷亡數量，死的人多了，那多沒面子，況且，朝廷撥給的軍費，豈不是要減少了。

於是，歌舞昇平，捷報依舊。

閨中少婦不知愁，春日凝妝上翠樓。

忽見陌頭楊柳色，悔教夫婿覓封侯。

王昌齡這首詩叫《閨怨》，其實，有怨的何止那些軍嫂，還有把兒子送上戰場的父母。當他們的男人、兒子、父親消息斷絕，生死未卜，甚至已經死亡，而家裡還在交稅時，建功立業光宗耀祖的夢就已幻滅了。

明月出天山，蒼茫雲海間。

長風幾萬里，吹度玉門關。

漢下白登道，胡窺青海灣。

由來征戰地，不見有人還。

戍客望邊邑，思歸多苦顏。

高樓當此夜，歎息未應閑。

這首《關山月》，似乎是李白對王昌齡的回應。初讀時，我們往往只驚歎於前四句的磅礴。只有就著歷史，才能感受到詩仙的溫情。最後四句是說，那些前線的士兵遙望邊城，悲苦愁悶，他們的妻子也在夜晚登上高樓，哀歎不絕。

可是，此時的大唐蒸蒸日上，誰會在乎一個閨中少婦的愁怨呢？

近六旬的唐玄宗不在乎。楊玉環豐滿的曲線，起伏著江山的輪廓。華清池的溫泉，蒸騰著盛世煙霞。「一騎紅塵妃子笑」，「君王從此不早朝」。

那些瑣碎的政務，就交給李相去處理吧。

「上從容謂高力士曰：『朕不出長安近十年，天下無事，朕欲高居無為，悉以政事委（李）林甫。何如？』對曰：『…… 天下大柄，不可假人。』」（《資治通鑑》）

玄宗當然沒聽高力士的。從這點講，晚年的唐玄宗，還不及一個太監有見識。

高興的是李林甫，他即將走向權力巔峰。

唐玄宗每放下一些權力，就意味著李林甫多了一些權力。此時，他已經身兼十幾個職位，政治、軍事、財政、人事無所不包。他已無所忌憚。

一場政治大絞殺開始了。

李林甫打擊政敵，簡直是無差別對待，只要政見不和，威脅到他的權力，他一定置對方於死地。什麼「野無遺賢」，把持人事任免，擠掉幾個小文官之類，對他來說都是毛毛雨，都不用親自出面。

財政大臣韋堅，左相李適之，戶部侍郎楊慎矜，河西節度使皇甫惟明 …… 一個個朝臣都死在李林甫的「口蜜腹劍」下。

請注意，這些人可都不只是一個人，還包括他們身後的家族、朋友、同僚。比如當時大名鼎鼎的書法家李邕，是文壇老前輩，本來在山東談詩論文，罵罵崔顥，誇誇杜甫，指點指點李白，活得好好的，卻被長安飛來的一口大鍋砸中。李林甫派人到山東，竟將這位七十歲的老人活活杖殺。

李林甫整人的手段並沒有什麼創新，都是古老的「政鬥」手藝。

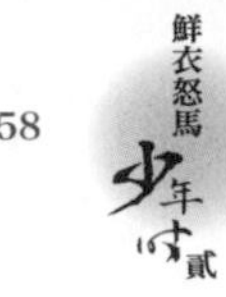

先尋找所謂的證據，沒有證據就製造證據，扣上一個天大的罪名，謀反啊，私藏讖書啊，等等。然後派出他的兩大酷吏，一個叫吉溫，一個叫羅希奭，嚴刑審訊。這兩位在當時人稱「羅鉗吉網」，提起這兩個名字就令人膽寒。

大唐自武則天時期的酷吏死灰復燃，再創輝煌，沒有撬不開的嘴，沒有定不了的罪，沒有拿不下的人。

很多人聽說李林甫的酷吏上門，都會說一句諜戰片裡的經典臺詞：「我知道你們的手段。」隨後自殺。

西元747年，唐玄宗決定攻打吐蕃人佔據的要塞——石堡城（今青海省湟源縣日月鄉）。

當時統領河西、隴右兩大軍區的王忠嗣，向唐玄宗建議，說石堡城居高臨下，只有一條小路可以上去，易守難攻，要拿下它至少得死掉好幾萬士兵。並且那地方一片荒蕪，就算拿下來用處也不大，總之是不划算。

此時的玄宗，已經很難聽進誰的建議了。在他看來，這就是畏戰。於是罷免王忠嗣的一把手，讓他做副手，協助董延光攻城。

王忠嗣是個難得的人道主義者，他曾說過：「太平之將……不可疲中國之力以邀功名。」

一個從心底裡不願打仗的人，自然不會全力以赴。整個攻城過程，王忠嗣不拒絕，不主動。如果戰勝了，這也沒什麼大錯。可如果戰敗，問題就嚴重了。

石堡城一戰，果然如王忠嗣所料，易守難攻，唐軍大敗。董延光打仗不行，甩鍋一流，立刻上奏玄宗，說王忠嗣阻撓軍計。

王忠嗣會阻撓軍計嗎？估計連唐玄宗自己都心虛。

在當時，王忠嗣的名望不是一般的大。他父親王海賓在李隆基還是太子時，曾是太子府軍隊的一把手，忠心耿耿。後來率軍出征，對抗吐蕃，立下赫赫戰功，不幸戰死沙場。

父親死時，王忠嗣還不到十歲。唐玄宗把這個烈士遺孤接回宮裡撫養，讓他與現在的太子李亨一起讀書，兩人情同手足。連「忠嗣」這個名字都是玄宗親自為他取的，意為「忠良後嗣」。

長大後，王忠嗣青出於藍，諳熟兵法，作戰勇猛，跟殺父仇人吐蕃打仗，很少會輸，威震西域幾千里。

這樣一個人，有必要阻撓軍計嗎？！

李林甫又站了出來：「可以有。」

他向唐玄宗說了另一種可能。「皇上啊，王忠嗣曾經給我說過，他自幼在宮中長大，與太子關係很鐵，打算保留兵力，擁立新君。」

中唐劉禹錫遭受政治打擊，曾有一句詩：「長恨人心不如水，等閒平地起波瀾。」

李林甫是個中高手，等閒平地，也能推波助瀾。唐玄宗半信半疑。

他信的，是他的兒子李亨。

唐玄宗說：「吾兒居深宮，安得與外人通謀，此必妄也。」

他懷疑的是王忠嗣。唐玄宗將他召回長安，打入大牢，三司會審。所幸，畢竟是誣陷，並沒有找到證據。一紙調令，把王忠嗣貶出中央。

王忠嗣下臺了，董延光不靠譜，派誰打石堡城呢？

一首民歌從西北響起：

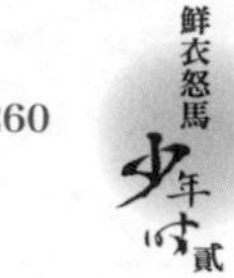

北斗七星高，哥舒夜帶刀。

至今窺牧馬，不敢過臨洮。

沒錯，王忠嗣手下還有兩員大將，一個叫李光弼，一個就是這首民歌的男主，名叫哥舒翰。

兩年後，唐玄宗命令哥舒翰再次攻打石堡城，此時的哥舒翰已是隴右節度使，集結六萬多大軍，開到石堡城下。

等待這些士兵的，不是刀劍弓弩，不是鐵馬堅盾，而是兩種很原始的武器 —— 滾石和圓木。

吐蕃守兵佔據高地，看到往上爬的唐兵，只需扔木頭大石，就能碾壓一片。

十幾天的血戰後，哥舒翰終於攻下石堡城，唐軍清理戰場，發現吐蕃守軍只有數百人，俘虜四百人。而唐軍死亡人數，是數萬。

這個資料出自《資治通鑑》，有點不可思議，目前史學界存在爭議。

但一個不爭的事實是，唐軍以血流成河的代價，只換取了微不足道的所謂軍功。

更諷刺的是，既然攻了城、略了地，總不能不管吧。哥舒翰就在這裡駐紮了兩千兵力，開荒守衛。沒過多久，吐蕃又集結兵力殺了回來，輕鬆奪回石堡城。

一切都如王忠嗣所料。

那數萬大唐士兵的血，算是白流了。

這一年的李白，早已「賜金放還」，離開長安。詩歌的盛世，卻容不下詩仙。

戰場上的殘酷，政壇上的陰謀，都寫在太白的詩句裡：

君不能狸膏金距學鬥雞，坐令鼻息吹虹霓。
君不能學哥舒，橫行青海夜帶刀，西屠石堡取紫袍。

狸膏是狐狸的脂膏，抹在鬥雞頭上，威懾敵雞；金距是裝在雞爪上的刀片；紫袍是高官的官服。

這兩句是說：你不能像賈昌那樣，整天琢磨怎麼鬥雞，以此獲寵，鼻孔朝天；也不能像哥舒翰那樣，用士兵的鮮血換取紫袍加身。

黃金散盡交不成，白首為儒身被輕。
一談一笑失顏色，蒼蠅貝錦喧謗聲。

跟他們一起喝酒，還是成不了朋友，我這個書生總被輕視。跟他們在一起，一談一笑都要小心，他們像蒼蠅一樣喜歡羅織罪名。

君不見李北海，英風豪氣今何在！
君不見裴尚書，土墳三尺蒿棘居！
少年早欲五湖去，見此彌將鐘鼎疏。
——《答王十二寒夜獨酌有懷》

你看李邕，被他們整死了。裴敦復，也被他們整死了。

咱們啊，還是早點歸隱吧，功名利祿別看太重。

朝廷的腐爛，連李白這個政治小白都看出來了。

這首詩裡還有一句：「世人聞此皆掉頭，有如東風射馬耳。」李白說得對，玄宗、李林甫都在忙大事，顯然不會在意一個儒生的高談闊論，東風射馬耳，就是耳邊風。

我們總說李白是浪漫主義詩人，好像這傢伙一身仙氣，不食人間煙火，更不會關心國計民生。

其實不是的，李白也有現實主義的時刻。

還是這兩年，另一首現實主義大作橫空出世，詩仙飄逸的身影，突然厚重起來。

來吧，讓我們看看詩仙眼中的天寶底色。這首詩叫《戰城南》：

> 去年戰，桑乾源，今年戰，蔥河道。
> 洗兵條支海上波，放馬天山雪中草。
> 萬里長征戰，三軍盡衰老。
> 匈奴以殺戮為耕作，古來唯見白骨黃沙田。
> 秦家築城避胡處，漢家還有烽火燃。
> 烽火燃不息，征戰無已時。
> 野戰格鬥死，敗馬號鳴向天悲。
> 烏鳶啄人腸，銜飛上掛枯樹枝。
> 士卒塗草莽，將軍空爾為。
> 乃知兵者是兇器，聖人不得已而用之。

桑乾河在北方，蔥河在新疆，條支是當時的西域古國。

這些衰老的士兵常年征戰，無辜死亡，無人收屍，將領們也沒什麼收穫。最後一句顯然是說給朝廷的，不要輕易打仗。

可惜，李白說到底只是個詩人，用五絕還是用七律，他說了算。打不打仗，朝廷說了算。

西元745年是天寶四載。

這一年，安祿山手握范陽、平盧兩大軍區重兵，侵犯契丹和奚。契丹王殺掉玄宗的外孫女，奚王殺掉玄宗的外甥女，同時跟大唐決裂。可憐這兩個和親的公主，才剛剛嫁到這裡半年。

這一年，李林甫帶著他的「羅鉗吉網」，正在大殺四方，左相李適之即將被擠下相位。

還是這一年，杜甫三十三歲準備離開洛陽，到長安尋找機會。他很快就會看到李適之的豪邁和酒量，並為這個左相寫下《飲中八仙歌》的名句：

> 左相日興費萬錢，飲如長鯨吸百川，銜杯樂聖稱避賢。

當然，這一年最風光的人，是二十六歲的楊玉環，她剛剛晉升為大唐貴妃。六十歲的唐玄宗，皺紋裡都是滿滿的荷爾蒙，於是「三千寵愛在一身」。

此時這些人還不知道，也是這一年，在遙遠的四川，一個小混混已經收拾好行囊，即將來到長安。不久之後，他將改變所有人的命運。

他的名字，叫楊國忠。

09 楊家發跡，祿山亂舞

彼時，大唐的政治文明早已破壞，邊將們如果朝中沒人，很缺乏安全感。

劍南節度使章仇兼瓊，就是其中一個。

順便插一句，大名鼎鼎的樂山大佛，就得到過章仇兼瓊的巨額資助。很顯然，朝中有李林甫在，佛祖也不能給他安全感。

他必須找一個靠山。

章仇兼瓊有一個幕僚，名叫鮮于仲通（二人都是罕見的複姓，緣分）。鮮于仲通是個官場老混混，就向章仇兼瓊推薦了楊國忠這個小混混。

一頓高規格的招待後，楊國忠受寵若驚，問兩位四字大人：「你們找我做什麼？」

章仇大人說：「找你妹啊。」

楊國忠懂了。在長安受恩寵的不僅是一個貴妃妹妹，還有貴妃的三個姐姐。楊家三姐妹也是烈火烹油，分別被封為秦國夫人、韓國夫人、虢國夫人。

其中的虢國夫人，曾經還是楊國忠的小甜甜。這一對野鴛鴦也好久沒見了。

一到長安，在楊家妹妹的推薦下，楊國忠很快進宮。唐玄宗不把這個遠房大舅哥當外人，每次玩樗蒲，都讓楊國忠在旁邊陪侍。

楊國忠不僅辦事靈活，能說會道，還有一項突出的天分，就是數學特別好。玄宗跟楊家姐妹玩牌，楊國忠就在一旁計算輸贏，反應敏捷，帳目清楚。

小混混的賭場手藝，居然受到玄宗的看重——

「來吧，大舅哥，朕的金吾衛還有個閒職，就你了。」

楊國忠正式走上仕途。

誰也不會想到，這個之前連縣尉都做不好的小混混，從此坐上了火箭，平步青雲。只用了三年，就身兼十幾個職位。

其中三個：一個是給事中，屬於內侍官，皇帝的顧問，可參議朝政；一個是御史中丞，國家最高監察機構御史臺的二當家；還有一個叫度支侍郎，是掌管財政的高級官員。

「年輕人，有前途，老夫看好你哦！」

李林甫向楊國忠發出了邀請。一個是政壇老狐狸，一個是皇帝新寵，二人一拍即合。

在李林甫的大清洗運動中，楊國忠負責揭發，吉溫、羅希奭負責審問定罪，配合默契，所向披靡，被他們整得家破人亡的，有數百家。

楊家也烈火烹油，進身公卿豪門，送禮的、請托的、巴結的，「四方賂遺，輻湊其門，惟恐居後，朝夕如市」。還有數不清的民脂民膏，玄宗的賞賜，一齊湧入楊門。

《虢國夫人游春圖》是唐代名畫，不過那只是楊家的一個剪影，他

們真實的生活，是窮人無法想像的。

他們吃的菜，一盤的價格等於十戶百姓的家產。他們看上誰家的地，都不用找拆遷部門，直接把人家的房子拆掉。他們建好了房子，如果看到別人的更豪華，哪怕剛建好也照樣推倒重建，毫不心疼。

每當我在腦海中還原這個場景，總會在嶄新的瓦礫旁，看到一個落寞消瘦的身影，那個人叫杜甫。

此時的杜甫，已經在長安做了幾年「京漂」，他買不起房子，居無定所。

白天，他四處求職，在雄偉的長安城受盡白眼：

朝扣富兒門，暮隨肥馬塵。
殘杯與冷炙，到處潛悲辛。

——《奉贈韋左丞丈二十二韻》

晚上，他回到長安郊區的杜陵，踩過積雨的泥濘，濕滑的青苔，餓腸轆轆地走進他的破屋，寫那些無人問津的詩歌：

長安苦寒誰獨悲，杜陵野老骨欲折。
南山豆苗早荒穢，青門瓜地新凍裂。
…………
飢臥動即向一旬，敝裘何啻聯百結。
君不見空牆日色晚，此老無聲淚垂血。

——《投簡咸華兩縣諸子》

讓杜甫「淚垂血」的，當然不只是十天的斷糧，以及補丁摞補丁的衣服，還有他剛出生的兒子。

落魄的詩人，無能的丈夫，慚愧的父親，絕望的現實。

杜甫當哭。

他的那些朋友，也沒人幫得了他。

好兄弟岑參去了遙遠的西域，在安西節度使高仙芝帳下，做了軍中掌書記。

「今夜不知何處宿，平沙萬里絕人煙。」西域的朔風和狂沙，吹不涼年輕的熱血。

年近半百的高適，終於在張九皋和顏真卿的推薦下，做了一枚小小的封丘縣尉，工作內容是拜迎領導，逼迫百姓交稅。

高適是個坦蕩的人，在他的《封丘作》中寫得明明白白：

只言小邑無所為，公門百事皆有期。
拜迎長官心欲碎，鞭撻黎庶令人悲。

順便插一句，張九皋是張九齡的弟弟，宦海沉浮，始終兄弟相依。五百年後，張九皋這一支的族譜上，新添了一個後人，他在長安的門戶潼關，發現了歷史的秘密：「傷心秦漢經行處，宮闕萬間都做了土。興，百姓苦；亡，百姓苦！」這個後人叫張養浩。

張九皋、顏真卿二人合力，才給高適弄到一個縣尉，說明他們的仕途也都不順。前面說了，楊國忠是御史臺領導，而顏真卿是監察御

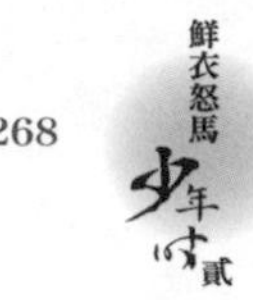

史，很不幸，歸楊國忠管。他們的個性和為人，是兩個極端，顏真卿註定不會好過，所以經常被派往河西、隴右送兵，淨是苦活累活。

高適也好不到哪兒去，縣尉的另一項工作，就是在內地徵兵，送往前線。這一年，帶著一隊剛入伍的新兵蛋子，高縣尉向幽州出發了。

遙遠的東北，有寒風呼嘯聲，有金戈鐵馬聲，還有夢想破碎的聲音。

安祿山這個戰爭狂人已經徹底發狂。唐玄宗相信他肥胖的肚子裡，全是赤膽忠心，賜給他丹書鐵券；李林甫相信這個不識字的胡人將領，軍功再高也威脅不到他的相位。安祿山無所顧忌，他喜歡請敵人的將領喝酒，在酒裡下藥，毒死之後割下他們的頭顱，快遞到長安邀功。

當他驅趕著八千俘虜到長安時，唐玄宗笑得都抱不動玉環了，下令在長安給安祿山建豪宅，標準就一條 ——「但窮壯麗，不限財力」，「廚廄之物皆飾以金銀」。

安祿山憨厚一笑，臣不在乎錢，看重的是陛下的恩寵。

他確實不在乎錢，因為唐玄宗還給了他自行鑄錢的權力。除范陽、平盧兩大軍區外，又把河東軍區也交給了安祿山。

楊玉環也認安祿山做了乾兒子，據說還為安祿山洗身，他可以自由出入皇宮，「通宵不出」。《紅樓夢》裡說，安祿山用木瓜弄傷了楊玉環的D罩杯，我都懷疑曹公是不是看過絕密史料。

不好意思，走神了，咱們繼續說史料。

安祿山的恩寵，全部建立在軍功上。可惜，這些軍功很多是假的。

高適在封丘徵兵之際，安祿山「誣其（契丹）酋長欲叛」，集結六萬大軍向契丹進發。一路上天降大雨，唐軍的弓弩長時間浸水，弓弦鬆弛，將領對安祿山說：「咱們的弓弩不好使了，又跑了幾百里，都是疲憊之師，先緩緩再打。」

安祿山大怒，他建功心切，依然發起總攻，結果被契丹和奚兩面包抄，六萬人傷亡殆盡。安祿山只帶了二十名親隨逃回大本營。

打了敗仗，總得有人負責吧。安祿山拿起鍋就甩給了他的兩員大將，直接殺掉。

他那個叫史思明的小夥伴也相當狡猾，戰敗後在山谷裡躲了二十多天，才帶著七百多名散兵回來。安祿山緊緊握著他的手：「好兄弟，有你在哥就放心了。」

史思明連表忠心，後來對手下說，要是我早點從山裡出來，也會被安祿山殺掉。

我們不禁要問，堂堂朝廷正規軍，安祿山愣是搞成軍匪，朝廷就不管不問嗎？

當然會管。朝廷會定期派出巡察官員，到各大軍區視察。但安祿山的方法就一招 —— 砸錢。每次使者來（宦官居多），安祿山就用大把的錢賄賂，反正他不差錢。

使者回朝後，就一個勁地誇安祿山，治軍有方，賞罰分明，威震東北 …… 反正玄宗也喜歡聽。

將不積極？沒關係，給他們封官。兵有死傷？沒關係，給你補充。

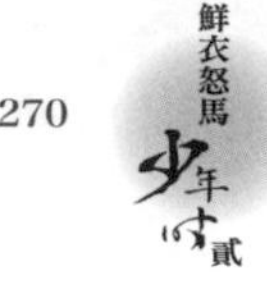

於是，一批又一批內地士兵，被送到安祿山麾下。

高適，只是向幽州送兵的無數個縣尉中的一個。幸好他還是個詩人，他用詩歌，佐證著歷史的真相：

北使經大寒，關山饒苦辛。
邊兵若芻狗，戰骨成埃塵。

——《答侯少府》

這是高適在安祿山軍中的所見所聞。士兵們像狗一樣，被安祿山驅趕到戰場上，埋骨黃沙。

徵兵時，這些年輕人聽到的，是大唐健兒保家衛國，建功立業。但在安祿山眼裡，不過是一群狗。

高適又寫道：

星高漢將驕，月盛胡兵銳。
沙深冷陘斷，雪暗遼陽閉。
…………
歸旌告東捷，鬥騎傳西敗。
遙飛絕漢書，已築長安第。

——《贈別王十七管記》

安祿山驕奢，契丹兵銳。這邊剛潰敗，那邊已有捷報送往朝廷。

公文剛離開大漠，唐玄宗在長安給安祿山建造的豪宅已經落成。

還是晚唐人看得清楚：

憑君莫話封侯事，一將功成萬骨枯。

——《己亥歲》

安祿山的豪宅下面，寶座下面，全是累累白骨。但他沒有罷手，第二年春天，重新集結二十萬大軍殺回契丹，報仇雪恥。

高大人暫且忍耐，就在前方，命運已經為你安排了消愁解恨的機會。

此時的高適還不知道，唐軍的潰敗不只在東北，另一場恥辱之戰，也在大西南打響。

10 邊庭流血成海水

楊國忠發達後，很快回報了章仇兼瓊和鮮于仲通。前者調回中央，做了戶部尚書；後者接替前者，從小幕僚變成了劍南節度使。

前面說過，當時大唐和周邊國家，是一種大哥制霸江湖的局面，契丹、吐蕃、突厥這些是硬氣的小弟，經常挑釁大哥，挨打了就給大哥端茶遞煙，大哥也適可而止，免得丟了風度。

還有一種是忠誠的小弟，默默無聞地追隨大哥。南詔就是其中

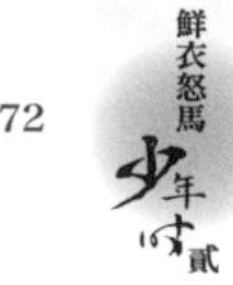

一個。

初唐時候，雲南大理一帶原本有六個小國。從李世民開始，唐朝大哥幫助最南面的一個小國統一了雲南，建立南詔國。

在此後一百多年裡，南詔躲在唐朝的羽翼下，沒人敢欺負，生活安定，人口眾多，逢年過節給大哥磕個頭，孝敬點禮物，原本相安無事，歲月靜好。

到了鮮于仲通做劍南節度使時，平靜突然被打破了。

按照當時兩國禮節，南詔王要經常帶著王族去覲見劍南一把手，說白了，就是讓大哥知道你的動向，增進關係，友好外交。

覲見途中，會經過唐朝雲南太守張虔陀的治所，這傢伙是個垃圾官僚，每次都會姦污人家的王妃。

南詔王畢竟是小弟，不敢輕易跟大唐對抗，綠帽子戴了好久。可是張虔陀依然不甘休，一直向南詔王索賄，其實就是敲詐，南詔王沒有答應，張虔陀就多次辱罵他，最後竟然上奏朝廷，要治南詔王的罪。這是明擺著欺負人，我是大唐的官，你能咋的。

南詔王終於憤怒了，帶著兵馬就殺入雲南郡，手刃張虔陀，攻佔城池三十二座。

小弟大哥，徹底翻臉。

這一地區屬於劍南軍區治下，鮮于仲通很快徵調八萬大軍，向南詔首府大理進發。

南詔王如果留下回憶錄，一定會記下一句話：「我當時害怕極了。」

他先是解釋：「大哥啊，我是迫不得已啊，張虔陀太欺負人了。」

鮮于仲通抽出一支雪茄。

南詔王又示弱：「大哥，我願意歸還所有戰利品，把毀壞的城池修好，再還給你們，然後我滾回我老家，你看行不？」

鮮于仲通吐出一口菸圈。

南詔王慌得一批：「大哥，你要再逼我，我可要投靠吐蕃了，到時候雲南就不是大唐的了。」

原話是：「若不許我，我將歸命吐蕃，雲南非唐有也。」

鮮于仲通哈哈大笑：「怕了吧！晚了！傳令三軍，進攻！！！」

然後……

然後，大唐潰敗了。八萬大軍死了六萬多。白居易有詩：「鮮于仲通六萬卒，征蠻一陣全軍沒。至今西洱河岸邊，箭孔刀痕滿枯骨。」

南詔王把唐軍的屍體收集起來，堆成一座山丘，轉頭對吐蕃跪拜：「大哥，小弟來了。」

吐蕃很高興，封南詔王為「贊普鐘」。「贊普」是吐蕃王的稱號，「鐘」字是蠻語中的「弟弟」的意思。

歸順吐蕃前夕，南詔王在國門前豎起一塊石碑，上面刻著：「我世世事唐，受其封賞，後世容復歸唐，當指碑以示唐使者，知吾之叛非本心也。」

從此，大唐多了一支敵軍，吐蕃開了一個外掛。

按說這一場外交、軍事雙失敗，鮮于仲通應該會受處罰吧？

並沒有。

地方官需要朝廷大官的保護傘，朝官也需要地方的軍事後盾。在

權力的遊戲中，這是一種默契。

此時的楊國忠，還是劍南軍的名譽顧問，鮮于仲通是他一手培植的黨羽。楊國忠不但沒有處罰他，還替他掩蓋罪行。在給朝廷的公文上，仍然寫著鮮于仲通的豐功偉績。

接下來，就是復仇之戰。

這麼一個膽小懦弱的小弟，竟敢背叛我，我這個大哥以後還怎麼做！

唐玄宗怒了。

於是在長安、洛陽、河南、河北瘋狂徵兵，確切地說是捉兵。因為百姓早已不堪重負，不願從軍。初唐的「寧為百夫長，勝作一書生」，此時更像是遙遠的傳說。

來，讓我們從老杜的《兵車行》裡，來看看這場戰爭的另一面：

車轔轔，馬蕭蕭，行人弓箭各在腰。
耶娘[②]妻子走相送，塵埃不見咸陽橋。
牽衣頓足攔道哭，哭聲直上干雲霄。

這是杜甫在長安郊外咸陽橋的所見所聞：

新徵的士兵們帶好裝備，即將奔赴戰場，他們的爹娘妻子奔跑著送別，塵土飛揚，湮沒咸陽橋。

---

② 耶娘：同爺娘，爹娘的意思。

道傍過者問行人，行人但云點行頻。
或從十五北防河，便至四十西營田。
去時里正與裹頭，歸來頭白還戍邊。
邊庭流血成海水，武皇開邊意未已。

「過者」就是路過這裡的杜甫，「行人」是這些出征的人。

杜甫問他們啥情況，他們說朝廷點名徵兵太頻繁了。十五歲去北方打仗，四十歲又去西域軍營屯田。去的時候，里長給我裹上代表成年的頭巾。回來時已白頭，仍然要去戍邊。

邊疆都血流成海了，可我們的皇帝，依舊開邊不止。

君不聞漢家山東二百州，千村萬落生荊杞。
縱有健婦把鋤犁，禾生隴畝無東西。
況復秦兵耐苦戰，被驅不異犬與雞。
長者雖有問，役夫敢申恨？

這位「行人」繼續對杜甫說：你還不知道吧，華山以東，二百個州縣都荒蕪了。即便有女人在家，但女人不懂耕田，田裡亂七八糟。雖然秦地的男人很善戰，但那些將領，驅使我們如同雞狗。

最意味深長的一句是：「你雖然問我，我哪敢抱怨呢？」這是一個即將服兵役的「役夫」對「長者」杜甫說的話。他明明一肚子怨恨，為什麼卻說不敢抱怨？他害怕，怕當官的聽見。

但他還是忍不住，繼續訴苦：

且如今年冬，未休關西卒。

縣官急索租，租稅從何出？

信知生男惡，反是生女好。

生女猶得嫁比鄰，生男埋沒隨百草。

就拿今年冬天來說，關西士兵已經過服役期了，可仍然不能休息。縣官又到家裡催繳租稅，我們去哪里弄錢呢？

還是生女兒好啊。生個女兒還能嫁到附近，生個男孩就埋骨荒野了。

詩的結尾，是這位「役夫」的悲歎，也是杜甫的吶喊：

君不見青海頭，古來白骨無人收。

新鬼煩冤舊鬼哭，天陰雨濕聲啾啾。

我們總說，詩歌創作經常誇張，這首詩裡，杜甫有沒有誇張呢？

還真沒有。這是杜甫與李白的最大不同，杜詩非常寫實。史書上對這次徵兵的記載，更加令人痛心。

「楊國忠遣御史分道捕人，連枷送詣軍所。」—— 帶上枷鎖，用繩子連成一串。這哪是徵兵啊，明明是「捕人」。

「…… 行者愁怨，父母妻子送之，所在哭聲振野。」—— 與杜甫見聞互為印證。

在這次捕人事件中，長安附近的新豐鎮上，一個二十四歲的小夥子為了不去當兵，拿起石頭砸斷了自己的右臂。六十四年後他八十八歲，拖著殘廢的右臂講述往事，成為白居易《新豐折臂翁》的男主角。

對南詔的復仇之戰打響時，鮮于仲通已經調到中央，擔任京兆尹（相當於長安市市長），楊國忠兼任新一任劍南節度使，遙控戰爭。這一戰，南詔的背後，已經有了吐蕃大哥，唐軍再次戰敗。

此後四十年裡，南詔與吐蕃聯盟，一直是大唐西南的威脅。

說句題外話，南詔國有一個叫段儉魏的大將，在與唐軍第二次決戰中作戰勇猛，立下大功，成為南詔國的開國元勳。一百八十年後，段氏建立大理國，其中兩位後人我們非常熟悉，一個叫段正淳，一個叫段和譽（段譽原型）。

這一年的大唐真是流年不利，東北潰敗，西南潰敗，由高仙芝領導的安西軍團，也在石國和阿拉伯的夾擊下屁滾尿流，三萬大軍只帶回幾千人。

山雨欲來風滿樓。大唐敗軍之際，詩人們未必能看到這可怕的趨勢，但已經隱隱嗅到山雨的氣息。

王維剛剛為母親守完孝，出任吏部郎中。在宮裡，他更像個搞宣傳的，唐玄宗給大臣賞賜個櫻桃，也需要他的讚歌：「飽食不須愁內熱，大官還有蔗漿寒。」（《敕賜百官櫻桃》）

只有回到輞川別墅，只有在明月深林，他才能吼上幾嗓子，做回王摩詰：

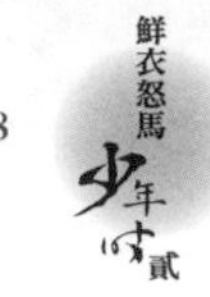

獨坐幽篁裡，彈琴復長嘯。

深林人不知，明月來相照。

——《竹里館》

李白正從幽州回來，契丹的騎兵，讓他忍不住多喝了幾碗酒壓驚：

虜陣橫北荒，胡星耀精芒。

羽書速驚電，烽火晝連光。

——《出自薊北門行》

高仙芝因為吃了敗仗，被調回朝廷。岑參作為他的帳下掌書記，也一起回到長安。

世事無常，宦海浮沉。岑參登上長安的慈恩寺塔（今大雁塔），寫下「誓將掛冠去，覺道資無窮」—— 啊，老子不想當官了，想出家。

身旁的高適拍拍他的肩膀：「兄弟，別凡爾賽了，你看我的縣尉，裸辭了。」

又一個聲音響起：「你倆有完沒完，不是說來這裡登高賦詩嗎，還聊工作？」

說話的人，就是杜甫。

又有兩個人起哄，附和著：「就是就是，老杜，該你了。」這兩個，一個是儲光羲，一個是薛據。

這是山雨來臨之前，盛唐詩壇最後一次大唱和，叫「慈恩寺聯詩」。

慈恩寺塔頂，秋風蕭瑟，長安盡收眼底。老杜目光深邃，看到這座古往今來最雄偉的都城，卻是另一番氣象。

他的詩，叫《同諸公登慈恩寺塔》：

高標跨蒼天，烈風無時休。
自非曠士懷，登茲翻百憂。

這塔真高啊，秋風真大啊！我不是曠達之士，登上就一肚子憂愁。

秦山忽破碎，涇渭不可求。
俯視但一氣，焉能辨皇州？
回首叫虞舜，蒼梧雲正愁。
惜哉瑤池飲，日晏昆侖丘。

雲霧蒸騰，終南山若隱若現，如同破碎，涇渭兩河也難辨清濁。

天地混沌一片，讓人看不清長安城。

我回過頭呼喚虞舜大帝，唐太宗也滿面愁容。

為啥呢？

因為玄宗皇帝正在懷抱美人，日夜宴飲。

黃鵠去不息，哀鳴何所投？
君看隨陽雁，各有稻粱謀。

我像一隻黃鵠不停地飛，不停地叫，卻不知道去哪裡落腳。

你們看那些追逐太陽的大雁（太陽指唐玄宗，大雁指趨炎附勢的人），都找到發財的門路了。

經常有讀者問，李白和杜甫誰更厲害？這個問題沒有明確答案，從不同的視角看，答案會不一樣。

如果從歷史的視角，一個老百姓的視角，當然是杜甫偉大。

要知道，杜甫寫這首詩時，距離安史之亂爆發還有三年。他不是軍事家，不是政治家，但他太敏銳了，能說出讖語一般的話。

他是預言家。

當然，這次唱詩會當時沒人在意，也沒人願意聽一個落魄詩人的牢騷。大唐熱搜榜上，是另一個大新聞——

李林甫死了。

11 權力的遊戲

事情是這樣的：

從開元時期的宇文融起，朝堂上的權力對抗已分出勝負：依賴科舉入仕的文士集團失勢，出身貴族和官宦家族的聚斂集團得勢。誰能搞錢，誰就當權。

但聚斂集團並不是一片和睦，而是一直互撕，亂哄哄你方唱罷我登場。

幾年前，一個叫楊慎矜的財政官員因為能幹，很受玄宗寵信。但在李林甫看來，這就是威脅，因為財政大員的下一步就是宰相。他李林甫不也是這麼上來的嗎？

於是，李林甫就發動他的酷吏小組，告發楊慎矜，其中一個罪名很有意思，叫「反唐復隋」。

證據一：楊慎矜私交術士，家裡藏著讖書（古代皇帝大多對這個過敏）；

證據二：楊慎矜的爺爺的爺爺，是隋煬帝楊廣。

呵呵。這時隋朝已經滅國一百三十年了。楊慎矜一個財政官員，調不動一兵一卒，竟然要反唐復隋。小說都不敢這麼寫。

關鍵是唐玄宗還信了。楊慎矜兄弟三人，全部賜自盡。

在這件大案裡，出力最多的，是一個叫王鉷的人。沒錯，就是前文提到的徵「死人稅」的那位。

幹掉楊慎矜，王鉷取而代之，成為李林甫的心腹小弟。一個撐腰打掩護，一個瘋狂斂財，在朝堂上呼風喚雨。

直到楊國忠崛起。

王鉷的權力之路，靠的是拜山頭，傍大哥，而楊國忠是劍走偏鋒，從唐玄宗身後殺出。他們一起成為李林甫的左膀右臂。

既然都是自己人，好說好說，要捅刀子咱也得背後捅不是！

這一年，捅刀子的機會來了。

御史臺的一把手叫御史大夫，二把手叫御史中丞。當時，御史大

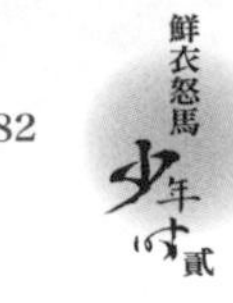

夫正好空缺，而王鉷和楊國忠都是御史中丞。

讓誰做一把手呢？

李林甫考慮再三，決定把寶押在王鉷身上。李林甫是個以謹慎沉穩著稱的人，他這麼做，是提防楊國忠的外戚關係，還是王鉷更聽話？我們不得而知。或許二者兼有。

可以肯定的是，楊國忠很生氣。

他已經熟練掌握官場鬥爭技巧，只等時機來臨，給政敵致命一擊。誰都不會想到，給楊國忠遞刀子的人，竟然是王鉷的弟弟——王銲。

無數個反貪大案表明，貪官的子弟家屬，往往會成為反貪功臣。

王鉷知道自己貪酷，做事特別謹慎，都是悶聲發大財，但他的家屬就不一樣了。

他兒子囂張跋扈，鬥雞走馬，橫行長安，跟楊國忠家一樣，連駙馬爺都敢打（突然覺得駙馬不好當）。

他的弟弟王銲更囂張，仗著哥哥受寵，黑白兩道當大哥，竟然還結交術士，還問人家：「你看我有王者之相否？」

有還是沒有呢？不管怎麼回答，這都是一道送命題。

術士嚇尿了，趕緊逃跑。王銲意識到問題的嚴重性，火速通知王鉷。兄弟倆把那個術士捉住，殺人滅口。有個公主的兒子，也因為知道這事，被王鉷尋個由頭逮捕下獄，當天晚上勒死。

這些事隨便抖出一件都是死罪，但王銲並沒有收斂。反正哥哥能搞定一切，他更加肆無忌憚。

王銲結交了一個叫邢縡的人。這是個頭腦簡單且不要命的傢伙，他對王銲說，他有朋友在龍武軍領兵，咱們大家一起聯手，殺掉龍武將軍，再一鼓作氣，殺掉李林甫和楊國忠，朝堂就是咱們的天下了。

以現有的資料看，這個計畫簡直蠢到極點。神奇的是，王銲竟然同意了。

結果，離起兵還有兩天，就有人告到了朝廷。唐玄宗推開案頭的《霓裳羽衣曲》曲譜，把狀子交給王鉷，你弟弟的案子，你去處理吧。

這是一道選擇題。

你王鉷要是大義滅親，還是朕的好臣子；要是包庇袒護，那就是同黨。為了確保萬無一失，唐玄宗又指派了另一個人跟王鉷同去。沒錯，就是楊國忠。

王和楊國忠帶著一隊人馬，堵住邢縡的家門。王銲事先已得到王鉷送信，早躲起來了。

邢縡與他的軍人同夥，被堵了個正著，一時劍拔弩張。

就在這個要命關頭，邢縡的一個手下，喊了一句要命的話：「不要傷及御史大夫！」

原話是：「勿傷大夫人。」

御史大夫是誰呢？王鉷。

王鉷要哭了。楊國忠笑了。

叛亂很快平息，邢縡被當場殺掉，王銲被抓獲，朝廷開始審理此案。王鉷是不是參與了謀反，其實證據不足。關鍵時刻，楊國忠拿出小本本，對唐玄宗念出了那條關鍵證據：「勿傷大夫人。」

同謀，同謀啊！

王鉷賜自盡，王銲被當眾杖殺。王鉷的兩個兒子，包括那個紈絝

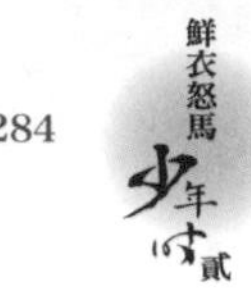

少爺一同被流放嶺南，很快也被殺掉。王鉷被抄家時，抄了幾天都沒抄完。

按說，案子已經結了，這事該過去了？

才沒有。楊國忠能在李林甫的地盤上平步青雲，才不會就這麼些招數。他要放大招了。

想當初，李林甫把張九齡和裴耀卿擠下臺，用的那招叫「一雕挾雙兔」，如今楊國忠也學會了。

他又向唐玄宗說：「李林甫與王一家有私交，王鉷是謀逆大罪，李林甫居然還替他求情，陛下你看，這就是結黨啊。」

眾所周知，古代只要涉及結黨，一般都是疑罪從有。是不是結黨已經不重要了，疑人是不能用的。李林甫大人，被冷落了。

但他顯然不打算坐以待斃，他掙扎著七十歲的身體，面色陰沉。

扶我起來，我還能打。

到底是政壇老前輩，李林甫反擊的大招，叫調虎離山。

還記得楊國忠兼領的那個職位嗎？叫劍南節度使。

李林甫不知道從哪里弄來一些民間上書，說，現在南詔國正在侵略四川，蜀人請求楊國忠回去主持大局，抗擊侵略。

這是以人民的名義。可以說，理由充分，合情合理。

楊國忠脊背一涼，撲通跪倒在玄宗腳下：「陛下救我啊，要是我離開朝廷，李林甫一定玩死我。」

唐玄宗拍拍他的肩膀：「楊妃……哦不對，楊愛卿放心，你就往成都跑一趟，給那個老傢伙一點面子，我很快就把你調回來。」

該李林甫脊背發涼了。他最擔心的事情還是發生了，陛下已經做出了選擇。

只聽新人笑，誰聽舊人哭。屬於他的時代已經過去。

李林甫驚恐交加，一病不起，很快死去。臨死前，想見玄宗最後一面都沒能實現。他終於對床前的楊國忠服軟了：「林甫死矣，公必為相，以後事累公！」

我的身後事就拜託你了。言下之意，您高抬貴手，放過我的子孫吧。

直到確認李林甫死去，楊國忠緊繃的神經才放鬆下來。現在，他要處理李林甫的後事了。

之前說李林甫結黨，私交逆臣，是給活人定罪，不好操作。

現在要給死人定罪，那就容易多了。死人沒法辯解，不能發威，他的黨羽還是優秀的立仗馬，他的政敵等著要在他的屍體上踹幾腳。

楊國忠為李林甫精心挑選了一條罪名 —— 謀反。

就在不久前，安祿山決定對契丹展開復仇之戰。發兵前夕，他上奏朝廷，要朔方節度副使阿布思前來助戰。但安祿山在軍事圈的名聲早臭大街了，阿布思知道，跟著安祿山打仗，勝了，是安祿山的功勞，敗了，自己背鍋。

但皇帝的聖旨又不能違抗，咋整？

阿布思是突厥人，乾脆，反了，於是帶著人馬返回漠北。

前面說過，在當時，邊將和朝中大臣相互勾連是常態。阿布思也曾抱過一條大腿，沒錯，就是李林甫。

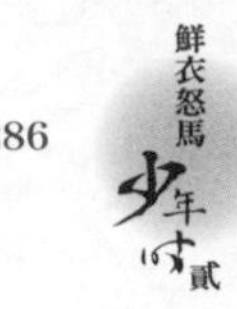

於是，楊國忠再次上奏唐玄宗：「陛下，李林甫兼領朔方節度使期間，既是阿布思的老領導，又和阿布思結為父子，現在阿布思叛逃了，可見李林甫也早有預謀啊。」

一個兢兢業業二十年的老宰相會謀反？唐玄宗實在無法相信：「有證據嗎？」

「有，我做證！」安祿山說著，還拽出阿布思的一個降將做人證。這個三百多斤的大胖子，當起牆頭草來身段靈活，他痛恨阿布思對他不服從，也早忘了李林甫的照顧情分，暫時站在楊國忠一隊。

「陛下，我也做證。」一個高冷的聲音傳來，是隴右節度使哥舒翰。

安祿山憨厚地笑起來：「多謝哥舒大人。我爹是胡人，我媽是突厥人。而你爹是突厥人，你媽是胡人。咱倆是一家啊。」

哥舒翰高冷依舊，牙縫裡擠出兩個字：「你媽。」

「兩位大人息怒，咱們這是為聖上分憂，怎麼吵起來了？」高力士輕輕滅了火。

「臣也做證。」宰相陳希烈說。這個一直跟在李林甫屁股後面唯唯諾諾的傢伙，終於敢對抗李林甫了。

「我……我……我也做證。」最後一個證人一臉膽怯，舉起了手。原本，這個叫楊齊宣的諫議大夫應該回避這次會議，但楊國忠把他也找來了。因為他另外一個身份，是李林甫的女婿。

李林甫的棺材板已經按不住了。

事實上，眾人就沒打算把它按下去。唐玄宗下旨，開始清算李林甫。

此時他還沒有下葬。先削去他的官爵，兒子、孫子凡做官的，全部罷官，流放嶺南和黔中，李家財產全部沒收。

平時跟李林甫親近的大小官員，五十多人受牽連貶官。

又命人剖開李林甫的棺材，把身上的官服扒下來，口裡的珍珠摳出來，豪華棺材肯定不能用了，換上一個平民款小棺材，草草埋葬。

即便這樣，也沒能讓現任的太子李亨（後來的唐肅宗）解恨。安史之亂爆發後，唐肅宗準備再次挖開李林甫的墳墓，鞭屍焚棺，挫骨揚灰，還好被李泌勸阻了。

曾幾何時，李林甫隻手遮天，風光無兩。每次出門，「金吾靜街」、「公卿走避」。行走朝堂，官員牽馬墜鐙，紛紛跪舔。凡不聽話的人，就起用酷吏大清洗。

連他的兒子都看不下去了，對他說，你「怨仇滿天下，一朝禍至」，想做個老百姓都不能了。

這道理，李林甫當然知道。奈何權力太誘人啊。

從他站位武惠妃的那一刻，他就做出了選擇，此後他在政壇上的一切鬥爭，都圍繞著太子李亨展開。李亨敗，李林甫和他的四十多個子女繼續榮華富貴；李亨贏，一切歸零。

這是一場政治豪賭，一場權力的遊戲，沒有退出機制，贏家通吃，輸家失去一切。

李林甫不怕嗎？當然怕。

他的府邸用石頭砌牆，四周建造碉樓，完全是個防禦工事級別。他每天睡覺，一夜要換好幾個房間，經常連家人都不知道他睡在哪裡。

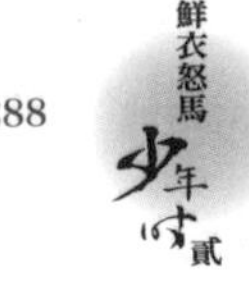

好了，現在所有人都知道他睡在哪裡了。

王鉷死無葬身之地，李林甫只剩葬身之地。前者手裡的二十個職位，後者手裡的宰相之位，現在全部落到楊國忠手裡。

盛唐最後一任宰相，已經身穿紫袍手握相印，開始了他的表演。

12 不反也得反

楊國忠權勢熏天的時候，杜甫已經山窮水盡。

這時的杜甫，已經來長安七八年了，是個資深「京漂」。他在城南的少陵、杜陵一帶輾轉流離，給自己取的網名，都是「少陵野老」、「杜陵野客」、「杜陵布衣」之類。

這兩年關中又遇水災，物價暴漲，杜甫經常窮得沒飯吃，把被褥都拿出去賣掉。他最開心的是遇到政府銷售低價米，每人每天限購五升，杜甫除了有米下鍋，還能盈餘一些拿去換酒，讓酒精在頭腦裡發酵出詩歌：

清夜沉沉動春酌，燈前細雨簷花落。
但覺高歌有鬼神，焉知餓死填溝壑。

——《醉時歌》

與此同時，新宰相楊國忠家裡，光織錦就有「三千萬匹」。當時的絲織品是硬通貨，可以當貨幣流通。

楊國忠和楊家姐妹勢頭正盛，夜夜笙歌。暮春時節，他們會結隊到曲江宴遊，杜甫大名鼎鼎的《麗人行》，就是楊家兄妹的宴遊記錄：

三月三日天氣新，長安水邊多麗人。
態濃意遠淑且真，肌理細膩骨肉勻。
繡羅衣裳照暮春，蹙金孔雀銀麒麟。

這是寫楊家姐妹的外貌，裝扮濃豔，淑靜端莊，身材勻稱。她們的華服上，金線繡的是孔雀，銀線繡的是麒麟。

頭上何所有？翠微盍葉垂鬢唇。
背後何所見？珠壓腰衱穩稱身。
就中雲幕椒房親，賜名大國虢與秦。

頭上的翠藍色花飾垂到鬢角，裙帶上裝飾著珠寶，稱身合體。其中兩個也很受寵，封為虢國夫人和秦國夫人。

紫駝之峰出翠釜，水精之盤行素鱗。
犀箸厭飫久未下，鸞刀縷切空紛綸。

玉石裝飾的鍋裡是駝峰肉，水晶盤裡是白色的魚；

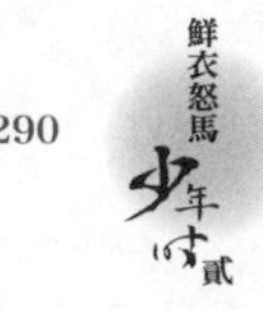

可她們拿著犀牛角筷子沒有胃口，讓廚師們白忙活了。

黃門飛鞚不動塵，御廚絡繹送八珍。
簫鼓哀吟感鬼神，賓從雜遝[③]實要津。

宦官騎著馬來了，送來御廚做的八珍。

於是簫鼓齊奏，歌舞婉轉。那些忙前忙後的隨從賓客，都是朝廷要員。

後來鞍馬何逡巡，當軒下馬入錦茵。
楊花雪落覆白蘋，青鳥飛去銜紅巾。
炙手可熱勢絕倫，慎莫近前丞相嗔！

最後出場的一個人趾高氣揚，在正門下馬，步入錦帳。楊花、白蘋都是輕浮的意思，青鳥銜紅巾是暗送秋波。連杜甫都知道，楊國忠和虢國夫人有一腿。

最後杜甫說，他們炙手可熱、權勢熏天，可不能靠近，不然楊宰相會發飆的。

「炙手可熱」這個成語，就是打這兒來的。

讀這首詩，大家的目光往往聚焦在楊家的奢侈和權勢上，但在我看來，信息量最大的一句，是「賓從雜遝實要津」。

想想那場景吧。一幫朝廷大員，不忙公事，不顧面子，跑前跑後

---

③ 雜遝：通「雜沓」。

忙著侍候宰相一家。

官場爛透了。

李林甫是宗室出身，為人謹慎，心機深不見底，但他的優點是精明務實，擅長制定制度。在他手裡，帝國的官僚系統在制度下正常運轉，各方得到平衡。能把持相位十九年，絕不是偶然。

楊國忠恰恰相反。從一個小混混到大唐宰相，他只用了七年。上臺之後，他的劣根性很快暴露，飛揚跋扈，不可一世。他曾經把兩個吏部侍郎叫到家裡，讓人家端茶倒水，呼來喝去，當僕人使喚，還一邊對虢國夫人說：「你看，這是我的兩個紫衣小吏。」

吏部侍郎是三品大員，著紫色官服，而在楊國忠手下，這些老同志沒有一點尊嚴。

如果說李林甫是偽君子，楊國忠就是真小人。李林甫是陰謀上位，楊國忠是小人得志。

楊國忠能取李林甫而代之，並不是因為他有多厲害，只不過是後者命數已盡，亂拳打死老師傅而已。

但是楊國忠並沒有高興多久。李林甫死了，他留下的問題卻正在發酵。

我們都熟悉一個成語，叫「出將入相」，在軍功至上的唐朝，這不是一個形容詞，而是重要的官員升遷路徑。

如果一個節度使既有赫赫戰功，又有文化，朝中還有支持者，就很可能坐上相位。

這正是李林甫擔心的。他曾向玄宗建議，咱們要多用番將，少用

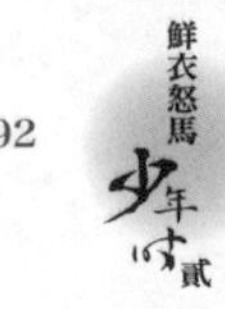

漢人。理由很充分，番將打仗更猛，漢人讀讀書做做文官就行了。

在很多傳統史書裡，李林甫的這個建議，更坐實了他嫉賢妒能、獨斷朝綱的罪名。

我倒覺得，這個鍋不能讓李林甫一個人背。

唐朝以軍功起家，周邊的小弟們又個個不安分，動不動就來大哥家裡搶點東西，可以說，軍功至上是李唐王朝血液裡的東西。

「殺人亦有限，列國自有疆。苟能制侵陵，豈在多殺傷。」杜甫的人道主義、和平主義，在那個時代彌足珍貴，卻不合時宜。

唐玄宗從出生起，就生活在奶奶武則天的高壓下。成年後殺韋后，滅太平公主，登皇位，制霸西域，驅逐吐蕃、突厥和契丹，開創前無古人的開元盛世，哪一樣不靠強大的武力。

沒有人能夠擺脫過往成功的慣性。

當李林甫提出多任番將而少用漢人的那一刻，不過是再次印證了皇帝的英明。

於是，這個空前開放的王朝，不僅在文化、藝術、經濟領域相容並包，在軍政領域也同樣海納百川。

朝中有日本人，有朝鮮人，長安的外國人多達十萬。高仙芝、王思禮歐巴是高麗人，哥舒翰是西突厥人，李光弼是契丹人，這都是名將，中下層將領中番人更多。

當然，還有混血胡人安祿山。

什麼樣的時代，就會產生什麼樣的人。

安祿山，就是軍功至上時代，餵養出的一隻猛虎。

現在，我們來盤點一下這隻猛虎的力量。

按照十年前的資料，安祿山手裡的三大軍區兵力如下：

范陽（治所幽州）：91400人

平盧（治所營州）：37500人

河東（治所太原）：55000人

共計：18.4萬人，約占全國總兵力的40%。

這三大軍區，從現在的東北，到京津地區、河北，再到山西北半部一字排開，佔據唐朝整個北方。

不久之後，唐玄宗還給了安祿山另一個重要崗位——隴右群牧都使。

自從孫悟空先生擔任過弼馬溫，大家總覺得養馬不是什麼大官。這是錯覺。真相恰恰相反，在冷兵器時代，戰馬是最重要的戰略資源。隴右一帶在今天的甘肅，自古出好馬，也是大唐最重要的戰馬牧場。

這相當於，安祿山還掌控著國家兵工廠。很快，就有五萬匹良馬送到他的軍隊。

當真是兵強馬壯，財富充足。

這一切，都是皇帝給的，也是李林甫推波助瀾的。

安祿山一直扮演著分裂的角色，外表裝傻賣萌，內裡野心勃勃。他唯一懼怕的人，就是李林甫。

使者每次從長安返回，安祿山都要問李林甫的反應，如果李林甫誇了他，他就非常高興；如果李林甫傳話說，讓他收斂些，他就會嚇得大叫：「我死矣！」

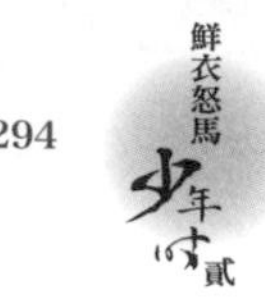

安祿山每次面見李林甫，即便在大冬天，也會直冒冷汗。他的命運，被李林甫拿捏得死死的。

這是一個馴獸師和一隻猛虎之間的平衡。

宋公明哥哥有詩：「恰如猛虎臥荒丘，潛伏爪牙忍受。」

現在，馴獸師死了，猛虎伸展爪牙，決定不再忍受。

他只需要一點挑逗。

楊國忠接過李林甫的馴獸鞭，望向北方。

⑬ 漁陽鼙鼓動地來

西元753年，楊國忠料理完李林甫的後事，開始挑逗安祿山了。

他不允許這個世界上，除皇帝外還有別人對他不屑，也急於證明他是有先見之明的帝國宰相。或者，他只是隱隱感覺到，以安祿山的勢力，很快就會出將入相，與他爭奪權力。

於是他跟在唐玄宗屁股後，一個勁地說安祿山會謀反。平心而論，楊國忠的判斷沒有錯，以安祿山的胡人身份、為人、軍事力量，但凡有一點政治經驗的人都會警惕起來。一隻老虎不會永遠甘於做吉祥物。

說安祿山會反的人不只有楊國忠一個，朝中很多大臣贊成楊宰相，其中也包括太子李亨。

說的人多了，唐玄宗也難免起疑心。於是在這一年冬天，唐玄宗召安祿山進京。如果他不來，說明心裡有鬼；如果敢來，至少可以打消眾人的疑慮。

結果令楊國忠失望。

這年年底，就在大唐子民等著過春節的時候，安祿山穿過北方的風雪，一路趕到長安。

大年初三，安祿山入朝覲見。述職報告條分縷析，依舊優秀。

大年初四，玄宗就帶他去了華清宮。溫泉水洗淨了貴妃的凝脂，安祿山的眼淚也洗清了老皇帝的疑心。

他可憐巴巴地跪在唐玄宗面前哭訴：「我這個胡人，原本做不了這麼大的官，是陛下您的信任，我才有了今天。沒想到楊國忠嫉恨我，要整死我，我怕是活不成了⋯⋯」

唐玄宗欣慰一笑，心頭疑慮如溫泉水霧般消散。

「安愛卿啊，你是朕的忠臣良將，朕怎麼會懷疑你呢？大過年的，不能讓你白來，說吧，要什麼？」

機會來了。安祿山拿出一張長長的願望清單。

「隴右群牧都使雖然工作苦點，可我喜歡養馬，陛下，讓我做您的弼馬溫吧。」

「准了。」

「吉溫那小子能幹，讓他做兵部侍郎吧。」

「准。」

「我手下的兄弟們功勳卓著，不能虧待了他們，給我一些委任狀吧。」

「立功就得封官。安愛卿啊，五百個將軍頭銜，兩千個中郎將頭

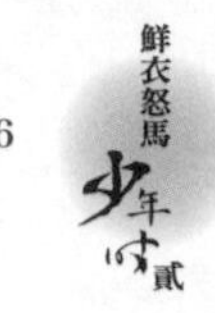

銜，你看夠嗎？」

「夠了夠了，陛下，我還想當宰相。」

「…… 愛卿啊，容朕跟大夥商量商量。」

乍暖還寒的早春，安祿山離開長安。臨行之前，唐玄宗脫下自己的錦袍，給安祿山披上，又命高力士在長樂坡地鐵站給他餞行。

唐玄宗的疑慮消除了，安祿山心裡卻埋下猜疑的種子。

玄宗還不知道，這是安祿山最後一次覲見，一年後他再次南下，就是帶著二十萬大軍了。他也不做什麼安大夫了，而是自稱大燕皇帝。當然這是後話，先不提。

安祿山離長安，出潼關，選擇水陸晝夜兼程，十五里換一條船，路過每個州縣都不下船，高度警備，直至范陽。

他害怕玄宗反悔，更害怕楊國忠出么蛾子。

安祿山的擔心並非多餘。他想做宰相，唐玄宗原本是答應的，任命書都寫好了，卻遭到楊國忠反對，理由是安祿山是個半文盲，他要是做了宰相，天下人會鄙視我大唐的。

還有那個酷吏吉溫，這棵牆頭草先跪舔李林甫，後抱楊國忠大腿，朝裡混不下去了，又去投靠安祿山。現在已經是安祿山安插在朝廷的間諜了。

惡人自有惡人磨，楊國忠很快以索賄罪把吉溫下獄，這個酷吏，也在酷吏的折磨下結束了罪惡的一生。

做這些大事期間，楊宰相還騰出手，做了一些小事。

為了制衡安祿山，鞏固自己的勢力，楊國忠上奏朝廷，任命隴右軍區一把手哥舒翰，兼任了河西節度使，手握十五萬重兵。

哥舒翰急需人才，大量吸納幕僚。「喜言王霸大略」的高適終於等來機會，以五十四歲高齡遠赴河西，成為哥舒翰幕府掌書記。

西行途中，高適感念哥舒翰的賞識，英雄孤膽，捨命相報：

淺才登一命，孤劍通萬里。
豈不思故鄉？從來感知己。

——《登隴》

他已隱隱有了預感，半生的煎熬和等待即將過去，從此之後，他將是詩人裡最能打仗的、戰場上最會寫詩的人。

萬里不惜死，一朝得成功。
畫圖麒麟閣，入朝明光宮。

——《塞下曲》

當然，要入朝明光宮，高適先生暫且稍等，這是黎明前的黑暗。

現在明光宮裡耀武揚威的還是楊國忠。

他又略施手段，排擠掉那個叫顏真卿的兵部員外郎，把他調往平原郡（今山東德州）做太守，那是安祿山的地盤。

安祿山和唐玄宗很快就會發現，這個拿慣毛筆的文官，竟然一點都不軟。他的「金剛怒目，壯士揮拳」，也會打在安祿山身上。

從高適所在的涼州，向西三千里是北庭都護府（今烏魯木齊東北），軍區一把手封常清已經整裝待發，進攻大勃律國。

他帳下的節度判官岑參，正在預祝他凱旋：

君不見走馬川行雪海邊，平沙莽莽黃入天。
輪台九月風夜吼，一川碎石大如鬥，隨風滿地石亂走。
匈奴草黃馬正肥，金山西見煙塵飛，漢家大將西出師。

——《走馬川行奉送封大夫出師西征》

一如岑參的判斷，這次出征，封常清擊劍酣歌，凱旋回師。他將在第二年入朝奏事，潰敗在安祿山的鐵蹄下，死在唐玄宗的愚蠢裡。那是另外一個故事了。

這一年的杜甫……算了，讓可憐的老杜安靜一會兒吧。因為他日夜思念的李白哥哥，這時也躲在宣城的敬亭山了。

眾鳥高飛盡，孤雲獨去閒。
相看兩不厭，只有敬亭山。

——《獨坐敬亭山》

詩仙真的累了。

還是這一年，那個制霸《黃鶴樓》的崔顥去世了。生前，他曾在朝廷做監察御史，受盡楊國忠排擠，宦海沉浮，一生鬱鬱，以至於

「晚節忽變常體，風骨凜然」。臨死前，他寫下一首《長安道》，冥冥之中預言著楊國忠們的命運：

長安甲第高入雲，誰家居住霍將軍。
日晚朝回擁賓從，路傍拜揖何紛紛。
莫言炙手手可熱，須臾火盡灰亦滅。
莫言貧賤即可欺，人生富貴自有時。
一朝天子賜顏色，世上悠悠應始知。

可惜啊，人在炙手可熱的時候，天子賜顏色的時候，怎麼會知道悠悠命運呢？

楊國忠不知，安祿山不知，唐玄宗也不知。

時間來到西元755年，改變大唐國運，改變所有人的命運，乃至改變中國歷史走向的安史之亂，終於進入了倒計時。

這年初春，安祿山再次派人入朝，提出一個匪夷所思的請求，要用三十二位番將替換掉原本的漢人將領。

傻子都看得出來，這太不尋常了。即便是以最善意的揣測，也能覺察出這個請求的詭異：我大唐朝廷都這麼信任番人了，為什麼你安祿山不信任漢人？

楊國忠必須拿出對策。

他帶著一群官員勸阻玄宗，說，安祿山這是要造反的節奏，當務之急，我們不如答應他做宰相，讓他入朝受命。然後再指派三個人，

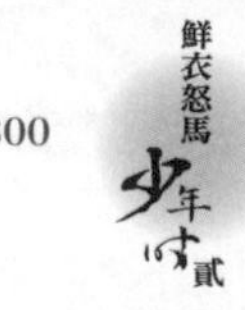

分別取代他的三個軍區節度使職務。他人在朝中，不敢不從。

唐玄宗依然不願相信。這麼能打的一個將領，換掉太捨不得，於是就先派一名宦官前去打探。

一個宦官嘛，好對付！安祿山拿出一堆金銀搞定。這名宦官回到朝中，繼續說安祿山的好話。唐玄宗再次印證自己的英明，對楊國忠說：「祿山，朕推心待之，必無異志……朕自保之，卿等勿憂也！」

我擔保安祿山不會反，你們不要擔心。

不擔心才怪。

楊國忠接著使出第二招 —— 你不反，我就逼你反。

他帶著人包圍了安祿山在長安的住宅，殺掉安祿山的門客。此時安祿山的兒子安慶宗還在長安做官，趕緊通知老爹。

安慶宗的訂婚對象是皇室郡主。楊國忠利用這一點，再生一計，讓安慶宗的婚禮提前辦，騙安祿山來長安參加兒子婚禮。

安祿山當然知道，他如果去了，那場婚禮就是他的葬禮。

留給他的時間不多了。

現在，他企圖利用唐玄宗的最後一絲信任，再向朝廷提一個請求。他上奏說，他精心挑選了三千匹良馬，準備送到長安孝敬唐玄宗。送馬的團隊，包括每匹馬配兩個馬夫，外加二十二名將領。

這哪是送的戰馬，分明是特洛伊木馬啊！

唐玄宗終於醒了。

這年八月，安祿山麾下的士兵們發現，他們的伙食忽然變好了，糧食充足，有酒有肉。馬的飼料也是敞開了吃，每一匹都膘肥體壯。

當然，訓練強度也加大了。

同一時間，遠在新疆的輪台縣已是北風呼嘯，大雪紛飛。中軍帳裡，岑參正跟同僚推杯換盞，為一個即將回長安的朋友踐行：

北風卷地白草折，胡天八月即飛雪。
忽如一夜春風來，千樹萬樹梨花開。
散入珠簾濕羅幕，狐裘不暖錦衾薄。
將軍角弓不得控，都護鐵衣冷難著。
瀚海闌干百丈冰，愁雲慘澹萬里凝。
中軍置酒飲歸客，胡琴琵琶與羌笛。
紛紛暮雪下轅門，風掣紅旗凍不翻。
輪台東門送君去，去時雪滿天山路。
山迴路轉不見君，雪上空留馬行處。

這首詩叫《白雪歌送武判官歸京》。那位不知名字的武先生還不知道，這次歸京，終其一生，再也回不到西域了。

安史之亂的戰火燃起，朝廷抽調安西、北庭的大部分兵力來兩京救火，吐蕃和回鶻乘虛而入，那裡很快就不屬於大唐了。

漢家子民，再次看到這片瀚海的八月飛雪，要等一千年後的「故土新歸」。

愁雲慘澹萬里凝。

與武判官一起到達長安的，還有寒冷的北風。

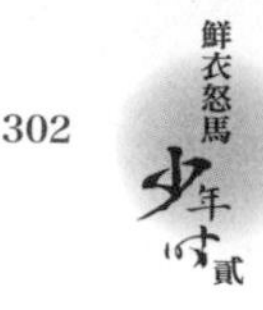

這年十月，我們的杜甫已經在長安做了九年「京漂」。他終於得到一個公務員的崗位。具體工作，是京城護衛軍的倉庫管理員，級別正八品下。

到崗之前，他決定先回一趟一百公里外的奉先縣。兩年前，他已經不能負擔老婆孩子在長安的生活，將他們送到奉先的親戚家寄住。現在他找到了工作，要去看望他們。

在這一百多公里的行程中，由杜甫的所思所想、所見所聞，誕生了一首劃時代的長歌。現在，讓我們節選一部分，看看這盛世下的滿目瘡痍。

一開頭，杜甫就陷入沉鬱的思緒：

杜陵有布衣，老大意轉拙。
許身一何愚，竊比稷與契。

杜甫當時四十三歲。他說，我這個沒用的人，活這麼大了，還越活越笨。笨到把自己當作上古的兩位賢臣，真是沒有自知之明啊。

居然成濩落，白首甘契闊。
蓋棺事則已，此志常覬豁。
窮年憂黎元，歎息腸內熱。
…………

除了高談闊論，寫幾篇破詩，我啥也不會，倒也甘心一輩子窮困。這句類似於自嘲，百無一用是書生。

要是死了也就算了，可我還沒死。沒死我就不甘心，我一年年為老百姓憂心，肝腸如焚。

歲暮百草零，疾風高岡裂。
天衢陰崢嶸，客子中夜發。
霜嚴衣帶斷，指直不得結。

現在是冬天，百草凋零，寒風恨不得把山岡吹裂。
我盯著陰雲重重的天空，大半夜上路了。
我的手凍僵了，連衣帶開了都無法打結。

凌晨過驪山，御榻在嵽嵲④。
蚩尤塞寒空，蹴蹋崖谷滑。
瑤池氣鬱律，羽林相摩戛。
君臣留歡娛，樂動殷膠葛。
賜浴皆長纓，與宴非短褐。

他說，我在凌晨經過驪山腳下，知道皇帝就在山上。

山上霧氣瀰漫，崖谷濕滑。華清池裡水汽蒸騰，還能聽到禁衛軍刀槍的嚓嚓聲。君臣的歡笑聲、音樂聲響徹山谷。

享受這場海天盛筵的都是大官，老百姓連門也進不去。

④嵽嵲：形容山很高大。

在《資治通鑑》裡，這一年有一條簡短的記載：「冬，十月庚寅，上幸華清宮。」十月初四，唐玄宗到華清宮溫泉度假。我們常說杜甫寫的是「詩史」，此處可見一斑。

他繼續寫道：

彤庭所分帛，本自寒女出。
鞭撻其夫家，聚斂貢城闕。

這一聯是千古名句。我們不要忘了，「絹帛」在當時不僅僅是衣料，還是貨幣。

杜甫的批評非常尖銳，非常大膽。他說，朝廷君臣的賞賜、家產、錦衣玉食，都是貧家女孩一針一線的血汗。你們鞭打她們的丈夫，催逼交稅，瘋狂聚斂，肥了朝廷。

況聞內金盤，盡在衛霍室。
中堂舞神仙，煙霧散玉質。
煖客貂鼠裘，悲管逐清瑟。
勸客駝蹄羹，霜橙壓香橘。

衛霍是衛青和霍去病，都是當時的外戚。杜甫是說，我聽說宮內的財富，都在這些掌握兵權的外戚手裡 —— 指楊國忠。

他們在華堂上摟著歌姬跳舞，煙霧繚繞，欲仙欲死。他們有貂皮大衣，有絲竹管弦，有駝蹄肉羹，竟然還有南方的水果。

這一切，都化為另一個千古名句：

朱門酒肉臭，路有凍死骨。
榮枯咫尺異，惆悵難再述。

杜甫說，貧富差距這麼大，老子無語了。

接下來，杜甫又低下頭，繼續趕路。

路上有結冰的河、刺骨的風、陡峭的山，但他必須走下去。

因為他想老婆孩子了：

老妻寄異縣，十口隔風雪。
誰能久不顧，庶往共饑渴。
入門聞號咷，幼子饑已卒。
吾寧舍一哀，裡巷亦嗚咽。

這幾句讀來令人眼眶發燙。

大意是：我媳婦寄住在奉先，十口親人，與我隔著茫茫風雪。怎能不管他們呢？我必須回去與他們同甘共苦。

可是一推開家門，等待他的並不是喜悅，而是人生大悲劇——他的小兒子餓死了。杜甫說，叫我怎能不悲傷啊！街坊四鄰都哭了。

所愧為人父，無食致夭折。
豈知秋禾登，貧窶有倉卒。

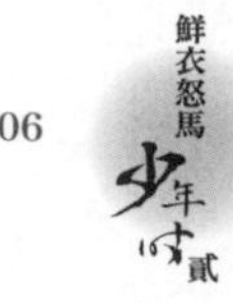

我真是愧為人父啊，竟然讓孩子餓死了。

誰能想到這才剛過秋天，竟然發生這樣的事。

這些歎息還有另一層含義。我們知道，饑荒一般都發生在春天，秋糧已經吃完，夏糧還沒成熟，所謂青黃不接。但現在才是冬天，不應該出現饑荒的，就算他們家沒糧，到四鄰家借一點也能活命啊。

真相只有一個：大家的糧食都交稅了。

像對那些寒女一樣，朝廷用「鞭撻」的方式，拿走了大唐子民的一切。

於是，杜甫由己及人，想到更多的老百姓：

生常免租稅，名不隸征伐。
撫跡猶酸辛，平人固騷屑。
默思失業徒，因念遠戍卒。
憂端齊終南，澒洞不可掇。

他說，我家不用交稅，不用服兵役，都尚且如此，那些平頭百姓的日子可想而知。（杜甫的祖父、父親都是官員，自己也剛做官，按唐律免兵役和租稅。）我想起那些失去產業的人，那些去邊塞打仗的人，他們的家庭又會怎樣。

在同一時期，杜甫的岑參兄弟還真寫過一句「遠戍卒」的生活，那是一句五味雜陳的詩：「關西老將能苦戰，七十行兵仍未休。」

這名七十歲的老兵，估計讀不到杜甫的詩了。

最後他說，我的憂愁悲哀如同終南山，無邊無際，瀰漫四野，無法消除。

這首詩叫《自京赴奉先縣詠懷五百字》，並不像杜甫其他的詩那樣朗朗上口，但在中國整個詩歌史上，它意義非凡。

杜甫曾在簡歷裡介紹自己，「下筆如有神」。這五百字就是如有神助，冥冥之中，已經奏響大廈崩塌的序曲。

皇帝怠政，窮兵黷武，政治腐敗，民不聊生，長期積壓的所有矛盾，終於突破臨界點。

這年十一月初九，杜甫的眼淚還沒乾，安祿山就帶著十五萬大軍（對外號稱二十萬），從范陽起兵，直下中原。

鐵蹄所至，摧枯拉朽。三十四天后，洛陽失陷。五十二天后，安祿山自封大燕皇帝。半年後，長安失陷。

「漁陽鼙鼓動地來，驚破霓裳羽衣曲。」

一個時代就此落幕。

⑭ 一個時代的終結

在此後八九年裡，是大唐的八年抗戰，一幕幕或悲壯或慘烈或血腥的故事輪番上演。

馬嵬坡下，楊家幾乎滅門；睢陽城裡，張巡咬碎鋼牙。

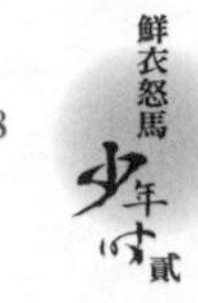

潼關陣中，高仙芝、封常清殞命；平原郡下，顏氏兄弟鐵骨錚錚。

陳陶斜裡，四萬義軍同日死；大明宮內，李家父子皇權易。

高適、岑參救國立功；李白上了賊船差點被殺頭；而我們的老杜也拖家帶口，來到成都避難。

詩歌的星空也暗淡下來。

唐朝壽命將近三百年，安史之亂恰恰發生在它的中間，這是盛唐的轉捩點，政權、詩歌、文化、民族信心，此後將是另一番模樣。

潘朵拉魔盒已經打開。為了應付來勢洶洶的叛亂，大唐打亂現有的軍區格局，重設全國新藩鎮；人才斷層，信任絕跡，一批宦官走向政治舞臺；文人士族與貴族官員的矛盾更加突出。這三項，在中晚唐演化成為藩鎮割據、宦官干政和牛李黨爭，一直到大唐滅亡。

可是，如果站在當年的長安城放眼四望，那分明是世界上最強大的國家。就在當時，以長安為起點，向西12000餘里都是大唐疆域。據西元740年戶部記錄的資料，大唐治下有328個州郡，1573個縣，人口近5300萬。

要知道，上一次人口突破5000萬，還是在一百五十年以前。這仍是如日中天、烈火烹油的時代，誰會想到寒夜將至呢？

唐玄宗逃到成都後，專程派使者到嶺南張九齡墓前祭拜。想必，那是一個老皇帝的悔恨吧。

到了晚唐，唐宣宗四處搜尋張九齡後人，想要找一幅他的畫像，因為凌煙閣的功臣牌位上，已經新添了一個名字：中書令張九齡。

或許，逃亡中的唐玄宗想到的不僅有張九齡，還有四十四年前對姚崇的承諾：

「我想讓陛下施仁政，能做到嗎？」

「能。」

「不要貪戀邊功、輕易用兵，能做到嗎？」

「能。」

「不要讓外戚專權。」

「可以。」

「不要收官員的進獻。」

「沒問題。」

…………

後　記

最後，讓我們把這幅長卷的最後一幕，留給李白吧。

長安是他的榮耀之城，傷心之城，也是他再也回不去的地方。

西風落日，簫聲嗚咽，詩仙少了一些飄逸和清狂，只留下一個落寞的身影。他在《憶秦娥》裡寫道：

簫聲咽，秦娥夢斷秦樓月。
秦樓月，年年柳色，灞陵傷別。
樂遊原上清秋節，咸陽古道音塵絕。
音塵絕，西風殘照，漢家陵闕。

參考書目

《資治通鑑》，[宋]司馬光編著，中華書局，2018年12月。

《劍橋中國隋唐史》，[英]崔瑞德編，中國社會科學出版社，1990年12月。

《安祿山叛亂的背景》，[加]蒲立本著，丁俊譯，中西書局，2018年4月。

《開元天寶遺事（外七種）》，[五代]王仁裕等撰，上海古籍出版社，2012年8月。

《杜甫傳》，馮至著，人民文學出版社，1980年3月。

《人間最美是清秋：王維傳》，畢寶魁著，現代出版社，2017年1月。

《高適岑參詩選評》，陳鐵民撰，上海古籍出版社，2018年6月。

《杜甫詩選》，莫礪峰、童強撰，商務印書館，2018年4月。

《元稹詩文選》，楊軍、文笙、呂燕芳選注，人民文學出版社，2017年10月。

《一代文宗：韓愈傳》，邢軍紀著，作家出版社，2016年10月。

《碧霄一鶴：劉禹錫傳》，程韜光著，作家出版社，2015年8月。

《滄浪詩話評注》，[宋]嚴羽著，陳超敏評注，上海三聯書店，2018年9月。

《唐詩小扎》，劉逸生著，中國青年出版社，2016年10月。

《紅樓夢新證》，周汝昌著，中華書局，2016年1月。

《曹寅與康熙：一個皇帝寵臣的生涯揭秘》，[美]史景遷著，溫洽溢譯，廣西師範大學出版社，2019年6月。

《趙曉嵐說李煜：林花謝了春紅》，趙曉嵐著，人民文學出版社，2009年4月。

《王安石變法》，易中天著，浙江文藝出版社，2017年3月。

《蘇軾傳》，王水照、崔銘著，天津人民出版社，2013年11月。

TITLE

鮮衣怒馬少年時 貳

STAFF

出版　瑞昇文化事業股份有限公司
作者　少年怒馬

創辦人 / 董事長　駱東墻
CEO / 行銷　陳冠偉
總編輯　郭湘齡
文字編輯　張聿雯　徐承義
美術編輯　謝彥如
校對　陳奕汝
國際版權　駱念德　張聿雯

排版　洪伊珊
製版　明宏彩色照相製版有限公司
印刷　桂林彩色印刷股份有限公司
紘億彩色印刷有限公司

法律顧問　立勤國際法律事務所　黃沛聲律師
戶名　瑞昇文化事業股份有限公司
劃撥帳號　19598343
地址　新北市中和區景平路464巷2弄1-4號
電話　(02)2945-3191
傳真　(02)2945-3190
網址　www.rising-books.com.tw
Mail　deepblue@rising-books.com.tw

初版日期　2023年5月
定價　450元

國家圖書館出版品預行編目資料

鮮衣怒馬少年時 貳：唐宋詩章的盛世殘夢/少年怒馬著. --初版.-- 新北市：瑞昇文化事業股份有限公司, 2023.05 第2冊；14.5X21公分

ISBN 978-986-401-624-2(第1冊：平裝)
ISBN 978-986-401-625-9(第2冊：平裝)

1.CST: 唐詩 2.CST: 宋詞 3.CST: 文學鑑賞

831.4　　112004695